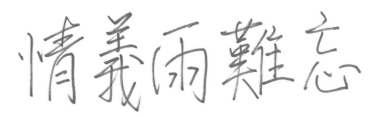

情義兩難忘

Unforgettable Love and Loyalty

燊蒂著

目錄

第一章　危城送藥

解放軍一九四九年四月廿四日攻取南京後，乘勝追擊，分兵三路合圍上海，以大軍壓境之勢，爭取和平接管。國民黨軍隊則部署二十萬兵力，在上海外圍構築三重防線，阻擋解放軍推進。戰鬥雙方都不願這一世界名城遭受戰火蹂躪和生靈塗炭。

延至五月八日，我接到地下黨通知，把截獲國軍防線圖送往蘇州河北岸，指引解放軍攻城。

上級安排我執行這一重要任務是因為我參加聖約翰大學地下學聯已兩年，受到信任，而且我是實習醫生，以送藥為名，把情報送至一名患者家中較為安全。

這患者是我二叔，他家位於京滬杭警備司令部主力防線上。守衛那裡的國民黨五十四軍認為二叔的住房太高，妨礙碉堡視野和火力聯網，命令拆除。房子被拆後，二叔以體弱多病為由，死硬不肯搬走，在原址搭建一間矮小木屋住下來，閒來讀碑閱帖，把生死置於度外。此事被愛好書法的五十四軍闕軍長知道，特許他一家可以留下，發給臨時通行證，在規定時間通行。

地下黨利用這張通行證便利，迅速在二叔小屋設立秘密聯絡點，把上海消息傳送至解放軍前沿指揮部，彌補市內「永不消逝的電波」電台最近遭受破壞的情報中斷。

之前，患有肺病的二叔曾到上海博愛醫院求醫。那時，我的好友兼同學李建華在胸科實習，發現二叔肺部 X 光照片有陰影，立即請教美籍教授羅斯。他看片子後，用紅筆在片上圈畫一些病灶，再查看血液和痰液化驗結果，斷定二叔患的是肺結核，並處方三種特效藥物治療。

我深知秘密傳送軍情既光榮又艱巨，請求可否與李建華一起前往。

地下組織認為，兩人同行也有好處，在兵凶戰危時刻，路上可以互相照應，另外，李建華是醫治過二叔的醫生，若然遭到盤查，容易解釋過關，但是，絕對不能向李建華透露行動秘密。我知道這是地下工作的鋼鐵紀律，保證嚴格遵守。

次日清早，我和李建華穿上白襯衣，深色長褲，黑襪子和黑皮鞋，不結領帶的簡便裝束，帶上出診藥箱，內有少量退熱止痛片、止咳藥水和新配的三瓶抗結核藥，另外還有一張二叔肺部 X 光照片出發。

到達小屋之時，二叔正在午飯，我們還未來得及問候他病情，兩名五十四軍士兵已經衝了進來，呵斥我們擅闖禁區，聲言把我們押到師部去。

我馬上拿出一包美麗牌香煙拆開，分送兩人，另外，向每人贈送兩塊光洋，意作勞軍。他們感受我們拳拳盛意，怒氣稍為消減一些，其中一位還把光洋放在唇邊，吹得嗡嗡發響，以辨真偽。

我乘他們分心之際，迅速把有密寫情報的空瘔煙包揉皺成團，扔在指定屋角裡。

「關軍長有規定，不能沾王伯伯半點便宜，這幾根香煙我們可以收下，但是光洋絕對不行。」一名士兵說。

「你們違反戒嚴令，一定要押走。」另一名粗聲大氣補充。

我辯解，「通行證不是明明寫著上午十時至下午二時可以通行嗎？我們按時進來，並未違規啊！」

「軍令隨時有變！」他們斷然回絕，不管我們如何解釋，硬把那出診藥箱、X光片子和四枚銀元收拾起來，統統帶走。

我慶幸扔在屋角的空瘔煙包沒被察覺，心也定了，因為情報已經送達指定方位，任務準確完成。

在師部裡，負責盤問的軍官查不出我們有通敵的真憑實據，但認為在戰局緊張時刻擅闖禁區，有重大嫌疑，立即致電警備司令部進一步偵查。

不消片刻，一輛巨型警車「飛行堡壘」呼嘯而至。車未停定，幾名便衣警察飛撲下來，如臨大敵，把我們鎖上手銬和腳鐐，推入車廂。在駛往市區途中，警笛長鳴，嚇煞路人，最後把我們押進四馬路（福州路）上海警察局。這時，一大群中外記者已經擠在警局門外，爭先恐後紛紛對我們拍攝。

警察局刑事處副處長朱立明立即升堂提審，他知道我們是聖約翰實習醫生，態度還算可以，不像前線軍人那種惡形惡相。

朱立明問我二叔患什麼病，我答是肺結核，又問 X 光片上用紅筆標記的大圓圈是什麼意思，我說是結核病菌侵犯肺臟的病灶。

「這十幾個小紅圈又代表什麼？」他看著片子繼續質問。

「那是結核菌病在肺內散發的細小病灶。」我答。

「這幾道紅色箭頭又有什麼解釋？」

「箭頭指的是病菌播散方向。」

「你們的病人能看懂這種圖片嗎？為什麼把它帶來？」

我說因為戰事緊張，擔心今後不能再給二叔送藥，所以才把片子交還本人，讓下一手醫生有治療依據。

我心裡想，朱立明雖有學識，終究是醫學門外漢，他只是對醫學有興趣才如此詳細詢問，僥倖他會放我們一馬。

審畢，朱立明接過秘書紀錄口供，簽了字，向屏風後另一部電話嘟嚷幾句，然後親自把我們押送至北座，乘坐升降機直達五樓局長辦公室。

入門後，見到一名中年男子悠然坐在安樂椅上，我馬上認出他就是赫赫有名的上海警察局毛局長！

毛局長接過卷宗，一邊翻閱審訊記錄，一邊瞪眼望向 X 光片。稍後，他本來儒雅面孔突然變色，厲聲對我們說道：「可

惜啊！可惜啊！你們有好好醫生不當，偏偏向共產黨投懷送抱，真是太可惜啊！難道這是 X 光片嗎？不！不！這就是一張警備司令部上海防線圖！哼！你們竟然斗膽拿這張片子向共軍通風報信，泄漏軍機，該當何罪！」

聽到毛局長如此說話，我感到無比震驚。怎麼 X 光片一下子變成上海防線圖？我瞄瞄身旁的建華，他也莫名其妙望著我。我只有好聲好氣向局長解釋，不必對這張醫學圖片過度敏感。

毛局長繃緊臉孔，霍然起立，把牆上藍色布幕一手扯開，掛幕的鐵環發出利劍出鞘嘶嘶聲，讓人聽著心寒。此時，牆上展現一幅巨大上海地圖，有紅、藍、綠三色把上海三重防線標記一清二楚。我一瞥之下，心中更加惶恐，這種高度機密軍事地圖給我們過目，我們豈能活著性命走出警察局去！

毛的手指戳向地圖，憤怒咆哮：「你們的罪證無法抵賴！X 光片上的大紅圈就是上海市中心，十三個小紅圈，就是我們北部防線十三處重型火力據點，還有第三，你們標記的紅色箭頭正正是我軍佈雷區。哼！虧你們想得出來，利用這張 X 光片把防線佈局顯示一清二楚，向共軍洩露打擊座標。我們的將士，包括你們的叔叔和兄弟將會面臨什麼？他們只會片刻之間變成炮灰！你們簡直是死有餘辜！」他罵聲未斷，重拳擊案，把案上紙筆墨硯全部彈起。

初時，我只以為毛是杯弓蛇影，待我抬頭再看地圖一遍，發覺 X 光片上的左肺葉確實像上海市區向東海突出一片弧形陸

地，而圈畫的十三處小紅點也與地圖上十三處火力據點數目恰巧相同。我的心砰砰跳動，面對這名掌控生殺大權的警察局長，不知如何才能脫身。

一直不吱聲氣的建華立即開腔回答：「我有話說。」

「唔！看你良心還未壞透，你老實說出來！是誰指使你們執行任務？」毛質問。

「這不是什麼軍事情報，X光片上的紅筆是聖約翰大學胸肺科教授描畫，他是美國人，從不過問中國政事。我們去北岸只為病人送藥，絕對不是傳送情報。」建華鎮定回答。

「這教授叫什麼名字？」

「當勞‧羅斯。」

「他人在哪兒？」

「他住在聖約翰校園小白樓，只因為他母親有病，剛回美國新澤西州探望去了。」

「哼！那就是死無對證。你居然還敢耍弄我！」毛更顯怒氣沖沖。

「羅斯教授只請兩星期假，之後會回來的。」建華急忙補充道，「他未回來之前，我可以找高俊證明我們清白無辜。」

「是哪一名高俊？」毛詫異問。

「憲兵隊九團的憲兵隊長高俊。」建華有恃無恐說。

「原來是這個高俊！」毛局長不屑一顧，「哼！這個赤佬昨天已經被捕，他連自己清白都證明不了，還能為你們證明什麼！你和他是什麼關係？」

「他是我表哥，我大阿姨的兒子。」建華仍然抓住這根救命稻草不放。

「哼！如果給我查出你和他有什麼勾結牽連，你還要罪加一等！」他大手一揮，指向右門，厲聲向守衛命令，「把他們押下去！」

高俊曾是孫立人部下，抗日時期驍勇善戰，在緬北戰役立下功勞，二戰結束後被派往美國西點軍校受訓，回國後轉入憲兵隊伍。建華的父親李國祥對這名英雄般的外甥十分仰賴，曾把幾萬匹軍裝布料捐贈國軍，並委託高俊轉交到城防司令部去。

高俊十分喜愛表弟建華。一九四八年十月初，建華全家搬遷香港，建華獨自留在博愛醫院繼續實習。當時，眾多親友到機場為李家送行，我親耳聽到高俊向李國祥夫婦說，建華在上海安全由他負責。兩老聽到憲兵隊長信誓旦旦保護自己兒子，甚感欣慰，久久握住高俊雙手不放，連聲道謝。

高俊被捕，讓我們大失所望。看見毛對高俊恨之入骨，更令我們感到凶多吉少。

離開局長室時，朱立明對我低聲說，從右門出來算是有運氣的。我不知左、右門有什麼分別，他緊接一句：「快叫家裡人請律師吧！」

第二章　營救

在牢房裡，我看到建華表現堅強，既感安慰又有內疚，因為是我邀他送藥而害了他，萬一煙包密寫情報也被揭露，證據確鑿，我們兩人必死無疑。我對自己犧牲早有思想準備，那是為了上海解放而獻身，我豁得出去，但是對於建華來說，他根本不知送藥真情，白白讓他枉死，我於心何忍！

我曾不止一次向上級推薦建華加入地下組織，但是一直沒有回應。那時地下活動都是單線聯繫，我也不能肯定建華是否已被另一單線發展為成員，只是彼此不能曝露身份，各行其事而已。

回想受審當時，建華應該知道 X 光片上的紅圈可能不是羅斯原來手筆，另外，假如那些紅圈真的代表國民黨軍火力據點，建華已經巧妙把責任推卸至羅斯身上，給日後辯護留下伏筆，可見建華當場應急之高明。

奇怪的是，回到牢房後，建華一句也未向我提及 X 光片一事，我估計他一定知曉此次行動秘密，也許知得比我還要多。

無論如何，現在我和他一同被捕，一同坐牢，一同面對審訊，我已認定他就是地下組織同志。想到這裡，我沮喪之餘又有點興奮，我和他不但一起走上醫學救國之路，也是一起走上革命救國征途，真是惺惺相惜。

我們未能按時返回博愛，地下黨一定知道出事了。我盼望他們前來營救，那怕只能救出建華一人，留下我來頂罪也是心甘情願。

　　當我思緒平復一些時，記起朱立明提示從右門出來是一條好路，還可請律師打官司，於是，我和建華立即商量如何設法脫身。

　　我肯定毛局長一時之間不會槍斃我們。

　　我盤算，高俊是憲兵隊長，在警備司令部裡有一定份量，如果高俊在逆境中仍能為我們說上幾句好話，令毛放過我們，那是最好的結局。另外，解放軍將快攻城，只要熬過黎明前黑暗，先頭部隊一定搶先打開牢門，把我們拯救出去。

　　建華則認為我們已是死到臨頭，不能坐以待斃，建議天亮後設法通知陳毓麒出手相助。

　　「陳毓麒一定有辦法解救我們！」建華有信心說。

　　建華並非臨急抱佛腳，陳毓麒是建華的同父異母哥哥建中的姨夫。雖然不是嫡親，建華也隨同建中一起，稱他為三姨夫。

　　這三姨夫有錢有勢，又疏財仗義，在長江經營航運生意多年，擁有各種大小輪船、拖船和機動帆船逾千艘，有船王之美譽，但是，他為人低調，喜歡別人稱他為帆人。此後，大家把帆人改為同音的凡人，讚揚他的平民風格。他確實是撐掌帆船

出身的船家小子，全靠刻苦努力和俠義秉性在大江大湖裡一帆風順，在短短二、三十年間，從一介草民茁壯成長，現今已成為龐大運輸船隊的首領。

一九四八年秋，陳毓麒與家人搬遷香港去。四九年元旦過後，蔣介石下野，國民黨統治下的上海又與解放區天津簽署通航協議，上海麵粉可以輸送天津去，而開灤煤炭也可以運到上海來，長江船運再度活躍起來。他看到如此樂觀景象，又隻身返回上海，觀望情勢，重燃國共和談，隔江而治希望。

建華說，陳毓麒與警備司令部的湯司令稔熟，他估計由陳毓麒出面向湯司令求情保釋，大有成功把握。

我對建華看法不盡相同。

陳毓麒出手幫助是肯定的，因為陳、李兩家是姻親，陳家經營航運，李家經營織造，生意相輔相成。兩家人估量內戰情勢，共同進退，並各自把上海大部份資產搬遷香港，另謀發展，可見關係非比尋常。

另外，陳毓麒十分欣賞建華才華與品貌，早有心意招為東床快婿，只是陳家小女陳美琪尚有幾個月才高中畢業，又適逢戰火臨近，定親之事暫且不提。現時，建華在上海出了如此大事，陳毓麒豈能袖手旁觀！

最重要的是，湯司令能否給陳毓麒一個情面有很大疑問。

按常理，陳毓麒的船隊正在日夜為湯司令運送人員和物

資，有求必應，現在反過來，他請湯高抬貴手，釋放兩名實習醫生，本應易如反掌，但事實如何，難以預料。

解放軍渡江之後，提攜湯司令登上仕途的恩師是浙江省省長陳儀，他頻頻到訪湯家，每次均是勸導湯認清形勢，以國家大業為重的說話，湯總是聽不進去。初時，湯對陳行為秘而不宣，時間久了，又恐陳與親共人士串門過密，終會惹禍上身，所以他拜托毛局長把陳儀留宿在家，不與外人接近，以策安全。可是，毛局長卻以自家三餐粗茶淡飯，門庭淺窄，配不上恭候省長大員為理由，婉言相拒。此事不成，湯司令不得不把陳儀與自己來往一事向蔣稟告。

由此可見，毛局長對湯的請求未必俯首貼耳聽從，而湯司令只是鐵石心腸忠於黨國，乃至六親不認。我估計毛、湯兩人拒不保釋我們是完全可能的。

為了脫離虎口，我和建華在牢房琢磨整夜，幾乎沒瞌上一眼。

次日早飯時間到了，派飯的獄警表現有些異常，分給我們咸菜泡飯之外，還添加其他犯人沒有的大餅、油條和熱呼呼的培根，我預感這並非好事，因為給犯人吃飽一頓是臨刑前老規矩。

那名叫江甦的獄警，見我們遲疑不吃，低聲說道：「沒啥事體，是剛剛煎好的培根，快趁熱吃吧！這是陳小姐吩咐給你們吃好一些，等一會她來探監。」

聽到如此解釋，我們才有點放心。可是，這也奇怪，這陳小姐是誰？她有這麼本事為我們在獄中添加伙食？難道是地下黨派人來了？我向江甦打聽陳小姐是何方神聖，他只是搖頭不語。

按照地下黨原先設計，如果我已經把香煙情報安全送出，而又失去單線聯絡時，可以把襯衣右側袖口翻轉兩褶，作為一個秘密信號讓組織知道。現在，我估計可能是地下黨派人來了，我馬上把右邊袖口翻轉兩摺，把信號傳出。我身陷牢獄，衣衫不整根本無人理會。

沒多久，傳來高跟鞋咯咯聲，在牢房昏暗入口處出現一名窈窕女子，身穿銀色旗袍，閃閃發光，粉臂上的白紗手套格外耀眼，十足大明星步出舞台那種花枝招展。可惜，她的顏面被黑色帽裙和垂下紗罩半遮半掩，我和建華都認不出她是誰來。只是她的體態，倒像是陳毓麒的小女兒陳美琪，但她這種養尊處優的大家閨秀，絕不可能獨自闖入這種下九流地方來。

當這名風騷女子婷婷玉立我們面前時，我才恍然大悟，她果真是陳美琪，萬萬沒想到這小女孩搖身一變，打扮成大紅大紫交際花模樣。

「美琪，你怎能來這兒的？」李建華率先發問。

「要不是我借這身打扮，他們還能讓我進來嗎？」她晃動臂彎上鱷魚皮手袋，「當然囉，也得要靠這個。」她說的是手袋裡一疊美鈔，每遇一名獄警派發一張。

「我意思是，你怎能知道我們關在這兒？」建華再問。

這時，美琪把一張摺疊報紙從手袋抽出，耳語說：「今早所有報紙都登了，所有電台都播了，全上海通了天，兩名聖約翰醫生犯下死罪，三天後槍決，所以我急得直哭。爸爸到寧波去了，明天才回來，我趕緊先來打探消息，及早想辦法把你們營救出去。」

別以為美琪才只有十六歲，她的智力、情感和處事能力與她充份發育體態那樣，顯得特別成熟。她聽了我們講述被捕經過，立即搖頭跺腳，認為警方單憑一張 X 光片定罪，實在太不應該，一定是被人冤屈，並矢言要擺平此事。她話語未完，雙眼湧出淚水，還伸出雙臂，穿過鐵柱欄柵，緊緊摟住建華不放。

美琪熱情如火，又秉承她父親俠義秉性，加上她這種年紀學生，滿腦子理想主義，我料她將會不顧一切拯救我們。我勸她不要一時衝動，保釋是一件十分慎重事情，要等待她爸爸回來才一起商量辦理。

她啜泣一會，便把手袋中剩下半疊美鈔偷偷塞給我們，匆匆離去，說要立刻辦理一件大事，叫我們等候消息。

當天下午，美琪在規定探監時間又來了，換上一套鮮艷夏裝，回復本來天真活潑形象。

這時，她一句話也沒提起今早辦的大事，也沒答覆我們委托找趙律師的下文，只是說，她已把我們情況告知我媽，用長

途電話告知建華香港家人，也稟告了她在寧波的老爸。除此之外，她還說建華的大哥正從香港飛來營救，傍晚時候抵滬。

美琪把帶來「老大昌」蛋糕盒子打開，一片片遞上，不停叫我們吃，擔心我們在獄中挨餓，不過，她也似乎以食物塞住我們嘴巴，不要多問多說。看她焦慮的表情，像在沉默中祈求安寧。

她伸手整理建華的亂髮，又用手絹擦淨自己淚珠，神態變得更加落寞。我們也不想煩擾她，只有大口大口吃她的「老大昌」，在此情此景，再精美糕點在口中只是味如嚼蠟。她呆了一會，又趕往龍華機場迎接表哥建中抵達。

美琪走後，兩、三名獄警圍上前來與我們搭訕。他們盛讚美琪漂亮，聰明和賢慧，是一個現代孟姜女，還說李建華有這樣的未婚妻是三生修來的福氣。

「未婚妻？」這讓我們變得丈二金剛，一下子摸不著頭腦。

聽他們所說，才知道美琪今早所辦的大事就是去找毛局長保釋我們，掀起軒然大波。

毛問她是誰，她自稱是李建華未婚妻，又問她靠什麼來保釋，她說拿自己「廈門航運公司」作擔保。毛查證出她父親陳毓麒在一年前已把上海「揚子航運公司」分拆成五家子公司，分別給五名子女掌管，美琪確實分管了廈門一家。

毛向美琪聲言，我們犯的是重罪，正在審理，不能即時保釋，於是她放聲大哭，哭聲震天。此時，北座三樓辦公室有一職員嫌哭聲嘈吵，用力把窗戶關上，把兩片玻璃震脫，從高處墜下，發出尖銳響聲。於是，有些人說陳小姐哭崩了北座，另一些人更誇張成孟姜女哭崩了長城。

毛見美琪如此慟哭只能勸她先回家去，答應兩天後才能回覆保釋事宜。

陳毓麒和建中昨晚分別從寧波和香港回到上海，連夜商量一個「三步走」保釋計劃，第一步是「動之以情」，二是「曉之以利」，最後一步是「涉之以權」。

美琪已向毛表明自己是建華未婚妻，此話雖然無人證實，但還算靠譜，已經走出「動之以情」第一步；另外，美琪把「廈門航運公司」這張牌子打出去，迎合國民黨軍政人員向廈門撤退路向，相信有「曉之以利」效果；至於是否請求湯司令出面與毛局長進行權勢交涉，踏出「涉之以權」第三步，這要十分慎重，非到關鍵時刻，不能隨便動用，否則弄巧反拙。現時毛掌控警權，湯掌握軍權，誰比誰更有利於我們，一時也難以分清。

上海著名律師趙國正答應為我們打官司，費用當然十分昂貴，不過，趙律師熟悉警局內部和法律界上下各路人馬，有利訴訟前後舉措，錢銀多少已不在話下，能保住我們性命至為緊要。

第三章　我們不能死

這兩天，陳毓麒、建中、美琪和我媽分別前來探監。媽媽揚起笑臉說，趙律師很快會把保釋事情搞好，到時我們可重獲自由。可是情況遠非如此順利，我們只好表示相信，讓他們也感放心。

探訪過後，又是一個漫漫長夜。

半夜時，走廊傳來腳鐐拖地噹啷聲，喚醒獄中囚犯，他們知道押走的人將被處決，隨之，沉雄哀歌從陰暗角落傳來，漸漸響徹四周。隔壁人說，這是為壯士唱的安魂曲，於是，我和建華也一同哼起來，眼眶充滿熱淚。

「明天是我們的第三天了，如果報紙消息屬實，明天午夜之時，該輪到我們聽安魂曲了。你害怕嗎？」建華忽然低聲問我。

對於他的問題，實在令人揪心，我的反應不是恐懼，而是快速回顧自己一生，像是翻開相片簿子，一幅一幅展現在眼前。

在沉寂中，我定睛打量建華，他外貌驟然回復三歲時模樣，笑臉上張開潔白乳牙，頸上結有蝴蝶領帶，西裝短褲下面是高筒襪子和鯨皮小靴。他這般穿戴顯得忽然高大許多，我與建華同齡，說到出生日期，我還比他年長三天，我不服氣蹬起腳跟與他比肩，我應該比他高！

建華有一哥兩姐。大哥建中是大媽所生，大媽早死，建華與兩姐姐淑芬和淑芳同屬後娶的親媽。由於建華是蠱子，又從少聰明伶俐，家裡人都特別疼愛他，也包括我媽在內。

　　我媽稱建華為二少爺，也教我稱他二少爺，我不依，我說，他稱我光耀，我回稱他建華才算公平。

　　我媽比建華媽年輕，老家都在鄞縣，是宗族中同輩姐妹，相聚時總是互吐心聲。她們如同家鄉一句口頭禪那樣：「老鄉遇老鄉，兩眼淚汪汪」，鄉親們從窮鄉僻壤闖蕩到大都會來，總有傾訴不完的心酸和悲傷。

　　曾幾何時，我媽也是大家閨秀，她爸——即我的外公，曾在閘北開設一家麵粉廠，生意做得好好的卻遇上一場大火，工廠毀於一旦。災後，外公把剩下錢財遣散工人，上游公司的欠款必須逐一還清，下游商戶賒賬一個銅板也討不回來，外公自此落得一貧如洗。我媽因此而輟學，中學還沒有唸完便到處求職賺錢撫養弟妹了。

　　那時候，建華媽已嫁入李家，她對我媽處境十分同情，初時是接濟一些金錢和食物，後來設法在李家騰出一個空缺，聘了我媽當上助理管家，於是，外公一家十口才得以溫飽，也逐步走出蝸居亭子間的落魄生涯。

　　幾年後，我媽的弟妹都自立了，於是，建華媽熱心當起紅娘，介紹一名汽車修理師傅給我媽。這師傅叫王福根，少時曾在「精武門」習武，十八歲起在江南船廠當學徒，學會修理各

種機械。相識之後，我媽覺得他人品忠厚善良，任勞任怨，結果真的嫁給了他。

我爸懂修車，善駕駛，又精通武藝，建華爸樂得把他聘為私人司機，從此，我家和建華家關係變得更加密切。

建華的家離哈同花園不遠，大門側面圍牆鑲嵌一塊黑色花崗石板，刻有愉園兩字，路人皆知，高牆之內卻是一個不見經傳的富饒大花園。

走進愉園，大院右側是一座白色雙層建築，樓下一排全是汽車庫，停放建華爸的勞斯萊斯和凱特拉克，建華媽也有一部消閒用的奔馳，另有一部道奇專供大哥建中使用。

汽車庫內還保存一輛英式雙輪馬車（即 Hanson 馬車，因 Han 的讀音似亨，簡稱大亨）。晚清時期上海富商巨賈不再用轎子代步，流行乘坐大亨。建華爺爺在上海經營錢庄生意，風光鼎盛，花了十萬兩銀子買下這輛大亨，從此成為「上海大亨」一族。自從一九零一年上海汽車時代開始，李家換乘汽車，建起了汽車庫，才把馬匹賣掉，只留下這款馬車當作古董來收藏。

爸爸為了工作方便，把我們一家三口搬到愉園，住在車庫樓上兩房一廳套間裡。我們雖與車馬為伍，但有煤氣和熱水汀，比較起隔壁的其他傭工宿舍舒坦一些。

建華的家住大院中央四層樓建築裡，外看是中西合璧的紅牆綠瓦，內有溫水泳池和升降機設施，既華麗，又先進。廳房

各處擺設豪華傢俬，壁上有琳琅滿目書畫，水晶玻璃飾櫃收藏古今中外奇珍異寶，不可勝數。

我和建華雖然同住愉園，但不在同一屋簷下，他家是主子，我家是僕人。我不因此感到卑微，也從不期望像馬克吐溫的《王子與貧兒》故事那樣，妄想自己身份與建華作交換。

我與他從少是鄰居，是同學，也是玩伴，他彈小提琴，我吹笛子，閒來一起合奏樂曲，度過許多美好童年時光。

我們對生物興趣開始於後院樹上一窩鳥兒。那時，我們只有三歲，坐在綠草叢中，觀看樹上嗷嗷待哺雛鳥，羽毛漸豐，最後離巢而去，領悟父母關愛和生命的意義。

記得小學一年級時，我和建華一起做家課，瞄見大花貓從魚缸抓走一條金魚，我們追趕過去，轟走作惡大花貓，把受傷魚兒從地上撿起，只見魚心在破膛內卜卜跳動，於是我們不約而同高呼：「心還在跳！」

建華馬上從廚房借來針線，模仿家廚烹調「咸菜塞鴨」縫合鴨皮方法，把金魚傷口修補起來。可惜，這可憐魚兒沒被救活，我們只有傷心地把它放在小木盒裡，埋葬在後花園裡。之後，「心還在跳」這話卻成了我們一直以來救死扶傷座佑銘。

我和建華學習醫科啟蒙人是小學四年級算術課黎老師。有一天，黎老師在堂上出一道題目考察我們智力。他聲明只讀題目兩遍，沒有標點，也不解題，答得又快又準者可獲滿分，答

錯也不扣分。於是，他一口氣讀出「兩書共八角三角三角幾何幾何」十三個字。他尚未重讀時，我和建華立即齊齊舉手交卷。黎老師十分驚奇，其他同學仍未聽懂題目之時，我們已經寫好答案，真是意想不到！

平時，黎老師知道我們倆算術成績優秀，不料這道古怪題目也難不倒我們。按他所說，「幾何」和「三角」各有幾種不同含義，湊合一起容易混淆和思路轉折，即使初中學生亦未必一下子想得明白。全班只有我和建華兩人同獲一百分。

黎老師詫異我們腦子如此敏銳，立即挑選幾道純屬數學的「雞兔同籠」題目專門測試我們兩人。那時，我們尚未學習代數，只靠心算，但都很快答對了。因此，他認為我倆智力已經超前兩、三年，鼓勵我們長大之後學習醫科，當一名好醫生，治理被世人鄙視的「東亞病夫」。

十六歲那年，我們一起考上聖約翰大學醫科，彼此有「不為良相，只為良醫」那種胸懷天下，大愛無彊抱負。除了志趣相投之外，我特別喜歡建華勤奮好學，待人熱誠和謙謙君子品格。

由於我學業成績好，建華媽每年都發給我一筆獎學金，所以我才能與建華一樣付得起聖約翰醫科的昂貴學費。

當我讀到醫科三年級時，我爸突然病倒了，初時是肚子痛，送去博愛才發現他一側睪丸腫脹，做手術後，證實患了睪丸癌。

爸爸從少習武，聲稱赤手空拳也能對付三名手執棍棒歹徒，還自稱練習「納陽氣功」最有心得。這氣功是將兩邊下垂睪丸縮回肚內，防止對手「撩陰腿」襲擊。那時候，我已經學習了病理學，知道睪丸停留腹部不能耐受體腔溫度而容易癌變。我為爸爸練習這種功夫而罹患癌症感到痛惜，事到如今，只能好好安慰他，讓他餘下日子活得開心。

到了學習臨床課時候，我特別注意睪丸癌病因和治療，並懷疑爸爸自幼已患有「睪丸下降不全」症，睪丸容易在腹腔與陰囊之間上下移動，而他並不知覺，還誤以為習武有成。

睪丸下降不全除了引起癌變之外，也影響生育能力，是男子不育原因之一。主治爸爸的醫生居然向我查詢：「你是不是王師傅的親生兒子？」

我被問得十分難堪，立即理直氣壯懟回去：「我怎能不是！」

我爸雖是一名工人，但我一直把他的工作勤勞，生活樸實，待人忠義，以及對媽媽和我的關懷照料銘記在心，甚至，他在我認識所有人當中是一個最好的爸爸。爸爸病後，我對他敬愛有加，不幸的是，他的病情繼續惡化，在手術後不到兩年離世。

失去爸爸是我有生以來情緒最低落的時候，建華同情我的境況，給我許多安慰。在這段愁眉苦臉日子裡，一件不可思議事情發生了，同班女同學鄧佩儀忽然對我關心起來。我一向認

為她是一名只顧埋頭學業，對男生不瞅不睬的冷艷美人，想不到她對我如此溫柔體貼，令我的悲哀慢慢平伏下來。

初時，她與我一起讀普希金的詩，看托爾斯泰的《戰爭與和平》，我知道她是借助閱讀來緩解我喪父哀傷。她爸是文學教授，在父輩薰陶下，她當然會喜歡這些文學名著，後來，我慢慢察覺出來，她熱切嚮往社會主義蘇聯。久而久之，我和佩儀思想交流逐步加深，對中國社會時弊有許多相同議論和批評，我和她開始建立起一種超乎同學關係的友誼。

有一天，她秘密地送給我一本《聯共（布）黨史簡明教程》，並坦率告訴我，她是上海學聯成員。在她的引導下，我參加地下活動，她成為我的單線聯絡人，這次送情報任務就是地下黨通過她轉交給我的。

現在，我是多麼想見到佩儀啊！希望她能像美琪那樣前來探監，也希望她能告訴我解放軍何時發動攻城。可是，她一次都沒有來，那怕是托人帶點音訊也沒有。這是什麼緣故？一定是地下黨需要保護她，把她隔離和隱蔽，以免我萬一變節，對她連環逮捕。

我是多麼愛慕她啊，打死我也不會把她供出來！我倒是擔心她在執行其他任務時被發現，落得與我同樣的下場。

不過，我最愛的人是我媽媽。我雖有執行任務犧牲的準備，但心有不甘，惡運總是不斷纏繞我們一家，我爸剛去世不久，現在又輪到我要被槍斃，丟下孤苦伶仃媽媽該如何是好？我追求醫治東亞病夫理想怎能實現？

想到這裡，我堅定回答建華剛才問題：「我不怕死！我們也不能死！」

第四章　上海解放

五月十二日，我們受押第三天，美琪和她爸、建中、趙律師和我媽等五人一起到警局聽候保釋回覆。

就在這一天，解放軍突然對上海外圍發動攻擊。炮火遠在昆山打響，市內警局已經聞風而動，門前壘起重重沙包，警亭增派雙崗，所有窗戶玻璃都貼上米字形紗紙，有些警察爬上樓頂，架起機關槍，瞄向進出通道。

美琪從警局五樓外望，街上店鋪多半關上門，軍隊匆匆操過，行人急步回家，小販一籃水果被疾駛汽車輾碎，果汁飛濺地上，似是血流成河。居民們忙碌在弄堂口封火牆上加裝鐵板和木欄，阻擋匪徒搶掠和子彈橫飛。

此情此景令美琪神色緊張起來，她並不害怕解放軍攻城，而是擔心我和建華被草草槍決了事。

毛局長準時趕回辦公室來，氣息尚未喘定便回應保釋一事，算是對「船王」給足面子。他說我們案子已被凍結，但斷言不能保釋，因為我們知曉上海防線機密，為了確保上海安全，他一定要把我們押在獄中，直至戰事結束。

陳毓麒聽到毛局長如此決定，只有無可奈何。他知道毛為人處事絕無討價還價餘地，在目前情勢之下，能保住我們性命也算成功大半。

陳毓麒退而求其次，拜托警察局內幾位熟悉人物，包括警備科陸大恭，一些處長、科長們善待我們。事後我才知道，地下黨也通過潛伏警局內部同志對我們暗中施加保護。

建中離開警局後，急忙奔往江西中路「美商上海電話公司」打長途電話，把免除死罪詳情向香港雙親稟報，然後趕緊飛返香港。

陳毓麒看到國民黨大勢已去，他夢想國共和談已經無望，他鼎力拯救我們一事已告一段落，所以，他不必在上海繼續呆下去，決定趁解放軍入城之前，把愛女帶返香港。

但是，美琪就是不肯走。

美琪留戀上海已有前科。去年十月，陳家遷居香港時，美琪堅持留滬唸完高三，領取中學畢業證書之後才走。那時，陳毓麒估量國軍實力雄厚，戰火一年之內尚未殃及上海池魚，所以勉強同意美琪留下。但是，解放軍在淮海戰役（徐蚌會戰）之後勢如破竹，轉眼之間，上海已是兵臨城下，在此動盪時刻，他不想美琪繼續延宕下去。

長久以來，陳、李兩家都視美琪和建華是青梅竹馬，男才女貌，親朋好友無不看好這一門當戶對的婚姻。陳毓麒本來以為天公造美，美琪中學畢業之時正是建華結束醫院實習之日，美琪可以直接升讀美國長春籐大學，而建華申請美國外科專業訓練已獲批准，他們可以比翼雙飛，在海外續展情緣。

可是，建華被捕，情形突變。陳毓麒誤以為建華已經戴上紅帽子，一心跟共產黨走，這與他的愛國理念南轅北轍，他認為建華不再是自己理想中的女婿。

美琪不肯離去，該怎麼辦？為此，陳毓麒前往美琪就讀的「中西女中」走一趟。校方通情達理，也考慮美琪目前各科成績優秀，早已達到畢業標準，特許發給美琪一張臨時畢業證書。

美琪拿到證書雖是歡喜，但仍不願離滬。她說，建華在上海已經沒有任何親人，而我也只有一個寡居母親而已，在時局緊張情勢之下，人丁單薄最易受人欺負。如果沒有她天天到警局支撐場面，稍有差池，恐怕我們性命難保。陳毓麒聽到美琪苦苦哀求也覺得不無道理，真令自己進退兩難。

幾天之後，上海情勢急轉直下。國軍外圍防線相繼失陷，北線守軍被迫後撤至吳淞、高橋等地，湯司令急忙從市區抽調三個軍兵力前往增援。解放軍趁國軍市內防守薄弱，乘虛而入，於五月二十日對上海市區全面進攻。

在戰火臨門時刻，陳毓麒仍然留下，等待美琪回心轉意。他手上持有兩張特等機票，可以隨時飛離上海，萬一機場封閉亦可乘坐自家公司的輪船，先往福建廈門，再轉香港。

在這段人心惶惶的日子，美琪堅持天天來警局探望我們，除了帶給我們食物和替換衣服之外，還有許多上海最新消息。

她說市面尚算平靜，不過北方流亡學生和流離失所男女老幼比比皆是，他們飢不擇食的事件常有所聞。不少市民在車站、

碼頭等交通要道擠擁成團，急切等候車船離去。我們叮囑美琪路上要格外當心，因為天下大變，必有壞人乘機作亂。她卻說安全絕對沒有問題，因為她每次外出都有三名保鏢陪同，她所乘坐的林肯亦允許在警局門前停靠，不必擔心歹徒有機可乘。

時至五月二十三日，陳毓麒聽到多名船員報告，湯司令已經離開警備司令部，移師軍艦指揮作戰，傳言國軍主力要從水路邊打邊撤。

陳毓麒曾經指望湯司令在緊要關頭批出手諭，釋放我們，但是，事至如今，湯司令已升火起錨，偃旗息鼓而去，最後一絲奢望頓即化為烏有。

上海防線已被解放軍撕破，毛局長扣押我們的理據，即所謂「以免國軍防線機密外洩」已不復存在，為此，陳毓麒再次致電警察局長要求立即放人。

接電話的是新上任警察局陸大恭代局長，他說毛局長現時已經離開警局，他會按照毛所囑咐，繼續維持上海治安和監獄現狀，直至移交。陸請陳毓麒放心，他以個人名義保證我和建華在獄中安全，但目前不能放人，還說外面亂槍甚多，放人在外，未必安全。

「從明天開始，警局取消探監時間，請告知令千金不要再來探視。你要離開上海的話，也要趁早了。」陸代局長忠告陳毓麒。

「機場起降情況如何？」陳毓麒立即打聽。

「機場仍有重兵把守，警局也加派人員巡邏，目前飛機起降尚屬正常，但是可能堅持不久了。」陸回答。

陳毓麒知道現在已是飛離上海最後時刻，他立即放下電話，通知家傭把準備好的兩箱行李放在門口，一俟小姐回來，趕緊出發。

可是，這一天美琪探監之後遲遲未返。

焦急的陳毓麒登上二樓露台，那兒正對前院大門，盼望盡早看到女兒出現，盡早動身，或許能趕上今天最後一班飛機。

過了一會，前院大門鐵閘終於徐徐打開，一輛灰色福特開進來，這不是美琪原先乘坐的林肯。兩名保鏢阿貴和明忠慌忙從福特車廂竄出，哭喪著臉，快步走向陳毓麒稟報：「五小姐被綁架了……」

「什麼？」陳毓麒聽後，大吼一聲。話音未落，其中一名保鏢已被嚇得撒尿出來，濕滿一地，陳毓麒只好放低聲調，詢問當時情形。

這是不到一小時前發生的事。

五小姐像往常一樣，從警局出來登車回家，順路在「杏花樓」門前停下，買了一盒廣東點心「紅綾酥」給爸爸品嘗。當車子拐彎轉出四馬路後，遇到一輛灰色福特停在馬路當中，車頭蓋板已掀起，有兩名穿旗袍高跟鞋女子俯身艙內，吱呢呱啦說是引擎出故障。司機張偉瞧那兩女子的動作似是賣弄風情，以車擋路，馬上吩咐兩保鏢把福特推向一旁，好讓他們通過。

正當兩保鑣合力推車時，一名蒙面男子乘機闖進五小姐車內，拔出手槍指嚇張偉，喝令把汽車調頭開走。

張偉向綁匪大聲回應：「好說，好說，別把槍口對我，你說去哪兒我都依你，只是到了交叉路口，都得依紅頭阿三指揮就是。」

紅頭阿三是指包紅頭巾的印度交通警察，當時租界區稱警察為 SIR，讀音似上海話的三字，直譯意思是「紅頭巾警察先生」。他們三人早有約定，以紅頭阿三暗指紅蕃茄，倘若人車失散時，張偉會在交叉路口拋下紅蕃茄作路標，指引行車方向。

阿貴和明忠此時聽得明白，立即登上福特。待至引擎發動起來時，被騎劫的林肯已經揚塵遠去，兩保鑣只能駕車隨尾追趕。兜轉幾圈之後，林肯車子已是杳無蹤影，亦不見地面留下紅蕃茄痕跡。他們擔心時間拖延對五小姐不利，才硬著頭皮趕緊回來報告。

「一共有多少匪徒？」陳毓麒問。

「只有一名男子，那兩擋路女子可能是同謀。」

「那男子長什麼模樣？」

「他中等身材，身穿皮夾克，布袋蒙頭，只露雙眼，像電影『銅頭俠』那種扮相，看不出真人模樣。」

陳毓麒心裡嘀咕，那匪徒單人匹馬，竟能擄走有三名壯男保護的女兒，覺得事有蹊蹺。

該怎麼辦？留下唯一線索只有那輛駛回來福特。

陳毓麒考慮現時上海警局應付解放軍攻城已經疲於奔命，絕不可能抽調人手對這一個別案件進行偵查，所以決定自行處理，不必報警，以免費時失事。

他估計綁匪是衝他而來，目的無非是勒索錢財，他也深知匪徒手段兇殘，稍不順從便割下人質耳朵作威脅，甚至殺人撕票毀屍滅跡。想到女兒有如此悲慘結局，他已變得怒不可遏，決心即使拼盡老命，傾家蕩產也要把愛女和親信贖回來。

陳毓麒扶起一直跪在地上兩人，吩咐分頭行事，阿貴先到龍門路找黃金榮門徒，打聽那輛灰色福特屬何人所有，希望得到一點線索，又吩咐明忠帶備一盒禮品糕點探望住在虹口的張偉父母，只作問候，暫不提綁架事宜，以免打草驚蛇。陳毓麒自己留守家中，等候綁匪來電。

黃金榮是上海灘青幫首領，解放軍圍城之後，他決心留在上海，以不變應萬變。他手下四百多名門徒見師傅不走，亦跟隨留下來。阿貴認識其中一名頗有名氣的門徒六哥，他穿戴雖是土氣，但是，處事能力卻比行走上海灘的洋裝革履「幫辦」望塵莫及。他一聽阿貴說出福特車牌號碼，馬上知曉該車屬於「鑫記車行」所有，專供客人租借使用。六哥即時一撥電話，放話過去，鑫記老闆聽出口音是六哥親自出頭詢問，不得不從實招出匿名租車者是張偉本人。

陳毓麒聽罷阿貴報告福特有如此來龍去脈，不禁長嘆一聲，搖頭不絕。

唉！張偉為何租這部車子來擋路？

他一向對張偉不薄，去年他遷居香港時，曾要求張偉一同前往，但張偉表示要留滬伺候雙親而婉拒。僅在不久之前，陳毓麒還把五千元美金和一袋光洋交給張偉作為額外酬勞，說自己要走，不管上海前景如何，這筆銅鈿也足夠他侍奉父母至天年。張偉起初不肯收受，說給得太多，受之有愧，但是，幾經推卻還是收了下來。

現時，陳毓麒不得不懷疑張偉是內鬼，是他與綁匪勾結綁架女兒，意圖謀取巨額贖金。

稍後，探望張偉父母的明忠回來報告，說兩老人家在家裡包裹端午粽子，樂也融融，對解放軍攻城不甚驚恐，但對張偉被綁之事毫不知情。

阿貴和明忠力勸陳毓麒抓緊時機，拜托黃金榮和六哥出手相助，及早把五小姐打救回來。

此時，陳毓麒反而變得鎮定多了。他細想，明忠此一探訪證實張偉父母沒有搬走或其他異常動靜，說明張偉並未預想自己父母有被反綁後果，這與張偉一向行事心思細密和孝順父母品格有所不同，因而推斷張偉不會捲入事件當中。

陳毓麒對手下說，目前情況複雜，暫時什麼事情都不要做，靜觀其變，等候匪徒來電之後再作打算。

可是，電話鈴一直沒響。至晚飯過後，才接到大兒子陳繼

業從香港來電，說五妹和張偉已經乘飛機到達廣州，綁匪拿取贖金之後已經放人，兩人均平安無事，暫在廣州新亞酒店貴賓房休息，等候他前去迎接五妹赴港。

陳毓麒聽到如此消息當然喜出望外，他知道有張偉在旁，美琪安全一定有保障。

次日，上海市面有更多異動，國軍出動精銳部隊在繁華地段加緊佈防，穩住市面情勢。此時，陳毓麒不得不告別大宅傭人和身旁保鏢，搭上加班航機，飛往廣州，然後轉乘廣九火車抵達香港。

就在當天夜間，解放軍主力部隊從徐家匯和龍華兩路攻入上海市區。陳毓麒走後，解放軍立即封閉機場跑道，再無飛機升降。

正當上海戰火紛飛時刻，陳毓麒已經回到燈紅酒綠的香港。他與美琪劫後重逢，不勝百感交雜，最大欣慰是國難當頭之時，一家人尚能在香港彈丸之地團聚，也算是不幸中之大幸。

繼業問爸爸總共付了多少贖金給綁匪，陳毓麒回答支吾其詞，搪塞幾句了事。

原來，美琪被綁架是假的，始作俑者是司機張偉。張偉是性情中人，他眼看陳毓麒疼愛美琪而捨身留下，而美琪又迷戀建華不肯離去，才使出「明修棧道，暗渡陳倉」計謀，背著陳毓麒，擅自把美琪帶走。

張偉為籌劃這次「綁架」，花費了陳毓麒給他的大部份銀子，搭通行動天地線，乘搭一架軍用運輸機，與撤離國民黨人員一起飛往廣州天河機場。

蒙在鼓裡的美琪對此事毫不知情，還一直感激張偉在綁架期間對自己照顧和幫助。

在「綁架」途中，美琪服食國民黨軍醫的安眠藥，來到香港之後昏昏沉沉睡了兩日兩夜。直至五月廿七日，她矇矓醒來時，聽到 BBC（英國廣播公司）電台報導上海已經解放，精神為之一振，馬上請求繼興哥哥陪她前往灣仔大東電報局，接通電話到上海，向我媽了解情況。

我媽告訴她，我和建華在兩天前已從上海警察局釋放出來，現時正在博愛醫院搶救傷兵。美琪聽後如釋重負。

美琪從灣仔回家途中買了幾份上海戰況號外，特意挑選一頁給爸爸看，那是一段描寫國、共兩支軍隊在激戰期間，上海市內水電供應、公共交通、電話和電報維持服務，沒有一分鐘中斷，兩萬名原屬國民黨政府警察不攜帶任何武器，徒手上街維持治安。

陳毓麒閱後，不吭一聲，踱出陽台，遙望維多利亞港上輪船飄揚的萬國旗幟，良久，才向美琪嘆息一句：「這終歸是一場內戰，打生打死還是親兄弟。國家要圖強啊！」

第五章 初出茅廬

五月二十五日清晨，解放軍先頭部隊衝進上海警察局，我和建華立即得到釋放。

打開牢房鐵閘的人是獄警江甦，我們萬萬料想不到他就是監獄裡的地下黨高級領導人。他一邊開鎖一邊表揚我們為解放上海立下大功，因為他派飯時看到我翻捲衣袖的暗號，立刻通知第二梯隊人員把香煙包秘密情報轉送出去，協助部隊攻城。

我和建華迅速跨出警察局大門，興奮地向守衛門崗的解放軍戰士致敬。

門崗旁，那輛押解我們進來的「飛行堡壘」還在，所有輪胎變得又破又癟，車身油漆脫落得斑斑駁駁，形同一堆廢鐵棄在路旁，完全沒有蓋世太保盛極一時的霸氣。

這時，市區戰鬥尚未停息，解放軍還在逐條馬路推進。大街上空硝煙彌漫，槍聲不絕，所有店鋪都關上大門。有人從門縫向外張望，見到我們鬍髭鬔鬆樣子，立即把門扇猛力關閉。

路上遇見一名光頭男子，身穿軍服，沒有任何武器，只顧挨家挨戶敲門。終於有一戶人家把半截小門打開，他立即舉起鈔票，說不想打仗，要求買一身便裝衣服回家種田去。那戶人家轉身把一套衫褲遞出來，沒有收他的錢，還多送一袋食物。

忽然，密集槍聲凌厲響起，剛才贈送衣服的人大聲喝止我們別往前走，說前面共軍遇上警備司令部裝甲車隊，正在國際飯店前面激烈交戰。我瞄見那人身後尚有一名女子，她抓緊電話驚慌地說話，我猜這消息一定是她剛從電話裡聽來。

這時候，建華猛拉我手，催促我快步前進，而不是後退。我明白建華的意思，職業使命催促我們趕快前往交火地點救死扶傷。於是，我們沒有理會那名好心人勸告，繼續朝槍聲方向奔去。

沒跑多久，聽到愈來愈近「叮噹」密集敲鐘聲，一輛救護車迎面駛來，車上紅十字旗幟乘風獵獵。我認得副駕駛座位上是博愛醫院救護隊長張炎，他令車子嘎然停下。

「前面有槍戰，已被警察封路，你們不能再往前走了！」張炎打開車門說。

「救護車開往哪兒去？」我問他。

「車上有六名傷兵，打算從這兒繞道送回博愛去。」

這時，我發現車廂有鮮血滲出，滴在車輪蓋板上，我和建華立即登車探查究竟，原來是一名士兵大腿傷口仍在淌血。我們馬上合力用止血棉墊緊壓傷口，纏上繃帶，再把傷腿抬高，終於把出血止住。

我們在車內包紮時，救護車不停奔馳，頃刻之間把我們一起載回博愛去。

博愛急診室擠滿人群，傷兵不斷從四面八方湧來，運送傷兵的擔架、竹椅和棕板床架把走廊擠得水洩不通。醫護們不分傷者來自國軍還是共軍，一律努力搶救。

忙碌的醫護看見我們活命回來，齊聲歡呼，他們二話沒說，把手術袍子和外科手套從空中扔過來，要我們立即搶救一名垂危傷兵。

這傷兵身穿國軍制服，胸脯中彈，鮮血淋漓，奄奄一息，已經來不及送進手術室去，立刻就地開刀止血。

「王醫生！快來這兒！幫我捏這個麻醉機氣囊！」麻醉科周向亮醫生忙得滿頭大汗，向我招手。

我按周醫生指導，雙手均勻按壓麻醉機氣囊，讓這傷兵吸氧和麻醉。兩位外科醫生立即在臨時搭架手術台上開刀，把斷裂肋骨切除，再把受傷肺葉連同子彈取出，手術快捷順利，及時把傷兵搶救回來。

我擁護共產黨和解放軍，也對這名國軍士兵處處用心。他甦醒時向我微笑，使我感到鼓舞，我撿起他脫落的軍帽，給他戴上。

兩位剛做完手術醫生解除染血口罩時，我才發現其中一位竟然是李建華。

唷！李建華真是太棒了！他僅僅是一名初出茅廬實習醫生，但已經擔當大型手術第一助手。他的操作是多麼利索嫻熟啊，我還以為他是高級外科醫生哩！

李建華心靈手巧。少兒時候，我有一輛玩具摩托車壞了，我不會修理，只好拿給爸爸修，但也沒修好，後來經建華撥弄幾下，居然能重新走動起來。

讀小學時，我和建華一起學習小提琴，教琴老師說我們像一對孿生兄弟，可以把我們調教成二重奏兒童演奏家。可惜，我沒有學習小提琴能耐，令老師大失所望。相比之下，建華卻能順順當當用左手按壓琴弦，右手拉展琴弓，還能歪脖子聳肩膀夾住共鳴箱，斜起眼睛看琴譜，嘻！我做這些扭扭捏捏動作總是一塌糊塗。

我習慣什麼事情都按直線進行，只好改學吹笛子了。笛子的音孔直線排列，吹奏時手指都按壓在同一直線上，連看樂譜也只需眼睛直線瞧前望，「直線」最適合我的脾性。

中學時代，我與建華的學業成績均是齊頭並進，大學伊始，情況截然不同，尤其實習外科之後，我發現自己的技巧與建華有天淵之別。

他打外科結的手勢十分敏捷，每分鐘可以打出一百二十個平結，而我的速度不及他一半。他撥弄絲線作結時，動如脫兔，比銀行職員點數鈔票還要快。我們在一疊牛皮紙上練習外科切割技術，建華一刀子下去，可以準確切開第一層，而不會深及第二層，預先說好切口要開六寸，量出來的結果絲毫不差。他運用手術器械的靈巧更令我嘆為觀止，他可以單手同時把持手術刀、剪子和止血鉗，在手指之間迅速轉換，作出切開、剪斷和鉗夾不同動作，像魔術師霎時在手中綻出鮮花那般神奇。

建華的優秀外科技巧大家有目共睹，而他的外科理論只有內行人才會知曉。

就在同一天，急症室來了一名右臉中槍傷兵，鮮血不斷從傷口湧出，凝結的血塊從喉嚨大口大口咳出來，來勢兇猛，令人目不忍視。帶領我們急救的金醫生是高年資外科醫生，他斷定這是右側面動脈斷裂所致，努力用止血鉗在湧血部位鉗夾止血，可惜全不奏效。眼見傷者面色愈來愈蒼白，金醫生也愈來愈頹喪，似乎無法挽回這一死局。

這時，建華為了搶救生命，不顧自己身份低微，大膽吩咐護士加快靜脈輸液速度，建議金醫生不要在血肉模糊傷口裡盲目鉗夾出血點，應該在面動脈上源的頸外動脈作結紮，截斷血流來源，才能把出血制止。

金醫生聽後瞪了建華一眼，心中非常不快。畢竟在生死關頭，在別無他選下，他還是採納建華意見，馬上切開右頸皮膚，暴露出頸動脈，尋找它的頸外動脈分支，準備鉗夾。

可是，問題又來了，頸總動脈向上 Y 形分出兩支，一支頸外動脈，另一支是頸內動脈。到底哪一支是頸外動脈？

金醫生故名思義認為，頸外動脈應該處在頸部外側的一支。他正要用止血鉗把它夾住，在這千鈞一髮時刻，建華馬上伸手阻擋。金醫生頓時顯得十分生氣，他認為在手術台上，誰當主刀誰就是「沙皇」，哪能容許下臣加以阻攔？於是，大罵起來：「你又要幹什麼？」他吼聲如雷，呼出的口氣幾乎把自

己口罩吹脫。此時，建華並未退縮，一手仍然緊緊擋住金醫生止血鉗不放，而另一手已經把內側的頸外動脈游離出來，讓金醫生去鉗夾。

建華冷靜告訴金醫生，在頸項這一段，排列在外的是頸內動脈，而在內的才是頸外動脈，名詞相反是由於頸部血管解剖交叉穿行現象，在此段手術時要格外留神，這是許多手術教科書屢屢提醒的。

經建華如此一說，金醫生才發覺是自己錯了。如果按照他剛才操作，誤把頸內動脈鉗夾，不但不能止血，反而令傷者即時半身癱瘓或命送黃泉。金醫生頓悟之後十分感激建華及時提醒。最後，傷者安全獲救。

當我欽佩建華的時候，我也沒有妄自菲薄。在日以繼夜搶救傷兵之中，我也學會許多麻醉技巧。

周醫生在繁忙之餘，給我講述許多麻醉故事，使我深受影響。

他說最早發現氧化亞氮麻醉的人是十八世紀的英國化學家戴維。他在牙痛不堪時，仍然堅持到化學實驗室工作，忙碌一會之後，奇怪自己牙齒不痛了，這才發現吸入浮游實驗室中的氧化亞氮產生止痛作用。

可惜，戴維的發現沒有引起當時醫學界重視。半個世紀之後，美國人柯爾頓發現氧化亞氮有很好的催眠作用，並在醫學

會議上公開表演。會上一名醫科學生自願接受當場試驗,他吸入幾口之後,開始昏昏欲睡,酣睡片刻後又彈起身子,歡快得哈哈大笑,滿場奔跑,並對自己亂蹦亂跳時撞傷的腿部毫不感到痛楚。如此一來,醫生們才知道,氧化亞氮不但能夠催眠,又有情緒歡樂和麻醉止痛等多種作用。

氧化亞氮麻醉十分安全,同時又能產生欣快感,麻醉師給它一個通俗名稱:「笑氣麻醉」。

那時,博愛醫院收治傷兵甚多,止痛藥物一時用盡,傷兵們在病房中無藥止痛,叫苦連天,甚至大呼救命,亦有人企圖自尋短見。

於是,周醫生想出一個緊急解決辦法,他領著我和建華兩人,每人拿起一個氧化亞氮貯氣罐和呼吸面罩,逐一讓痛苦呻吟者吸入少量「笑氣」,沒經多久,病房哀嚎逐漸平息,隨之而起是談笑風生的喧嘩和呼呼大睡的鼻鼾聲。

我希望自己能夠成為像周醫生那樣,既有慈愛心腸,又有淵博學識,既能協助病人解除痛苦,增添快樂,又能讓患者在手術中安然渡過生死關頭的麻醉科醫生。

有一天,周醫生教我氣管內插管麻醉,當時是一種嶄新的麻醉技巧。他把住我的手,向我逐步講解:「讓病人平臥,頭向後仰,令病人門牙、舌根、咽喉連成一直線,然後把插管沿直線方向插進病人氣管裡去。」

聽到周醫生連番「直線」兩字，我自覺信心百倍，因為直線是我的強項。於是，我的第一次插管麻醉進行十分順利，此後幾天，我逢人便說起這個旗開得勝故事。

這次小小成功卻大大鼓舞我決心投身到麻醉專業中去。

第六章 住院醫生

七月六日，上海市萬人空巷，歡迎解放軍入城式。可惜，我和建華正在做手術，錯過這一歷史時刻。幸好，透過窗戶聽到傳來秧歌鑼鼓聲，坦克駛過隆隆聲，部隊的步操聲和群眾的歡呼聲也分享到上海解放的興奮。當天晚上，我們一起參加博愛醫院慶祝上海解放晚會。

晚會序幕是慶功儀式。我、建華、佩儀和其他二十六位同事都是解放上海立下功勞的醫院員工，獲安排坐在舞台前排座位，不過我們戴花不同，我和佩儀胸前戴兩朵大紅花，而建華與其他同事只戴一朵。

按規定，戴兩朵花是表彰有功的地下工作人員，而戴一朵紅花是表彰有功的普通員工。此時，我才知道建華並不是地下黨員，也沒有參加地下組織，只是由於奮勇搶救三十二名受傷士兵立下功勞。

會上，立功人員接受上海市政府和博愛醫院頒發獎狀和紀念品。新華社記者也前來採訪報導。

因為我和佩儀都戴兩朵大紅花，顯得特別注目，又格外受人敬重，年輕的新華社攝影記者小馬專為我們兩人一起拍照。兩天後，他還把印好的相片送到醫院來，留給我們保存和紀念。

不久之後，我和佩儀一起光榮加入共產黨。我問黨支部黎書記，為什麼不發展李建華入黨？

黎支書向我解釋：「李建華表現十分優秀，但是他身上的血液與你不同。」

　　我知道，我和建華同屬 B 型血，黎支書所說血液不同，是指我們的階級出身不同。在那個年代，無產階級出身就是對共產主義忠誠的鐵打標記。

　　入黨使我感到無尚光榮，那是我夢寐以求的理想。建華對我入黨全無嫉妒之心，正如之前，我作為一個工人的兒子，也從不羨慕建華是富家少爺那樣。從今開始，我的命運已經發生了翻天覆地的變化，我的心情也像到處聽到的歌聲《解放區的天是明朗的天》那般明亮。

　　實習結束之後，我如願進入博愛醫院麻醉科，佩儀和建華也受到重用，分別進入內科和外科，一同聘為住院醫生。

　　住院醫生比實習醫生更上一層樓。自此之後，我們可以獨立處理病人，也可獨立簽發處方藥物，我們不單可以在博愛工作，還可以在別的醫院受聘，甚至在遙遠的美國，我們的醫生資格亦獲承認。

　　夏日炎炎之時，我們可以穿上清爽白短掛，不必像實習醫生那樣，一定按傳統裏著熱不可耐的白長袍。醫生之間，習慣以英文縮寫稱呼，我被稱為 KY（光耀），建華是 GH，而佩儀是 PY，這是英美醫生的習慣，鼓勵醫生之間平輩相處。

　　我更喜歡解放後帶來的新風氣，稱呼熟悉的同事加上「老」字顯得尊重，加上「小」字顯得親切和愛護。時代不同

了，新作風要從一言一行開始，我稱同事為老朱，或小劉，不再P什麼，K什麼的了。

每個新醫生都有一個「燈號」。醫院大廳、走廊和所有顯眼之處都裝上天花角燈，燈光亮時，顯示不同號碼，那是電話的呼叫訊號。我的燈號是1366，如果亮出我的號碼，我要立即走到最近一個電話機向總機詢問信息。我十分喜歡我的1366，它有「一生快樂」的諧音，也鼓勵我隨時隨地去救死扶傷。

住院醫生第一年必須住在醫院裡，每人獲配一間單身寢室，我與建華是毗鄰。寢室內外清潔全部由服務員負責，包括更換床單被褥和洗熨衣服等，皮鞋只需晚間擱在門前，次晨已被擦拭得閃閃發亮。

醫院圖書館的服務也十分周到和細緻。如果我想瞭解某一方面醫學進展，只要打電話告訴圖書管理員，他們會盡快把資料送上門來，還把書籤夾在所需書頁上，順手掀開，便可閱讀，方便省時之極。

醫院小賣部手推車定期到宿舍巡迴，兜售肥皂、牙膏牙刷、毛巾和其他生活用品或文具，價格亦比街上便宜。如果小車上沒有的貨物，售貨員會記錄下來，次日送貨上門。

醫院花費如此巨大人力物力為我們補給和後勤，是為了迅速把我們培養成為精英。醫院並不是無緣無故偏愛我們，因為醫生是醫院中流砥柱，把醫生栽培好了，才能把其他醫護人員帶動起來，最終目的就是提高醫療質量，造福人民。當然，醫

院深知我們加班加點超時工作，毫無怨言，所以也想方設法為我們生活多加照顧，聊以補償。

我們工作確實十分繁重，每天二十四小時候命，天天如是，只有星期天才有半天休息。我會利用僅有的幾小時空缺回到愉園探望媽媽，也乘機理髮，購買書籍等。

在外人看來，我們像是在寺院潛心修行的僧人，深居簡出，其實我們是樂在其中。每個醫生成長都經歷這段既是艱辛勞苦，又是突飛猛進的攀登里程。

平心而論，住院醫生還是有勞有逸的。工作之餘，佩儀在醫院泳池游泳，我和建華喜歡打網球，我們三人的共同興趣是打橋牌。幾乎每個周末晚上，我們都在美籍病理教授謝倫家裡聚會打橋牌。

橋牌是四人一起玩的樸克遊戲，我和佩儀為一方，謝倫和建華為另一方，雙方對壘，各有輸贏。

遊戲時，謝倫太太常常親手製作乳酪蛋糕招待我們，她有空時也坐在橋牌桌旁，觀摩各人牌藝。有一次，她稱讚佩儀打成大一個滿貫：「啊！你和 KY（光耀）真是心靈相通。」此話說得我心花怒放。我在想，如果她更直白一些說我和佩儀情投意合那更合我心意。

佩儀悄悄對我說：「我來這兒聚會另一原因是嘴饞，喜歡學習謝倫太太的美式糕點製作。」

我不嘴饞，只喜歡打橋牌時能與佩儀相聚。在橋牌桌上，我與她對席而坐，近距離欣賞她的風雅表情，甜美聲音和一舉手一投足那種優美之處。

我一直傾慕佩儀，目前，她正忙碌病房工作，還要寫作一篇心雜音論文，此時我實在不宜向她表明心思。

我好奇問建華，「除了打橋牌之外，你有沒有其他原因喜歡這種周末聚會？」

「當然有！」建華爽快回答。

我叫他快別說出來，只寫在紙上，讓我去猜。我擔心建華說出答案也是喜歡佩儀的話，那會讓我當面難堪。

別人都說建華與他的表妹美琪是青梅竹馬一對，其實，當中情形我最清楚，他一直把美琪看成是小妹妹，決不是情人。

美琪初往香港時，頻密給建華電話和來信。後來，她到美國唸書，信件需經香港轉寄，也經常失落，聯絡時斷時續，最後因中美關係惡化，他們通信也劃上句號。

沒有美琪夾在當中，建華和佩儀更有可能成為一對。論能力，他們各有專長，論德行，兩者堪稱是年青醫生楷模，連新來的實習醫生也在背後私語，他們倆是博愛的一對「絕世佳人」。不過，建華只顧埋頭學業，從未說起戀愛兩字，也無心追求女生。有時，我無聊猜想，他一定比我少了許多男性荷爾蒙。

到底佩儀會愛建華嗎？

我實在也不敢武斷。女子總有幾分矜持，她從來沒有說喜歡我，或喜歡誰。倒是有一現象引起我注意，那是佩儀在與人談話中屢屢提到建華名字。可見，她對建華印象很深，什麼事情都可連接上去，以至隨口而出。我心胸並不狹隘，遇到這種場合，我只理解為一名黨員關心一名非黨群眾而已，並不代表她對建華的鍾情。

這時，建華已寫好答案，把紙片摺疊起來，夾在指縫間，讓我猜猜看。

「你喜歡聽謝倫教授收藏的古典音樂唱片。」我試猜。

「不是。」建華答。

「你喜歡謝倫書櫃裡的病理學雜誌？」我再猜。

「也不對。」

我還猜了其他可能性，他都一一否定。最後，我撒賴不猜了，把他手指夾著紙條奪過來，打開看。

哎喲，我的天啊！原來紙上寫的正是我最擔心的「PY」兩字母，那是佩儀的簡稱。我倆怎能同時愛上她？簡直是惡夢成真！

待我冷靜一些，展平紙條摺痕，定睛再看，原來上面寫的不是「PY」，而是三個字母「CPC」，這是臨床病理討論會的英文縮寫。

　　建華解釋說，我們三個臨床醫生與一個病理教授在一起，除了打橋牌之外，還談論病例，在不知不覺中解決許多疑難問題，獲益良多，所以，他認為這種聚會也等同於每周開一次小型臨床病理討論會。

　　建華就是這樣一個隨時隨地虛心學習的人，難怪他是那麼富有才學和受人尊敬。

第七章 心無旁騖

上海解放初，許多美國醫生仍然留在博愛，如常工作，如常生活，也如常上教堂，一切依舊。

時至一九四九年八月二日，美國政府召回駐華大使司徒雷登返國述職，人們預料即將有大事發生。果然，幾天之後，毛澤東主席發表題為《別了，司徒雷登》文章，大家心中明白，中美關係已經變得十分嚴峻。

為了應付這一局面，博愛醫院院長趙德康決定加快本地醫生培養，以免美國醫生一旦撤走，導致醫院和病人蒙受不必要損失。

趙院長認為，美國醫生最擅長科目是心臟疾病，而且心臟科也是支撐一間綜合醫院的大科，他建議籌組一個以年青醫生為骨幹的心臟疾病研究小組，把美國醫生經驗盡快吸納過來，成為博愛醫生自己本領。

派駐博愛的解放軍代表劉秉章同意這一倡議，並得到各科醫生和美籍同行們支持，於是「博愛心臟疾病研究組」牌子馬上掛起來，建華和佩儀分別成為第一批成員。

心研組規模迅速擴大，有一位比我們高班的放射科醫生樊能三也參加進去，實力倍增。樊能三學問挺尖，但性格與眾不同，人們稱他為怪傑醫生。

樊能三之傑，是他深究學問，足智多謀，怪是因為他言詞幽默，樂於自嘲自諷，而且，對於錯誤言行敢於直言不諱，為病人權益發聲如雷。因此，被樊能三得罪的一些人在背後稱能三（NS）為瘋子（NUTS），發泄不滿。

　　不久之前，醫院來了一名六歲智障男童，他不會說話，因為嘔吐和發燒，由他母親帶來診治。兒科醫生根據他有高熱，血液檢查有白血球增多，尿液也有異常，認為患上泌尿系感染，但是，用藥後並無好轉。

　　前來會診的耳鼻喉科醫生說他患中耳炎，傳染科說是惡性瘧疾，神經科卻說是腦膜炎，各家各說，診斷意見很不一致。他媽媽迫於無奈，只好同意給兒子腦脊液穿刺檢查，以作鑑別。

　　正當醫生和護士一起把拼命掙扎孩子緊緊包抱，準備用粗大腰椎穿刺針向他背後戳去時，樊能三突然出現，大喝一聲：「刀下留情！」

　　樊能三語出驚人，猶如江湖大俠劫法場一樣，嚇得操作中的醫護立即停下手來，連哭鬧的孩子也突然楞住，全場鴉雀無聲。這時，樊能三把一張X光片高高舉起，說道：「診斷就在這兒，不要再折騰這可憐孩子了！」

　　樊能三指出，病童腹部X光片右下一段腹膜脂肪線顯現模糊不清，提示盲腸區域有炎症。如此纖細如絲的影像被其他醫生忽略，惟有樊能三及時察覺出來，令人嘖嘖稱奇。

他振振有詞說，「這孩子患的就是急性闌尾炎！」

外科醫生立即前來會診，並馬上為孩子做了闌尾切除手術。果真，手術後切除的闌尾已經腫脹化膿，證實樊能三術前診斷準確無誤。外科醫生同聲稱讚：「NS（能三）真有本事，不用檢查『麥氏征』也能診斷出急性闌尾炎！」

樊能三的才幹受到趙院長賞識，很快吸納到心研組裡去。不久，我也成為光榮一員。

趙院長對我們四名年青心研組醫生期望甚高，他說：「你們四人各有專長，建華在外科，佩儀在內科，光耀在麻醉，能三在 X 光，好比是佛門四大金剛，各懷絕技，一定能確保博愛醫院風調雨順發展下去。」

我們四個年青人在「心研組」裡謙虛學習，勤奮工作，也不斷進步。

有一天，一名呼吸喘急，全身變紫藍色的五歲女孩被家人抱來急救，佩儀和能三即時診斷出她患的是法洛氏四聯症（一種複雜的先天性心臟病），合併心力衰竭，情況十分危重。那年代，對這種疾病並無有效療法，只有「藍嬰」手術才可解救燃眉之急。

「藍嬰」是一九四四年由兩位美國醫生發明，那是用血管吻合方法，將鎖骨下動脈連結到肺動脈去，籍此增加血中含氧

量，令病孩渡過缺氧難關。當時「藍嬰」開創的外科理念，是心臟手術發展史上一個重要里程碑。

這時，仍在博愛工作的美國心臟外科教授柯迪有意將「藍嬰」技術傳授給中國人，他指定建華當他的助手，我當副麻醉師，立即對這女孩施救。

這女孩在「藍嬰」術後轉危為安，建華也因承師柯迪，學會了各種血管吻合秘技，從此救治了許多病人。

很快，建華能獨立施行血管吻合術，其中一次緊急「搭橋吻合」手術，險象環生，令我記憶猶新。

那病人是一名四十多歲的紅房子餐廳法籍大廚師。數天前，他自覺右大腿根部鼓起小腫塊，有微痛。那時天氣仍然炎熱，急診室的皮膚膿瘡病例不少。這大廚也恰好在幾天前，右腳趾被跌落廚具砸中，傷口有發炎，尚未癒合。於是，應診醫生認為大廚的腫塊就是由於右腳趾受傷後繼發感染，引至腹股溝淋巴結發炎，之後形成一個淋巴結膿腫。他這種診症思路直截了當，一般醫生也會這樣推斷。

為了證實診斷，這位急診醫生決定作穿刺檢查，用針抽出膿液作細菌化驗。他循規蹈矩，以一枚十六號針頭向腫塊隆起最高點扎進去。哎喲！抽出的不是膿液，而是鮮血，此時他悔不當初，只好立即把針頭拔出。

可惜為時已晚，拔出針頭時那皮膚上的針孔即時火山爆

發，噴出一股血柱，飆升幾尺之高，射在手術照明燈上。那些血液附在熾熱燈泡玻璃，發出劈啪響聲，玻璃因冷縮熱脹而爆裂，碎片四射，燈絲熄滅，電源亦隨即中斷，全室陷入一片黑暗和混亂當中。

大廚即時焦躁不安，那醫生只能一邊安慰，一邊用拳頭壓緊噴血傷口，緊急呼救。

我和建華及時趕到，診斷出那噴血腫塊不是膿腫，而是股動脈血管瘤破裂，並迅速把患者轉送手術室去。

建華立即洗手更衣，登上手術臺，為病人止血之後，再切除動脈瘤所侵蝕的血管，又把附近正常的大隱靜脈切下一段，兩端接駁在切除動脈瘤留下的「斷橋」上，再用附近筋膜包繞「血管橋」周圍，封裹得嚴嚴實實，不會滲血，也保障血流暢通無阻。這一手術的成功，即時為這名法國大廚轉危為安，並根除了他埋藏多年的隱患。

建華的高超手術本領很快傳開了，贏來更多醫護同事仰慕目光，甚至醫院洗衣房大嬸們也三五成群豎起大拇指，讚口不絕。

有一天，在醫院食堂午餐時，我和建華、佩儀、能三同桌，一個漂亮外科護士小韋走近前來，詢問可不可以坐在建華身旁空位上，建華當然是同意。小韋娉婷就坐，立即拿出指甲鉗，提出要替建華修剪指甲。

「李醫生，你的指甲很長了，我知道你工作很忙，一定沒有時間修剪，趁午飯這陣子有空，我給你修一修吧！我會修得很好的，讓你手術做得更好。」小韋溫柔地說。

佩儀看到小韋對建華如此關心，向我瞟了一眼，差一點沒把她的舌頭伸出來，我從未見過佩儀對女同事產生如此酸溜溜的醋意。

建華諾諾大方把他的左手伸出，給大家瞧瞧。噢！真的，他的左手食指指甲實在長得令人驚訝，足足有一寸多，像是指頭上長出一只魔爪。

「小韋，你有所不知，李醫生利用這只天生的牛角藥匙，準備改行當藥劑師啊！」能三開起玩笑來，其實他最早知道建華為什麼要把指甲留長。

「謝謝小韋好意。我自己會修剪的，多等兩天吧！」建華回答，沒有理會能三的揶揄，施施然把長長指甲收回掌心之內，繼續進食。

「指甲都這樣長了，多礙事啊！還要等這麼久嗎？」小韋不解。

佩儀知道小韋用心良苦，立即向小韋解釋這是因為柯迪教授要向建華傳授心臟二尖瓣膜狹窄分離手術，在手術中，柯迪要讓建華把食指伸進心腔，感覺二尖瓣膜的病變粘連，並以指甲硬度把粘連分離和擴張，所以要求建華預先把指甲留長。這是手術的需要，並非建華不注意個人衛生。

我猜測佩儀說話的意思是，建華有她照顧著，小韋不必擔心。

　　為了避免小韋對佩儀產生不良印象，我急忙打圓場：「小韋，鄧醫生讚賞你關心外科工作和關心同事，也知道你修甲技術很好。這樣吧！二尖瓣手術完成後，鄧醫生再約你為李醫生修甲。李醫生那指甲又長又厚，修剪有難度，你的技術正好用得上。」

　　可是小韋還是有些不明白，「李醫生的指甲那麼長，怎樣穿戴得上外科手術無菌手套？」

　　建華解釋說：「你說得對。我戴手套時，一定先把這膠手套的食指頂部剪去，這樣長指甲便可以伸出來了。」

　　「把食指暴露在無菌手套之外，豈不是會污染心臟嗎？」小韋又問。

　　這時，能三插進來，對小韋說：「我想你一定喜歡聽一個外科醫生愛上一個外科護士的故事。你聽完之後，一定會知道答案。」

　　「好啊！我喜歡聽！」小韋開心回應。

　　於是，這位還未談戀愛的能三居然眉飛色舞說起愛情故事來。

　　話說六十多年前，外科醫生上台做手術十足像屠夫一樣，胸前只披橡膠圍裙，徒手上台開刀切割。與屠夫不同的是，外

科醫生在手術之前一定要把雙手和前臂泡浸在「氯化汞」或「來蘇」溶液進行殺菌。可惜，那些消毒殺菌藥水對人體皮膚傷害很大，常引起痕癢、疼痛和糜爛。

那時候，有一個著名外科醫生叫哈利斯特，他手術精湛，是世界上第一名發明「膽囊造瘻術」的醫生，那名病人是他的母親，手術的地點就是在他家中的餐桌上，此事引為經典。年輕有為的哈利斯特喜歡上事事追求完美的手術室護士長嘉羅蓮，他憐惜嘉羅蓮長期當洗手護士，天天雙手泡浸在那些刺激性強的殺菌液體中，引至雙手紅腫痛癢，皮膚糜爛，她仍忍受痛苦，堅持繼續工作。

經過一番深思熟慮之後，哈利斯特請求一家橡膠廠，用橡膠原料做出一款像女士參加晚會戴的長管手套，讓嘉羅蓮戴上後才泡浸殺菌藥液。果然，嘉羅蓮採用哈利斯特的新發明，從此手臂不覺痛癢，皮膚糜爛也不藥而癒。之後，哈利斯特的學生也戴上這種長管手套做疝氣手術，效果更優於徒手操作，手術傷口感染率也大大下降。後來哈利斯特當上約翰霍普斯金醫院外科主任，娶嘉羅蓮為妻，婚姻十分美滿。

一直到一九零四年，人們才發現酒精是一種十分有效的皮膚殺菌消毒劑，對皮膚傷害也很少。從此，手術者改用酒精直接泡手殺菌，戴短手套操作也取代了長管手套，一直沿用至今。

佩儀補充說：「李醫生開始手術前，裸露的食指仍需用碘酊和酒精直接塗抹兩次，保證消毒殺菌完善，不必擔心手術受到感染。」

聽罷餐桌上的故事，各人自有心思。依我看來，小韋十分羨慕精明能幹的嘉羅蓮，巴不得自己將來也能成為受人敬愛的護士長；能三表現冷眼旁觀，他明知我在追求佩儀，但是知而不言，不偏不倚；佩儀卻對建華有意，事事關顧，似是自有靈犀一點通；建華則是專心致志，全情投入「一指禪」功夫，心無旁騖。

第八章　跨過鴨綠江

一九五零年六月二十五日朝鮮戰爭（韓戰）爆發，兩天後，美國杜魯門總統下令美軍第七艦隊協防台灣，同年八月美國第十三航空隊進駐台北作領土領空防衛，中美關係即時降至冰點，博愛的美國醫生亦開始陸續撤離返國。

謝倫和柯迪是最後一批離開的美籍教授。謝倫仍在家中舉行最後一次周末聚會，這次參加人數特別多，除了我們三名常客之外，病理科的人全都來了，還有柯迪夫婦和心研組成員，周末聚會變成歡送晚會，顯得格外熱鬧。

謝倫太太和佩儀合製乳酪蛋糕，每人分享一份，柯迪教授則把家中紅酒全數拿來，讓大家盡情一醉。在暢談昔日師生情誼和酒意陶醉下，我們唱起聖約翰校歌：

我們應該做尋求光明的人，我們是東方之子，是清早的兒女，要我們攀登高峰。
我們應該做尋求真理的人，智慧的書永遠不要關起來，要翻到新的一頁。
……

唱罷校歌，我們還唱《田納西華爾滋》、《友誼天長地久》等美國流行曲。歌聲此起彼落，大家乘興起舞，連小狗比利也蹬起前足，在人們之間鼠來逐去。柯迪舉起裝有閃光燈照相機，噗嚓，噗嚓，給我們拍照留念。晚會進行至深夜，直至凌晨才散去。

柯迪臨別對建華說，美國正在研製人工心肺機，希望有朝一日能把心臟直視手術帶到中國來。

　　送走了美國教授，我們第一年住院醫生任務亦宣告完成。

　　暑假過後，下一屆同學接班了，我們肩負重擔忽然輕鬆許多。我首先想到娛樂，要放縱一下自己，馬上去看電影！

　　那時，國泰戲院首輪影片有莫斯科空運來的《青年近衛軍》、《攻克柏林》、《幸福的生活》等蘇聯影片，而美國好萊塢大片《反攻緬甸》、《出水芙蓉》等仍然繼續上演。我有兩年沒有踏足電影院，報復性一天看三、四場，把蘇、美影片逐齣看個夠本。

　　佩儀除了看電影之外還喜歡購物，有時我也陪她逛百貨公司。她發現永安公司盛行一時的美國玻璃皮帶、原子絲襪、吹泡糖和許多美式時髦產品已經買少見少，而本地製造的大地牌衣帽和三角牌毛巾卻大行其道。女性總是對家庭用品體察入微，而我喜歡流連書店，看見解放區新出版的書籍別樹一格，買了兩本蘇聯翻譯小說，《日日夜夜》和《卓婭和舒拉的故事》，把其中一本送給佩儀。

　　佩儀珍惜我送的書，小心翼翼放在手袋裡，要請我喝咖啡作回禮，邀我到「小支古力」店去。我們登上二樓情侶約會的雅座，佩儀的意思是緬懷地下工作時，我們專門來到這裡，貼著面孔裝扮戀人去傳達地下黨任務。

環顧「小支古力」閣樓的溫馨環境依然如故，我們曾經摟摟抱抱躲避警探跟蹤的記憶歷歷如在目前。現在解放了，不必裝模作樣了，可是我們心中的真情還沒有釋放出來，彼此只好舉杯相敬，感慨萬千。

上海市面的變化即時投射到博愛醫院來。圖書館已有兩個月沒有收到美國寄來醫學雜誌和書籍，美國藥物供應亦驟然停止。趙院長認為，這是美國對華全面禁運的開始。

幸好，趙院長仍有許多舊同學在香港大學工作，委托他們在香港向美國訂購一些必需藥品，然後轉寄上海，如此一來，也彌補部份緊急藥物的需要。

一九五零年秋天，朝鮮戰場形勢出現巨大轉折，美軍為首的聯合國軍向北反攻，把朝鮮人民軍推至鴨綠江邊。當美軍飛機侵襲我國領空，轟炸東北城市丹東時，全國抗美援朝運動洶湧澎湃起來，我和許多醫生、護士和聖約翰大學生都踴躍報名參軍去。

博愛醫院只選派我一人參軍，因為戰地醫院缺乏麻醉師，而一起報名的建華、能三和佩儀留下來，作二線後備。

我告別媽媽上前線時候，北朝鮮已是開始下雪。我隨同第二十軍出國，後來調派至第十五軍野戰醫院去。

自從中國志願軍參戰之後，戰局又翻轉過來，中朝軍隊向南推進，勢如破竹，令聯合國軍節節敗退，撤回至三八線以南。

我隸屬的十五軍野戰醫院也迅速前進至三八線附近，在五聖山防空洞裡紮營，離上甘嶺只有一箭之遙。

秦軍長常常到野戰醫院探望傷員，因此我曾與他見面多次。他年紀比我大不了多少，在我看來，他是一位身經百戰，慈父一般愛兵如子的常勝將軍。

有一天，他把一件從美軍繳獲的避彈衣送給我，還與我一起往山谷裡檢驗避彈衣實際效力。他拔出腰際手槍，向套在草人上的避彈衣射擊，子彈果然被擋住了，接著，他用步槍發射，一槍便貫穿了避彈衣前後。他說：「這是美軍新發明，你在戰地行醫，拿去穿上可以擋避一下流彈，但是靠它沖鋒陷陣還是不成。」

後來，這件避彈衣真的派上用場，那是在搶救上甘嶺傷兵途中。

秦軍長指揮堅守上甘嶺，在裝備極端劣勢之下擊退了敵軍九百次進攻，打出了志願軍的軍威，也使這一場戰役成為朝鮮戰爭史上一個重要的里程碑。

他指揮成功之道有許多方面，其中一條是採用孫子兵法：「善攻者，動於九天之上，善守者，藏於九地之下」。

固守上甘嶺志願軍雖然只有幾個連兵力，但是戰士們利用敵人炸彈碎片收集起來，鍛打成鐵鏟、鐵錘和鐵鑿，用以開山劈石，又利用敵人未爆的炸彈拆開，分裝成炸藥包，爆開山岩，

構築山坡表面陣地壕溝，在壕溝之下，又深挖多重坑道，貫通山裡山外，連成一體，成為「坑道防禦工事」。儘管敵軍調遣最精銳師團，投下比二戰太平洋琉璜島戰役更加猛烈的轟炸，以致把山頭表土削去兩公尺，但是，我軍仍然固守陣地，堅如盤石。

敵人正面久攻不下，改用側面阻截，對我軍前沿指揮部與前線坑道之間，設置十道火力封鎖線，對所有移動目標進行密集轟炸和掃射，以圖阻隔我軍對坑道的補給與救援。

我軍運輸隊伍為了躲避火力封鎖，常常摸黑出發，在山崖邊上匍匐前進，但是每次仍有三分之二戰友犧牲在途中。

當時戰鬥十分慘烈，秦軍長身邊最親近警衛員小王也主動請纓向坑道送蘋果和食水，結果也不幸中彈犧牲。戰友們的壯烈捐軀，傷員不能及時得到救治，令我義憤填膺，我重複軍長的誓言：「抬著棺材上上甘嶺」，再加上自己一句：「拼死要把傷員揹回來」。

我脫下手術袍，穿上避彈衣，揹負一籃食水爬上山坡去，迂迴曲折穿越十道鬼門關，終於把食水安全送達，接著，又把一名傷員抱回來。

這名戰士叫區炳曦，他右小腿炸碎了，失血過多，也因為飢餓而變得十分虛弱，運送時我只能把他抱在懷裡，採用「匍匐式」前進。

我仰臥地上，把他抱住，然後，我側身向左，用我左大腿

墊著他身體，我右臂夾住他左腋，我用右腳一步一步往後蹬，左臂一肘一肘向前挎，貼地爬行。

我們前進速度慢如蝸牛，但也越過一重又一重封鎖線。在最後二百公尺便可進入軍部掩體時，敵軍射出照明彈，地面霎時亮如白晝，我迅猛移動，緊抱區炳曦滾落旁邊小土溝裡，隱蔽起來。接著，敵軍砲火鋪天蓋地射來，我馬上一個鯉魚翻身，用自己身體俯伏區炳曦身上，為他遮擋槍林彈雨。

未幾，敵人慣用的迫擊砲開始發射。一個砲彈呼嘯飛來，落在不遠爆炸，掀起的沙石幾乎把我們活埋起來。這時，我背部受到沉重一擊，我本能地「哎喲」一聲。躺在我身下的區炳曦以為我中彈了，急忙伸手摸索我的背部，沒覺得有血流出來。

「你痛嗎？」他呸一聲，把沾在唇上的沙石唾掉，嘶聲問我。

「有一點點痛，但不像中彈。我沒事的，別擔心。」我安慰他，也鼓勵自己。

我們蟄伏土溝一動也不動，等待照明彈光芒完全熄滅，炮火停定之後，才悄悄爬回軍部去。

我連夜為區炳曦傷腿做了截肢手術。他獲救後，我才有空把脫下的避彈衣拿來仔細檢查，發現有一塊半巴掌大石塊插進避彈衣外層盔甲裡，差點貫通全層。我馬上脫下內衣，身旁的衛生員察覺我胸椎兩旁也有一片碗口大的皮膚瘀傷，位置正是被石塊撞擊之處。

區炳曦入伍前是北京地質隊員。他養傷好轉後，端起那塊幾乎奪去我們性命的石頭研究，鑒定出這石塊裡含有珍貴紅色玉石，俗稱「雞血紅」。它的紅色並不是我的血跡，而是玉石含有大量鐵質的緣故。他建議我好好保存它，還把北京玉器廠一位琢玉師傅地址寫給我，囑我歸國之後，找這位師傅把它雕琢成有意義紀念品。他還煞有其事說，古人相信玉石是一種靈物，我們能避過這 劫，並不是美軍避彈衣功勞，而是這塊玉石的靈性。

不管這塊石頭有沒有靈性，自此之後，我一直把它放在上胸衣袋裡，最貼近我心臟位置。

朝鮮停戰談判開始後，我先回到北京軍區招待所作短暫休整。我趁有空，按照區炳曦介紹，到北京玉器廠找琢玉專家伍師傅。

伍師傅看到我帶來的朝鮮玉石讚口不絕，他根據石塊含玉部份，可以為我雕成兩件器物，長形一件可以琢成煙嘴、刀劍之類，而圓形一件可以琢成佛像或鼻煙壺等等。我說兩件數目剛剛好，因為我要分別送給兩名女子，但是，刀劍、煙具和佛像對她們都不合適。

「這兩位有福氣女子是誰？」他問我。

「是我媽和我的女朋友。」我媽媽孕育和撫養了我，而佩儀引領我走上革命道路，我一生都不會忘懷她們對我的恩情。

「如果送給女朋友的話，該用圓形那一塊，我可以把它雕

琢成一個紅心吊墜，頂上加鑲金質小環，女孩子佩戴胸前，會顯得很秀氣，也很高貴。」伍師傅說。

心形吊墜正合我心意，佩儀是心科醫生，她當然會喜歡心形物品。

至於長形的一塊，我建議伍師傅琢成一枚髮夾送給我媽。我赴朝作戰時，她的頭髮已有一些斑白，我不想媽媽老去，用漂亮髮夾給她裝扮起來，一定會顯得年青。伍師傅說我的主意很好，工藝也不複雜。果然，他只花了三天時間趕工，便把這兩件飾物製作好了，手工十分精美。

當我乘坐志願軍歸國專列返回上海時，不下十數次打開伍師傅用錦盒包裝起來的禮品，看了又看，滿心歡喜，心裡不禁思量，媽媽會喜歡這髮夾嗎？而我把禮物送給佩儀時候，該說些什麼？

我鼓勵自己，不必猶豫，勇敢向佩儀求婚罷！我帶著志願軍的榮耀和軍功，加上這顆紅心吊墜作禮物，難道不是一個最好的求婚時機嗎？

雖然我有機不可失，時不再來的衝動，但是仔細想來，我離開心研組也兩年多了，我擔心返回醫院工作時，業務跟不上去，不如把求婚一事暫緩一下，以後再說吧！

許多人都說愛情發展有三步曲，先是交友，然後表達愛意，最後才是談婚論嫁。我也應該按照這三個步驟，循序漸進，踏踏實實按部就班才能取得成功。

之前，我和佩儀的關係只能算是同學、同事和地下工作同志。雖然佩儀每次寄給我的信件都寫上「寄給最可愛的人」，那是中國人民對志願軍的流行慰問語，並不表示她以身相許，現在，我應該邁向第二步，主動向她表達愛意吧！

於是，我倚在車廂一角，立即寫起情信來。我相信用文字表達愛意要比言語更加莊重，也不擔心她聽後猶豫不決，令我處境難堪。

火車轟隆轟隆向前飛馳，我顧不上欣賞祖國江山如畫的景色，也沒參加車內興高采烈的軍歌大合唱，只是埋頭疾書我的愛情史詩。當列車汽笛長鳴一聲駛進上海站時，我的求愛大作方告完成。

歡迎我們歸來的人群舉起彩旗和橫額擁向月台。在鑼鼓喧天熱烈氣氛中，我看到博愛醫院迎接隊伍，佩儀擎起一束鮮花向我招手，她與樊能三和一群醫學生衝出人群向我飛奔而來。此時，集結車廂外的醫學生手挽手，組成人網把我高高抬起，拋至半空。當我降落地面時，正好站立在佩儀和能三前面，他們展開雙臂向我擁抱，我也激動向他們握手致謝。

當佩儀把花束送給我的時候，我乘機把包裝好的禮物和寫好的情信交給了她。

第九章　相逢恨晚

　　回到家裡，我親自打開禮盒，給媽媽戴上新髮夾。嫣紅玉石與媽媽髮質十分般配，我興奮地抱起媽媽團團轉，唱出三歲的兒歌：

搖呀搖，搖呀搖，一搖搖到外婆橋，外婆叫我好寶寶；
糖一包，果一包，外婆留來給寶寶，吃了糖果快長高。
……
藏呀藏，藏呀藏，藏好寶石送親娘，親娘誇我好兒郎；
左看看，右看看，紅色髮夾閃金光，戴在頭上更健康。
……

　　媽媽說，她三歲時，外公也是這樣抱她，一面轉圈一面唱「搖呀搖」，那時外公哄她說，工廠麵粉就是這樣轉圈子磨出來的。

　　母子相逢有百般話語老是說不完，媽媽喜歡聽我戰地救死扶傷的故事，又咾咾叨叨告訴我許多娘家的好消息。

　　自從外公的閘北麵粉廠大火之後，工人四散，其中一名叫阿標的維修工在八仙橋擺賣香煙維生，賺了錢攢起來，幾年之後，他的小攤發展成小鋪，逐漸從一間小鋪變兩間，兩間又變四間。十幾年後，阿標把辛苦積蓄的錢財買下一塊地，這就是外公麵粉廠原址。他本想與邵老板（我外公）合作，重新把麵粉廠開起來，那時，外公已經逝世，他也找不到邵家後人下落，

只好與一些舊員工把麵粉廠修建起來，還採用原來「永和」老字號。老一輩人記得「永和」品質好，價錢公道，所以在阿標經營下，生意滔滔，上海解放後，營業額繼續上升。

兩年前，我的娘舅抱著懷舊心情前去參觀「永和」新建第三間廠房開張，湊巧被阿標認出是邵家後人，立即聘他當上「永和」銷售部經理。去年底，娘舅分得廠方紅利，比他一年工資還要多。

媽媽還說，娘舅的兒子結婚了，小阿姨的女兒出嫁了，兩個新家庭樂也融融。媽媽一股勁跟我聊至深夜，就是沒有詳細說起建華。

次日，星期天，大清早有人敲門，我估計是佩儀來訪，馬上快速整理儀容，開門接應。

訪客原來是樊能三，他肩掛一只大斜紋布袋，腳踏一雙涼皮鞋。我側目瞧他背後，他趕緊說：「只我一個人，佩儀沒來，我把她的信帶來了。」

能三進屋後，我急忙伸手討信，他卻從布袋裡掏出一包新鮮碭山梨，一定要我和媽媽嘗一嘗。我匆匆謝過他，只想立即知道佩儀信上的回答。

能三不管我如何焦急，淨是慢條斯理在布袋裡掏來掏去，終於掏出一只錦繡盒子，我立即呆住了，那不就是我送給佩儀的禮物嗎？被打回頭了？這是怎麼一回事啊！

之後，他才把佩儀厚厚一疊信交給我。每頁信紙都編有序號，我把最後一頁抽出來，先睹為快。可是，這頁只有一行字：

還你明珠雙淚垂，恨不相逢未嫁時。

哎喲！我看得呆若木雞，她在寫什麼啊？到底這是詩句還是佩儀真心說話？

我手抖抖把全信反覆讀了三遍，方才明白其中意思：她對我的評價很高，她對我的愛意十分感激，還說這種愛是崇高革命友誼，並希望這種友誼繼續發揚下去，但是，她已經結婚了。

能三坐在一旁目睹我情緒急劇變化，輕輕拍我肩膀，彷彿他早已料到終有這麼一天。

「佩儀真的結婚了？」我撐緊眉心問。

「是真的。」能三回答，把鼻樑滑下的眼鏡往上一推，沒向我正視，想是不忍心看見我的窘相。

「她什麼時候結婚？」我再問。

「有兩個月了。」

「新郎是誰？」

「是建華。」

「啊！怎可能是他！」我驚呼起來，怪不得昨天在火車站裡看不到建華，他不必躲我啊！我趕緊打探，「建華現在在哪兒？」

「去香港了。」能三停頓一下又說：「許多人說他逃港，我認為不是這麼一回事。」

自從一九五二年開始，港澳邊境不再准許自由出入，內地人如需往港澳探親或工作則要申請通行證，逾期不返者被鄙視為「逃港」。

「建華什麼時候走的？」

「也快一個月了。」

「唉！佩儀多麼不幸啊！新婚一個月，新郎便走了，建華倒底是『逃港』還是『逃婚』啊？」我憋住氣，把桌上的信推到能三面前，「能三，你看這信，你古文詩詞比我好。佩儀信上說『恨不相逢未嫁時』，這表示她後悔結婚嗎？」

能三不愧是飽學中西之士，不看信便知這是唐詩中一句，立即搖頭晃腦把全詩朗誦出來：

君知妾有夫，贈妾雙明珠。
感君纏綿意，繫在紅羅襦。
妾家高樓連苑起，良人執戟明光裡。
知君用心如日月，事夫誓擬同生死。
還君明珠雙淚垂，恨不相逢未嫁時。

能三唸罷詩句，肯定說：「佩儀絕無後悔之意。」

「何以見得？」我不禁追問。

「唔！俗話說三句不離本行，讓我用 X 光透視法解釋吧！所謂透視，就是既看到表面，又能看到裡面。表面上，這是一首情詩，說的是這個女子忠於自己丈夫，拒絕一名多情男子厚禮，情形有點像佩儀拒絕你的禮物一樣。但是，這僅僅是表面現象，內中透視另一真情。」

「內有什麼真情？」我追問。

「這詩名雖叫《節婦吟》，但詩中真正要表達的是兩個男人之間的政事。」

「他們不是君和妾關係嗎？」我詫異。

「他們不是的，詩人假借這種關係，以詩歌形式表述一名將軍對藩官所送厚禮退還，拒絕拉攏，以示對國家的忠誠。這種婉轉謝絕手法，既不冒犯，還給對方留有餘地，玄妙之極。佩儀選用這詩回覆給你，表面上，她對婚姻不後悔，但是，內中她可能在暗示你什麼。」

「她暗示我什麼？我不明白啊！」

「我不是當事人，只好讓我瞎猜猜吧！佩儀也許向你表示，她的婚姻也是為了對國家的忠誠！」

「忠誠？」我已經忍受不住連番打擊而激動起來。先是佩儀退回禮物，使我氣餒；然後，我深愛的人突然結婚，而新郎不是我，令我沮喪；第三就是建華匆匆逃港去，他與我從小一起長大，志趣相投，同心報國，現在他居然幹出這種卑劣事情，這豈不是三個大耳光向我劈面打來，令我無比惱火嗎？

　　我再火爆一句，「佩儀嫁了一個逃港的人，難道這是對國家的忠誠？真是豈有此理！」語畢，我悻悻然在桌上抓起一只碭山梨，連皮帶核囫圇吞下肚裡。

第十章 輸掉了煙斗

　　星期一清早，我懷著既歡欣，又焦慮心情回到博愛醫院去，第一個要見的人是黨委書記劉秉章同志。他正在走廊上，拿著掃帚與工人一起清潔地板，樸實無華作風與解放軍入城時候一模一樣，絲毫未變。

　　他瞧見我時，十分高興，緊握我手，拍打我肩膀，連聲說：「好樣的！好樣的！熱烈歡迎英雄勝利歸來！」

　　我送給劉書記一件小禮物，那是一個小銅罐，是我親手用戰地醫院的手術器械把美軍砲彈殼製成的。這罐有一個小蓋，蓋面刻有和平鴿圖案，罐內裝有朝鮮菸草葉。

　　他開心收下我的禮物，盛讚小銅罐手工精細，又很有心思，是一件了不起的手工藝品，也是對抗美援朝的最好紀念。

　　我說：「我想你也會喜歡裡面的朝鮮菸草，味道夠猛。」

　　「謝謝你的心意，我知道朝鮮菸草味道一定夠猛，漫山遍野炸過的土地少不了火藥味嘛！可惜啊！我已經不抽煙啦！說實在，我跟別人賭博，輸了煙斗，也把抽煙習慣戒了。」

　　也許，劉書記知道我會對賭博不光彩事情尋根問底，於是把我拉進辦公室去，詳細解釋他的賭博經歷來。

　　解放初期，博愛醫院人手不足，衛生部派來一批蘇聯專家

彌補美國醫生撤走之後空缺。

在博愛工作的蘇聯專家都是一流人材，但是，心研組有些人背後對心臟外科教授華西里略有微言，不喜歡他在手術室裡用俄語指手劃腳，令人不知所措。

「蘇聯專家在心研組工作如何？」趙院長向建華徵詢意見。

「主要問題不在於語言隔閡，」建華說，「而是心研組發展未如理想。蘇聯醫學有些項目是世界最先進的，但是，華西里教授本人也承認，蘇聯心臟外科還是落後於美國。」

「假如美國的教授現今仍然留在博愛的話，你認為心研組應該發展到什麼程度？」趙院長問。

「我們可能已經開展心臟直視手術了。」建華答。

「蘇聯有心臟直視手術嗎？」

「據華西里教授說，列寧格勒醫院有低溫麻醉直視心臟外科，但只限於二十分鐘之內完成的小手術，大手術還是不成。」建華說。

「那麼美國的直視心臟外科發展又如何？」趙院長又問。

「美國稍為先進一些，美國醫生正在研究人工心肺機，利用機器驅動血液和人工氧合，可以進行需時較長時間大手術，這樣治療範圍擴大了，安全度和療效都會顯著提升。」

此後，趙院長和劉書記對如何開展本院直視心臟手術有過多次討論。劉書記傾向以俄為師，而趙院長則認為要向各國先進經驗學習，特別要向美國看齊。

「向蘇聯專家學習便可以嘛！況且他們已經來到咱們家裡來了。」劉書記說。

「總體來說，在醫學方面，今天仍是美國人領先。西方醫學最近三百年發展很快，但是醫學昌盛也是輪流轉的。十八世紀時，法國醫學最先進，到了十九世紀，優勢已經轉移到德國，當時世界各地許多醫生，包括我國早期留學生都到德國學醫，打從本世紀開始，美國醫學迅速趕上，現已成為世界首屈一指。」趙院長說。

「那麼中國和美國的醫學差距大嗎？」劉書記問。

「我國的西醫起步很晚，自從外國傳教士在廣州一八三五年設立第一間西醫院『博濟醫院』開始，迄今也不夠一百二十年。上海博愛醫院比廣州博濟又晚了許多年，但是，我們博愛是後來居上，曾經接近世界先進水平。現在大概要比美國落後五年。」

「那是什麼緣故？」

「這是因為在解放前，美國醫生把他們技術帶到博愛來，而博愛每年都選派醫生到美國去，兩地有了交流，才有這種快速進步。這種交流中斷之後，差距逐漸拉大，我們要設法追趕上去才行。」

「可是，美國人把門關起來，我們根本不可能與他們打交道嘛！」劉書記說。

「大門雖是關上，小門還是開著。」

「哪裡有小門？」

「香港、澳門就是我們的小門。」趙院長說。

「你意思是到香港、澳門去取經？」

「不。我們經小門出去，要走得遠些，到美國去，到歐洲去，不入虎穴，焉得虎子啊？」趙院長說。

劉書記一說到美國便皺起眉頭，特別是要建華到美國學習，更是搖頭反對。

劉書記說，建華是外科奇才，是博愛醫院寶貝，現在醫院人手已經不足，不能再讓建華流失到海外去了，這對他本人和對國家都是巨大損失。

趙院長卻認為建華有一顆熾熱愛國心，學成之後一定回來報效祖國，正如現在一批又一批留學歐洲和美國學者，幾經艱難曲折，還是回來參加新中國建設一樣。

畢竟，劉書記認為建華所有親人都離開了中國，他會受到家庭影響，隨時可以改變主意，堅持讓建華留在博愛繼續向蘇聯專家學習。

不久，劉書記和趙院長之間的爭論演變成為一場賭博。

事緣是建華的父親突然腦中風，不幸逝世，建華接到家裡電報，要他速到香港料理喪事。這時候，劉書記對建華喪父之痛深表同情，立即批准他到香港參加喪禮，還親自打電話到上海公安局要求加速審批建華通行證手續。

劉書記送走建華之後，獨自關在辦公室裡巴答巴答抽悶煙，長噓短嘆不已。趙院長勸解他說，建華是會回來的。劉書記卻傷感地說，目前我們國家一窮二白，沒有能力給知識份子高薪和更好生活環境，堅信建華一定不會回來。

說完，他把煙斗裡的煙絲狠狠摁熄，抖淨煙灰，把這柄名貴烏木煙斗連同一具銀光閃閃「朗臣」打火機擺在桌上，當作一筆賭注，向趙院長發誓，打賭建華不會回來。

「這煙斗和打火機是你解放上海紀念品啊，十分珍貴！你快把心肝寶貝收起來吧！如果你真要跟我打賭，我要你下更大賭注。」趙院長說。

「有什麼更大賭注？你放馬過來！」劉書記被激將起來。

「我跟你打賭戒煙。我曾經勸你戒煙無數次，你都反對，還說什麼事情都可能，就是戒煙不可能。現在好了，我用兩個『能』，打賭你兩個『不能』。」

「這咋樣說的？」

「你說，自己不可能戒煙，又說建華不可能回來，而我說，

你能戒煙，建華也能回來，這叫做我的『兩能』賭你的『兩不能』。」

「這東西能賭嗎？」

「完全可以，而且簡單得很。如果建華回來，表示你輸了，你一定要戒煙，相反，如果建華真的不回來，是我輸，我陪你一起抽一輩子的煙，成嗎？」

這場賭搏，注碼公平，逗得兩人都樂了，即時拍板定局。結果，兩星期後，建華在喪禮完畢之後按時返回博愛。劉書記此時真的願賭服輸，狠心把抽煙習慣戒掉了。

從此之後，劉書記對建華的印象完全改觀，並稱讚建華是一名「非黨布爾什維克」。

「他是怎樣的一個非黨布爾什維克？」趙院長問劉書記。

「建華雖然不是一個共產黨員，但是他的思想境界和真正的共產黨員一樣，是我們醫院的好醫生，也是我們的好同志，這叫做非黨布爾什維克。」

趙院長聽了這番話，趁機舊事重提，徵求劉書記可否讓建華到美國去。

一說到這話題，劉書記又搔起頭皮來：「這樣吧，此事要有一個條件才成。」

「要什麼樣條件？」趙院長問。

「讓李建華先結婚，結婚後才出國吧！」

「為什麼要先結婚？」

「老百姓都不是把結婚說是『成家』嗎？意思是結了婚的人才算有一個家。是吧？」劉書記說。

「是啊！我父母也常這樣說。」趙院長答。

「這個家字很重要，我們說愛國，也常常把家連在一起，說成是『愛國家』三個字。家是小的國，國是大的家，這就是中國人的家國情懷。溫州人到歐洲謀生，福建人去南洋經商，或者廣東人到美洲修鐵路，這些離鄉別井的人都習慣在國內娶妻成家，男人漂洋過海了，把家留在國內。這種習俗好不好？我個人認為好得很。我們的海外華僑不是特別愛國嗎？其中重要原因之一就是他們都有一個中國的家，這個家把他們的心與祖國連結起來。」

「這點我十分同意。李建華在中國出生，上海長大，也一直在博愛工作，中國、上海、博愛就是他的家，他的心一輩子都不會與我們國家分離的啊！」

「當然！這個當然！你說的也有道理。不過，話又說回來，李建華單身出國後可能在國外成家。這樣的話，他的心是中國的，而家卻在外國，國和家分開了，兩者之間便有了取捨。所以，我擔心李建華的愛國心難免不會受到另一半影響。如果他的外國妻子拉他後腿，不讓他回國，他能怎樣？」劉書記一直放心不下。

趙院長聽後，覺得劉書記說法也有理由之處，雖然，他在解放前曾無數次派送醫生到美國進修，大多數人都如期歸來，即使有些人沒回來，他仍然相信他們報效祖國是遲早之事。

「據我所知，李建華現在連女朋友還沒有。我們怎能一下子催他成婚啊！」趙院長心裡盼望劉書記可以刪去結婚這一先決條件。

「男大當婚，女大當嫁，李建華已是適婚年紀了，該是時候結婚啦！嘿！你我都是過來人，結婚大事還是需要有些助力才行。這種好事還是交給我來辦吧！我通知心研組黨支部，他們一定能完滿把這頭婚事辦好，然後順順當當讓建華出國。我們再打賭一次吧！像李建華這樣的好小伙子，只要他舉起手來找對象，依我看，想嫁給他的女孩子恐怕要排隊到外灘去嘍！你信不信？」

不出所料，為建華徵婚過程很快，黨支部書記黎帆當上月老，牽起了紅線，建華和佩儀火速相戀，並閃電結婚。隨後，建華到香港去了。

聽了劉書記講述賭博趣事，從而明白佩儀結婚經過，也知道了建華近況，這才解開我的快快不樂，混沌心境已是茅塞頓開。

就在當天下班時間過後，我到佩儀家裡探望，祝賀她新婚快樂。

第十一章　留學莫斯科

第一天回到博愛麻醉科上班，周教授對我說，立即全職準備留學蘇聯選拔考試。這是一個多麼振奮的消息啊！

劉書記說，預選留蘇生有三個標準，德、智、體三方面都要全面發展，他認為我是這三方面標兵，學院早已致函教育部，推薦我前往蘇聯學習。

這一年，全國各地遴選留蘇預備生有數千名之多，由於名額有限，只能通過考試擇優錄取，大概十中取一，實際出國名額僅有數百人。

我報考麻醉學研究生，導師是莫斯科大學魯勉斯基教授。趙院長與他認識，知道他是享負國際盛名的蘇聯醫學科學院院士，現任莫斯科大學麻醉學教授，在麻醉理論和技巧上有獨到之處，建議我拜他為師。

趙院長年青時留學美國，解放後訪問過蘇聯和東歐各國，對東、西方醫療和教育狀況瞭解較多。他說各國醫學有自己長處，以東德為例，醫療光學和醫療器械製造比較先進。樊能三的德語非常流利，他和學院領導正向教育部推薦能三到東德學習。

在趙院長苦心安排下，建華到美國，我將往蘇聯，也許，能三明年可到德國，而佩儀留在國內跟隨心臟內科專家陶兆康

教授學習。心研組這幾名年青醫生各有不同深造計劃，趙院長相信幾年之後，我們必成大器。

我選拔考試合格後，很快收到錄取通知書，立即起程往北京學習俄語。

俄語學習班設在北京西單鮑家街，原址是清朝醇親王府，光緒皇帝在此出生。沉寂多時的皇家大院忽然來了這麼多充滿青春活力年輕人，容光煥發，古老庭臺樓閣無處不是莘莘學子讀書聲。

我有很好英語基礎，學習俄語容易上手，同學們樂意向我請教。

開始練習發音時，有些同學不能讀出俄語 P 字母顫舌音，因而苦惱。北京來的張潔，她自以為舌頭長得大，振蕩不起來，問我當醫生的有沒有辦法把舌頭弄小一些。

「當然有辦法。」我看張潔懊惱樣子，甚表同情。

「怎個治法？要開刀嗎？」她認真請教起來。

「不用開刀，含一口冷水便可以了，物體都是冷縮熱脹，口含冷水，舌頭也可縮小，大舌頭都不變成小舌頭嗎？」我故弄玄虛回答，希望增強她學習信心。

張潔聽後信以為真，也教其他同學一起照辦，他們口含冷水，甚至是冰水，結果個個都學會 P 的顫舌。事後他們說，牙齒都冷得打哆嗦，舌頭還能不顫嗎？

我一句玩笑卻害慘那麼多同學，有點後悔。其實，這並不是關乎冷熱，主要是勤學苦練。不過，我也不是亂吹牛皮，口中含水，對感受舌頭震蕩很有幫助。

過了發音關，還要過詞彙關，這就要不斷去積累。有一次，我與張潔一起到小賣部買一把裁紙用小刀，她牢牢記住小刀的俄語發音是「諾士」。

「我想買『慕士』。」她向俄羅斯女售貨員開口時把「諾士」錯說成「慕士」，後者意思是丈夫，她這話立刻變成「我想買丈夫」。

那位女售貨員聽後哈哈大笑說，「我的天啊！我們這裡全是女的，可沒有丈夫出賣啊！」她向我瞟了一眼，繼續大笑，「瞧你身旁，有這種丈夫也不用找別的！」

我也忍不住笑了，張潔「嚓」一下脹紅了臉，害羞得跺起腳來，操起北京腔：「捅了一個大婁子！」

學習班為了讓學員赴蘇後能迅速融入當地生活，把我們學習環境盡量蘇化，唱俄語歌，聽莫斯科廣播，看蘇聯電影，連食堂也只講俄語。我們設身處地生活在蘇聯國土上，不管同學來自哪一省、哪一縣，都不說普通話或方言，只說俄語。

有位同學叫伍迪興，他也是歸國志願軍，報讀莫斯科大學建築系本科。他初時感到學習十分困難，講的比寫的還要吃力。記得他的一次尷尬遭遇，貽笑四方。

那天午餐，伍迪興想吃肉粒通心粉，苦苦記住俄語是「谷涼什」，他熟讀多次，自覺已經記牢，信心滿滿的。

「我想吃涼谷什。」他向女服務員點菜。

因為他早有準備，聲音特別響亮，可惜，倒轉了一個音節，把「谷涼什」說成「涼谷什」（青蛙），他的說話馬上變成我想吃青蛙的意思。

女服務員馬上驚愕起來，「嚇！你可真要吃青蛙（涼谷什）嗎？」

伍迪興還自以為是，高聲重複，「噠（是的）！我要吃青蛙（肉粒通心粉）！我還想要肉多一點的那種青蛙！」

這時，女服務員終究明白過來，連忙把住笑歪的大嘴，故作認真去調侃，「哎喲媽媽！真是抱歉啊！我們的廚師真沒本事拿青蛙做小菜。你真想要吃的話，可要預訂了，今天肯定吃不上！」

聽到他們樂不可支的對話，正在用餐的同學轟然爆出哄堂大笑。

但是，他不愧是受過戰爭考驗的軍人，把俄語當成是一個攔路碉堡來攻打，結果後來居上，很快學得一口流利俄語，令其他同學刮目相看。

我問他為何進步如此神速，他說是土法上馬。

「是怎樣的土法？」我問。

「語言離不開聲音，我把拗口的俄語，註上普通話諧音便容易記住，也容易讀出聲音來，譬如，我把俄語的『早晨好』讀作『當不了武大郎』，馬上就能記得住。」

「唔！『當不了武大郎』，聽起來幾個音節確實相似。竅門在哪兒？」

「《水滸傳》武大郎天未亮便要起床賣飽子，他哪能有過一個好早晨啊？不當武大郎的人才能早上睡個大懶覺哩。又譬如，我把『星期天』讀作『襪子擱在鞋裡』，意思是星期天大家休息，不用穿鞋踏襪上課。你說這種方法是不是很老土？」

我稱讚說，這不老土，是屬於聯想記憶法一種，有科學道理。不過，他也承認，死記硬背，和系統記憶，加上多聽多講多練才是真正成功之道，他每天強逼自己背一百個單字，第二天忘記五十個，第三天重複昨天忘記了的五十個，又多加上新的五十個，如此疊加積累下去，詞彙很快便會豐富起來了。

次年，我們快將起程到莫斯科去，國家已為每位同學打點好行裝。

我打開滿滿兩箱行李，裡面有適合蘇聯四季不同大衣和西服，各種高級物料襯衣和褲子，從外到內，應有盡有，還有各款鞋襪、梳子、牙刷、牙膏、肥皂等等不計其數，連實習時穿著的工作服、白大衣和上課書包都給準備好了，那種行頭連上海中上人家也望塵莫及。祖國對自己如此無微不至關懷，令我

深受感動。那時我們一切開銷全由國家供給，一百五十個農民辛勤勞動才養得起一個留蘇生。我們真是天之驕子啊！如果我們不努力學習，如何對得起祖國和人民的重托？

我突然想起建華，放下沉甸甸行李箱，心境還是輕鬆不下來，他同樣是出國留學，但是滿途荊棘，前程坎坷。他身處美國，決不可能像我們這樣，享受部長級生活待遇，每飯有四菜一湯，還有一身光鮮整潔的好衣裳。

佩儀來信說，建華到香港後，手裡只有上海公安局簽發港澳通行證，既沒有國家護照，也沒有香港政府居住證明，無法得到美國簽證。一名美領事官員對他說，可以用「難民」身份申請到美國去。

我心裡想，如果要建華委屈成為逃離中國的難民，他的愛國心一定受到極大侮辱。

建華為此事而苦惱，只好打電話回博愛，告知趙院長自己處境進退維谷。趙院長回答說，美國入境政策一貫如此，並非針對他個人，為了盡快把美國醫學科技帶回國內治病救人，可以不必計較自己身份。

趙院長力勸建華放下思想顧慮，申請難民表格可以照簽如儀。他說美國所謂「難民」，是對沒有建交國家人民進入美國的特定名詞，不表示對個人侮辱，也不意味這些人背叛或賣國。

將心比已，如果我是建華，我絕對不會在「難民」申請表格上簽名！

我在朝鮮跟美國人打仗，在生死搏鬥中煉就出不畏強權氣概，現在反過來，讓我俯首甘為對手難民，真是豈有此理！

佩儀說，建華最後還是填寫難民申請，在遞表前一刻，他記住趙院長一句叮囑，「別人視你為『戰爭難民』，你要自恃為『和平使者』才是。」於是，他才硬著頭皮把表格交給美國簽證官。

我和建華取捨不同，這是我們性格不一樣緣故，我屬於直線型，耿直而堅強，而建華屬於曲線型，柔韌而婉順。

無論如何，我對於建華的艱難抉擇是理解的。

第十二章　岩石上的姑娘

　　我與同學們乘坐火車從北京到滿洲里，換乘蘇式寬軌鐵路，沿著風景秀麗的貝加爾湖向西進發，越過廣袤西伯利亞原野，經歷九晝夜長途旅程，終於來到仰望已久的莫斯科城。

　　在市中心裡，克里姆林宮嘹亮的鐘聲習習傳來，芬芳白樺樹氣息處處飄香，目不暇給的宏偉建築，還有櫛次鱗比的紀念廣場，無不使我更加崇敬這個充滿文化瑰寶的世界大都會。

　　當我站立號稱全歐最高建築物的莫斯科大學主樓前，瞻望羅蒙諾索夫巨大塑像那一刻，相形之下，感覺自己多麼渺小！但是，身旁的伍迪興同學說出一句豪言壯語：「我們一定能夠攀登上去，摘取主樓頂上的紅星！」這又強烈共鳴出我奮發圖強的心聲。

　　我按約定時間，走進主樓，與麻醉學導師魯勉斯基教授見面。

　　事前，我早已準備好有關俄語用詞，練準發音，希望導師視我孺子可教。出乎意料之外，導師開腔跟我說的不是俄語，而是流利英語。

　　魯勉斯基前額寬闊，目光如炬，儼然是一位不苟言笑的博學大師。他最先的話題不是天氣，也不查詢我學歷，而是問我結婚了沒有，如此一來，倒也令我緊張的心情輕鬆下來。

「還沒有。」我回答。

「有女朋友嗎？」他再問。

「也沒有。」

「呵呵！你可要當心了！我們這裡女孩子都是進攻型，她們知道中國男生像熱水瓶一樣，外冷內熱，她們或遲或早，總能把你們的熱水瓶蓋子撬開！」他說完，捋起唇上那把斯大林式鬍子，哈哈大笑，隨後，又問別的閒事，完全不及正題。

「你有什麼業餘愛好？」他又問。

「我喜歡閱讀小說和詩歌。」我答。

「呵呵！正好！正好！我也喜歡文學。」大概他發現我們有共同興趣，顯得格外高興，並請我朗誦一首莎士比亞十四行詩聽聽。

對於他的請求，我能應付過去。我中學時代英語老師是一個「莎翁迷」，課餘時候常常抓住我和建華一起學習十四行詩韻律，所以我對 ABAB，CDCD，EFEF，GG 的韻腳十分熟悉，也能把莎士比亞《第116》詩〔註〕背誦如流。

《第116》是一首愛情詩，莎士比亞在詩中解釋什麼是真愛，並定義出真愛就是永恆的忠誠，對此，我十分贊同。

我一字不漏在教授面前唸出《第116》。唸至最後一句時，他也參加進來，與我同聲朗誦：

「如果有人證明我此一定義不實，我從未寫過，也無人曾經真愛過。」

唸完莎士比亞詩，魯勉斯基昂起頭，表現欣賞和回味，之後，他又要求我用俄語朗誦一首普希金詩。

喲！大難題來了！我的俄語僅僅是初階，在北京學的俄語只能應付日常生活和聽課需要，豈能像俄羅斯文學那般高深啊！

情急之下，我突然想起普希金的《風暴》。讀大學期間，佩儀曾把這詩介紹給我，並用詩中的紅色風暴取代藍色天空等詩句啟發我的革命思想。那時，我把中文版《風暴》讀得滾瓜爛熟，也把佩儀當成詩中白衣姑娘來敬慕。

我在西單俄語學習班時，曾跑到北京圖書館借閱俄文版普希金詩集，把其中俄文《風暴》一詩抄錄下來，每天朗讀幾遍，既是練習俄語，也籍此思念佩儀。現在，我只能把唯一可取的《風暴》拿來應急。

我整理好自己思緒，鎮定地把《風暴》背誦出來：

你可見過岩石上的姑娘？
身穿白衣，
腳踏海浪，
當大海在風暴的煙霧中翻騰，
把海岸來戲弄，

當閃電以赤色的光芒
不時把姑娘的身影照亮，
風聲呼嘯，
浪花飛舞，
把她那輕盈的衣裳捲揚？
風雨蒙蒙的大海爛漫絢麗，
失去藍天的蒼穹正在佈滿紅色的電光，
請相信我吧，站在岩石上的姑娘
要比海浪，比蒼穹，比風暴更加漂亮。

魯勉斯基聽罷詩句，鼓起掌來。

我僥幸過關了，不得不感激佩儀在多年之前為我準備好今天應急錦囊。

現在我才明白，魯勉斯基是用詩歌來考察我的外語水平，大概我已經及格，他才言歸正傳。

「你在過去麻醉工作中，遇到什麼難題嗎？」他問。

「有的，是一名截肢傷者，他在手術後出現幻肢痛，治療很困難。」我答。

這傷者就是我在上甘嶺戰場揹回來的區炳曦。他在截肢手術後，一直幻覺自己切除的小腿依然存在，而且經常發生劇烈疼痛。這種幻覺中的痛楚，在醫學上稱為「幻痛」或「幻肢痛」。

「你如何處理他的幻痛？」教授問。

「一般止痛藥都不行，嗎啡藥才有點效果，但又不能多用，怕他上癮。」

教授聽完我的病例，立即從抽屜拿出一個玻璃瓶子，裡面裝滿樹皮，問我知不知道是什麼。

「不知道。」我答。

「請嗅一嗅它的氣味。」他從瓶中取出一片樹皮遞給我。

這樹皮氣味有點像我熟悉的桂花香，他用打火機把它燃點起來，隨著火焰霹啪聲，散發桂花香味更加濃鬱。

「這是巴西印第安人稱的『古加樹』的樹皮。你能忍受這種氣味嗎？」他問。

「挺香的，不難受。」」我說。

教授聽後，隨即把燃燒著的樹皮丟在鐵罐裡，加蓋悶熄，說道：「這氣味不能多嗅，否則便會產生幻覺。古加樹皮也許能解決你剛才說的幻痛。」

「真能治幻痛嗎？」我覺得神奇。

「我還不可以說『能』，只是『有可能』。古加仍在實驗階段，尚未用於臨床。你願意參加這樹皮的動物實驗研究嗎？」

「樂意，我當然樂意！」我高興回答。

於是，教授毫不猶豫把我的研究論文題目選定為：《幻痛與止痛》。

註：莎士比亞十四行詩《第 116》

莫讓我向真摯心靈的結合
加插障礙。愛是不是愛？
若遇有變節的機會就改變，
或是被強勢剝離就屈服：
哦，那不是愛！愛是堅定的烽火，
凝視著狂濤而不動搖；
愛是嚮導迷航船隻的明星，
高度可測，實價無量。
愛不受時光影響，即使紅唇粉頰
終會被歲月的鐮刀砍伐；
愛不隨分分秒秒、日日月月改變，
愛不畏時間磨鍊，直到末日盡頭。
如果有人可證明我所解不實，
我從未寫過，也無人曾經真愛過。

第十三章 迷幻

　　魯勉斯基既是麻醉大師，又是藥理學家和臨床心理學家。青年時候，他有志發明一種理想致幻藥，讓人在清醒狀態下解除思想束縛，消除痛楚和改善抑鬱情緒，但不致產生藥癮和損害健康的副作用。

　　早在一九四零年代初，魯勉斯基曾到南美洲研究一種籐本植物。當地印第安人把這種樹皮剝下，熬成糊狀，塗在弓箭頭上，用作射獵。中箭後的野獸不會動彈，任由捕捉。因此，他們命名這種籐樹為「箭毒」。

　　為什麼中箭動物立即變得如此馴服，不挣扎，也不驚恐？魯勉斯基最初推斷是「箭毒」引起了迷幻作用。可惜，動物不可能告訴人類這種奇妙感受，他亦不能從動物學家、獸醫或馴獸師得到相關解釋，於是，他決定和印第安人一起製煉箭毒，以親身體驗去證實迷幻存在。

　　按照印第安人規矩，製作箭毒時，所有成年女子一起齊集帳蓬之內，圍坐瓦罐四周，罐裡擺放箭毒樹皮、水和一些樹脂，罐下生火。當樹皮煮沸時，散發出一種獨特氣味，漸漸令人迷惘。

　　初時，只有一些年青女子忍受不住這種氣味，自行離開，帳蓬裡的人立即填補空缺，繼續圍攏。火候愈久，氣味愈濃，

離去的人也漸漸增多，直至最後一名女子忍受不住時，酋長才宣布這罐箭毒製煉成功。

魯勉斯基做好各種準備，走進帳蓬參加煉製。他自恃是男性和體格強壯，當藥罐冒出蒸氣時還故意作深度呼吸，急於體驗迷幻效果。可是，轉眼之間，他便飄飄慾仙起來，隨後又感覺雙腿肌肉軟弱無力。他趁手指仍能執筆，逐一把這些感覺速記下來。過了一會，印第安首領看他實在不行了，才把他抬出帳幕外面呼吸新鮮空氣，那時，他瞄見帳內尚有過半女子端坐藥罐之前，繼續煎煮。

魯勉斯基從親身感受得知，箭毒蒸氣雖有短暫迷幻作用，但很快引致肌肉麻痺，不是一種理想的致幻藥。他本想再重複體驗，可惜，此時蘇德戰爭突然爆發（一九四一年六月），魯勉斯基匆匆返回莫斯科去，不得不中斷對箭毒研究。

時至一九四二年，箭毒的化學成份在北美率先提取成功，製成藥物，並在加拿大蒙特利爾醫院首先應用在病人身上。它的藥理分類屬於肌肉鬆弛劑，並不是迷幻藥。

在二戰當中，魯勉斯基繼續研究各種致幻劑。那時候，堅守戰壕的士兵流行服食「苯丙胺」（安非他命）藥片，服後精神振奮，可以三天三夜不眠不休連續作戰。但是，魯勉斯基認為苯丙胺並不是理想迷幻藥，因有頭痛、血壓升高、蛀齒和成癮等不良副作用。

二戰後，他再次前往南美尋找新藥。在最近一次巴西旅行中，他親眼看見一名印第安巫師利用古加樹皮治好一名腰痛患者。那患者是里約熱內盧的足球守門員，他服用巫師的一小杯古加樹皮酒液之後，腰痛漸消，還能從擔架床上自動站立起來，高興得手舞足蹈。於是，魯勉斯基立即把十幾桶古加樹皮帶回莫斯科來，詳加研究。

魯勉斯基讓我加入古加樹皮研究團隊，令我十分高興。如此一來，我的學習任務變得更加繁重。

我每周有四天在博特金醫院麻醉科工作，也參加麻醉急症值班，其餘時間為上課和做實驗，星期六下午通常是義務勞動，星期天才有休息。中國留學生有一個例外，凡是中國和蘇聯兩國節日和假日都不用上班和上課。為了寫好研究論文，我不管中國假還是蘇聯假，也不管星期日休息，每天都到動物實驗室去，觀察白鼠各項指標變化和收集數據。雖然我的學習和工作都很繁忙，但充滿信心和成就感，時間也過得飛一般的快。

在繁忙之中，最愉快的事情是收到祖國來信，嗅到信封上中國香糊氣味，看到中文方塊字體，便有一種莫名其妙的親切感。

最近佩儀來信附有一張她兒子李彬的周歲照片，大大的眼睛，像是建華小時候一模一樣，我媽卻說彬彬長得有點像我。

我理解母親心思，大概是她看見佩儀抱著胖小子，令她回憶當年襁褓中的我，把彬彬容貌與我重疊起來，又或許她在借題發揮，提醒我要早些戀愛、結婚、生孩子了。

自從出國之後，我對佩儀的「單戀」慢慢在淡化，逐漸從夢幻中旋轉出來。俄羅斯諺語說得好：「愛就像圓圈，圓圈永無止點。」我對佩儀的愛也像圓圈一樣，沒有止點，但我理解這個圓圈不是在一個平面上原地旋轉，而是隨著時間推移不斷螺旋形向前，繞出一個連一個新圓圈。我的感情生活也應該旋轉到一個新圓圈去。

　　不久之後，我在藥物實驗室裡認識一位烏克蘭姑娘娜達莎，她是莫斯科大學藥理學研究生。

　　娜達莎與我同樣在魯勉斯基指導下研究古加樹皮，利用同一批白鼠做實驗，她主題在藥物動力學方面，而我偏重藥物致幻和止痛的動物模型上。

　　在實驗中，我和她有許多協作。她為了我可以詳細記錄實驗結果，特地從家裡帶來高級伏爾加牌近鏡頭照相機，替我拍攝白鼠受疼痛刺激後瞳孔大小變化，而我亦運用靜脈穿刺的擅長技術，幫她在白鼠耳背微絲血管抽取血液作生物化學檢驗。我每次穿刺都是一針即中，讓她嘆為觀止。有時候，我們忙得不可開交，錯過午餐，我拿出上海大白兔糖給她充饑，她也把手袋中一條生黃瓜掰開兩截，與我共享。

　　有一天，我在列寧山公交車站候車時，一頭德國狼犬突然向我撲來，幸好犬主及時制服牠。過了幾天，我又遇上那頭惡犬，牠再次向我咆哮。雖然我沒有受到皮肉傷害，但我感覺奇怪，周圍全是俄羅斯人，這犬卻偏偏針對我這個唯一的中國人攻擊，不知何故？次日回到實驗室時，我把如此不吐不快經歷告訴娜達莎。

「當時，你身上帶有食物嗎？」她關心問我。

「沒有。」我答。

「你穿什麼衣服？」她再問。

「跟平常一樣，沒有什麼特別，我在實驗室穿過的白大衣已經摺好，放在袋子裡，拿回宿舍清洗。」

「這就對了，原因就在白大衣上。」她肯定說。

「為什麼？」

「工作時，你身上白大衣難免沾染白鼠氣味，衣服口袋可能藏有動物漂落毛屑，犬類嗅覺對這些小動物氣味敏銳，所以你成為攻擊目標。」她解釋。

這時，我半信半疑伸手往身上白大衣口袋裡摸索。噢！真的！我居然在口袋角落拈出幾根鼠毛來，這白大衣還是我親手洗淨，今天剛穿上的，這證實娜達莎言之有理。

她趁實驗尚未開始，旋風似的跑到大學總務部領取兩套動物實驗袍罩，又滿頭大汗帶回來，叮囑我工作時定要穿上，用後不必自行清洗，只需放在實驗室洗衣籃便可，自有專人洗熨。從此之後，同樣事件不再發生，我十分感激她對我的關心和幫助。

夏天到了，魯勉斯基教授邀請研究生們到他的郊外別墅遊玩。

在汽車旅途中，我和娜達莎並排而坐，交談甚歡。她說自己少年時代經歷過斯太林格勒保衛戰，當時，她女扮男裝，把頭髮剪短，臉孔塗黑，與德軍打巷戰。敵人以為她是一個老練狙擊手，調動幾隊士兵從不同角度向她圍攻，根本不知道她只是一名十三歲小姑娘。聽完她的故事，又輪到我講述戰場上的戰傷拯救。戰爭回憶成為我們滔滔不絕話題，互相聆聽，全不在意車窗之外暖意洋洋的夏日陽光。

魯勉斯基別墅落座在瓦烏茲河畔樺樹林裡，風景優美，鳥語花香。甫一抵達，同學們像一群小學生初次郊外旅行那樣雀躍起來。娜達莎與其他女同學紮起頭巾，提起籃子，在樹叢裡採蘑菇、摘漿果，而我與男同學光起腳丫，在河裡划小艇，捕魚蝦，盡情歡樂，也大獲豐收。我徒手抓獲一條足足有兩公斤的大鱒魚，令大家嘖嘖稱奇。

午餐由魯勉斯基太太主持，這是有五道主菜的俄羅斯大餐，各款食物豐盛可口，還有我們親手烹調的鮮蘑菇鱒魚湯。我最愛吃的是用蘋果樹枝烤出來的黑麵包，那種既甜又酸味道真像上海過年時吃的「鬆糕」，品嘗之際不免引起對祖國的思念。

餐後，有人拉起手風琴，大家手挽手跳起高加索土風舞。合唱一曲《山楂樹》後，魯勉斯基拍響巴掌，高聲宣布一個特別節目：射擊比賽。

他拿出珍藏小口徑步槍，讓參賽者射擊百步之外懸吊的一顆草莓，冠軍可獲獎一張莫斯科大劇院烏蘭洛娃主演芭蕾舞《天鵝湖》廂座入場券。

嘩！是烏蘭洛娃，又是包廂座位，蘇聯同學聽後，個個歡喜若狂，因為他們經歷過二戰，人人都懂射擊，每人都希望獲得冠軍。當然，我也感到興奮，射擊是我的強項，我也有機會取勝。

我在上甘嶺曾經醫治過一名志願軍狙擊手，他在養傷期間，曾教曉我許多測距和測風的射擊秘技，百步之外射草莓對我不是一個難題。此外，大劇院入場券對我有特別吸引力，那時候，中國留學生有一傳統，留學期間一定要在大劇院裡留下足跡和身影。我和其他同學都在省吃儉用，把零錢貯蓄起來，希望能買到一張大劇院入場券，那怕最蹩腳頂樓座位也行。

參加射擊比賽共有十名同學，每人派發三顆子彈，各射三槍。結果有五人射中一槍，三人射中兩槍，只有我和娜達莎是三槍三中，成了雙冠軍，眾人看到如此賽果，不禁鼓掌歡呼。

這時，我建議把入場券獎給娜達莎，理由是女仕優先，可是娜達莎卻提出另一理由，說我從中國來，應該來客優先，堅持把入場券給我。魯勉斯基看我們兩人爭持不下，決定用射擊飛碟比賽作最後決定，誰打中飛碟誰說話算數。

魯勉斯基為了公平起見，從口袋掏出一枚十戈比硬幣，拋向空中，娜達莎選擇落面是雙頭鷹，結果落面是硬幣價值的 10 字，由我先射。

綽號大力士的尤拉把兩張白色餐碟抹淨，拿起一張，使勁把碟子以七十度升角甩至樹林上空。待碟子旋至拋物線最高點時，我抓緊「頂點滯留」一刹那，扣動機板，結果「嘣」聲一響，正中目標，碟子空中開花。我高興宣布：把入場券獎給娜達莎！大家報以熱烈掌聲。

這時，娜達莎向我回眸一笑，優悠舉起槍來。尤拉再把一塊碟子拋出，很快升至最高點，碟子在「頂點滯留」時，她卻遲遲不射。此刻，大家都不由自主「噢」了一聲，為她錯失射擊良機而不值。誰知，當碟子將快跌落樹梢時，娜達莎才娉婷扣動機板，也是「嘣」一聲正中碟心，同學們頓時狂呼：「烏拉！烏拉！烏拉！」娜達莎在歡呼中，高聲要把入場券給我。大家心中都明白，娜達莎射碟技術比我更勝一籌。

這又爭持不下了，到底這張入場券歸誰所有？

魯勉斯基此時樂得合不攏嘴，盛讚兩名射手技術高超，然後宣布：「還是讓我說了算吧！我把留給自己一張入場券拿出來，讓兩名冠軍一起看烏蘭洛娃去！」

蘇聯人看大劇院是一件人生大事，像出席隆重慶典一樣，個個光鮮亮麗，衣香繽影，軍人們還佩上滿襟勳章，格外精神抖擻。我也梳理好頭髮，擦亮皮鞋，穿上一套畢挺淺灰凡立丁（薄毛呢）西裝入場去，與我同行的娜達莎則是一襲杏色布拉吉裙子，配上白色絲質披肩，顯得更加嫵媚動人。

開演後，我們兩人聚精舞台上，浸沉在優美演出裡。她沒有往常那麼多說話，只見她隨著音樂節奏和芭蕾跳躍，在座椅

裡手舞足蹈，婀娜多姿。她芬芳體香也隨之陣陣飄來，讓我對她晶瑩剔透品格感到更加可愛。

看罷芭蕾，詩歌節到了，這是蘇聯人紀念偉大詩人普希金誕辰日子。節日裡，人們街上相遇時都要唸出一句普希金詩句作見面禮，許多街心廣場也搭起臨時舞台，演出普希金戲劇，莫斯科全城洋溢在濃鬱文藝氣息裡。

正當人們歡慶這一節日時候，我和娜達莎在實驗室裡卻遭遇一宗意外。這是因為主管實驗室大嬸要參加街頭演出，匆忙提早下班，逕自關門走了，把我和娜達莎倒鎖在實驗室裡。

娜達莎發現雙重大門都被鎖上，兩門之間的更衣室和電話間也不能進入，無法與外界聯絡，她擔心等待大嬸三天假期完畢回來時，我們已經餓得軟弱無力，甚至昏倒在地。

我安慰娜達莎不要著急，避免體能消耗，否則的話，別說三天，就算一天也熬不下去。

幸好實驗室內仍有自來水供應，我撕下筆記簿上空白紙頁，捲成一個圓錐形紙杯給她盛上一杯清水。她欣然喝下，笑了，說我能夠隨遇而安。

夜色慢慢降臨，六月莫斯科晚間還是冷颼颼的，我找到幾只裝載動物用品的硬紙盒，壓瘪了，鋪墊在水門汀地板上，讓娜達莎坐下休息，避免受涼。我又利用紙盒的硬度裁剪成條狀，一條接一條，連成長長硬紙棒，把求救字條推出第一道門縫，再推出最外門縫，希望門外有人及早發現。

夜深了，天花板照明燈按時自動熄滅，只有牆腳地燈發出柔弱黃光。黑暗來臨令鼠輩活躍起來，咬嚙聲、吱吱尖叫聲和自動餵飼機隆隆聲混成一片，似是山雨欲來風滿樓，更增我們心中煩惱；小小鼠眼閃爍出點點紅光，疑是遠處農家燈火，倍感孤立無援。

娜達莎在此情此景之中，更覺饑腸轆轆，她只好按照我的法子，捲起紙杯，喝水充饑。她飲水多了，一定要如廁，我不管她躲在哪一角落方便去了，只知道密室之中並無危險之處，不必對她操心。

過了一會，她回來了，口裡吱咯吱咯咀嚼不停，並咕嚕地說：「我找到好吃的！我們餓不死了！」

她歡天喜地往我手心塞來一把小豆子。說實在，這時我也餓了，隨即把小豆子放進嘴裡嘗一嘗。嘿！挺香脆的，好吃！我再咬第二顆時，嘗出是桂花香味，我立即警覺起來。這不就是我初次與魯逸斯基教授見面時嗅到的古加樹皮的氣味嗎？

我猜到了！這些「小豆子」是白鼠飼料，當中可能混入古加樹皮！

娜達莎笑嘻嘻承認她確實是偷吃了鼠糧。不過，她很聽我的話，趕緊把口中的「小豆子」吐出來。哎喲！我的天啊！她已經把紙袋中鼠糧吃掉一半。

實驗過程中為了防止人為偏差，小白鼠飼養和餵藥另有專人負責，我和娜達莎都不許知道哪一組是餵藥的，哪一組是不

餵藥的,另外,用什麼方法餵藥,份量多少都不對我們公開,這叫做科學實驗的「單盲法」或「雙盲法」。因此,我們事先根本不知道飼料裡混入了古加成份。

此時,娜達莎沒說任何不適,只是覺得肚子不餓了,情緒愉快起來。我並不擔心她錯吃了鼠糧而中毒,因為樹皮所含古加酸已作過毒力測定,其「半數致死量」低至可以忽略不計,我只擔心藥力發作時,令她情緒高漲,出現幻覺,甚至行為失控。

我鼓勵她繼續多喝水,盡快把吃進的古加從小便排泄,減輕迷幻症狀。

過了一會,她仍然談笑自若,好像什麼事情都沒有發生。

「你看過《鋼鐵是怎樣鍊成的》這書嗎?」她忽然問我。

「看過的,我還看了不只一次哩!」我答。

「保爾是我的偶像。你崇拜他嗎?」她再問。

「當然,我也很崇拜他。」我說。

來莫斯科之後,我發現蘇聯青年都崇拜小說中的保爾,同樣,我也深受保爾思想影響。保爾在友人葬禮上一段致詞,令我永記不忘。

保爾說:「人最寶貴的東西是生命,生命對於我們只有一次。一個人的生命應當這樣度過:當他回憶往事的時候,不因

虛度年華而悔恨，也不因碌碌無為而羞愧，這樣，在臨死的時候，他能夠說：我的整個生命和全部精力，都已獻給世界上最壯麗的事業，為人類的解放而鬥爭。」

我擔心娜達莎是否也想起保爾這段悼詞，正在悔恨自己吃下古加樹皮，在學業未竟之時，碌碌無為死去。

不過，在暗淡光線下，我看到她表情歡快，才知道我的想法完全是多餘。

「當年，保爾曾經和一名女游擊隊員一起坐牢，這是不是與我們今天被關情景有點相似？」她搬出書中一段情節問我。

「這有很大不同！」我答，「他們是被德軍俘虜，還要面臨槍決危險，而我們只是偶然被倒鎖起來罷了，性質完全不同。」

「不過，起碼有兩點是相似的。」她挑起眉梢，調皮地說。

「你說哪兩點？」

「保爾和女游擊隊員，是一男一女關在一起，而現在，我和你也是一男一女，這一點相似吧！」

「嗯，這種相似算不了什麼吧！」我答。

「還有第二點，這一點我一定要算數，那名女游擊隊員愛上了保爾，同樣，我也愛上了你。」她說得很坦白，眼睛特別明亮，聲音也格外動聽。

「快別開玩笑了，哪能把我和你代入小說中去啊？」我有點不知所措。

「我沒開玩笑，我確實愛你。我一直從旁觀察你，你有許多保爾優秀品格：堅強、勇敢、克苦耐勞，關心和愛護周圍的人……我早已從心裡把你當是一個現實中的保爾，一個中國來的保爾來敬慕。你知道我愛你嗎？我對你的愛是可以放棄一切的愛，甚至是可以犧牲一切的愛。我會比女游擊隊員愛保爾那樣更加愛你，我會把我擁有的一切都會獻給你，像女游擊隊員向保爾獻出處女寶那樣，我也會！這是真心的……」她連珠砲一般說話，眼神浮游，鼻翼搧動，最後，還把頭頸擱在我肩膀上，繼續傾出一瀉千里的濃情蜜意。

我警覺了，她如此熱情洋溢和袒蕩直言，是因為她吃下的古加在發作！

我情不自禁輕輕撥開她垂在額前一綹鬢髮，仔細端詳她的容貌，她是那般美貌，又是那般冰雪聰明和富有才幹，她真是一個很值得我去愛的另一個白衣姑娘。

可是，我心裡七上八下，總是找不出一句適合說話去回應。正在瞠目結舌之際，我不經意從胸袋摸出皮夾子，抽出裡面一張照片來。

那是一張我和佩儀的合照，我們兩人笑容滿面，胸前都戴有大紅花，那是在慶祝上海解放晚會上，我們接受獎勵時由新華社記者拍攝下來。我一直把它隨身攜帶，帶到朝鮮戰場去，也帶到莫斯科來。

我不知道為何此時此刻想起這張相片，我也估計不到娜達莎動作變得如此飛快，她不動聲息，咔嚓一下把相片奪過去，湊在地燈前仔細打量。

「這是你們的結婚照？」她急不及待問。

沒等我回答，她繼續說道，「我知道中國人結婚都戴大紅花，新娘子真漂亮啊！」

緊接下來，她滔滔不絕說話，又是對我婚姻祝賀，又是高唱吉卜賽人婚禮頌歌，夾雜聽不明白的吉卜賽祝福語，令我無法打斷。

「她叫什麼名字？」她終於停下來問我，長長睫毛一軋一軋地霎動。

「她叫鄧佩儀。」我如實回答。

「她也是醫生嗎？」

「是的，她是內科醫生。」

這張照片像產生巨大魔力，她的高漲情緒猶如沸鍋中加注一瓢冷水，熱氣騰升立即平息下來，她不再說話，只是緊握我手，久久不放，直至惺松睡去。

半夜之時，實驗室內更顯寒意，我把自己身上外衣脫下，給她蓋上，讓她溫暖一點。我只穿一件單衣瑟縮在她身旁，讓

她多一點溫暖，但心裡仍然感到對她有所虧欠，好像自己對她撒了一個彌天大謊。

次晨，住在鄰舍的伍迪興知我徹夜未回，四出尋覓，最後找到藥理實驗室來，這才發現門縫外面的求救紙條，及早把我們解禁出去。

第十四章　麻醉詢問

詩歌節過後，我和娜達莎還是像從前一樣在實驗室工作，但是，誰也沒有再提起那天晚上的激情。

忙碌幾個星期之後，我的實驗順利完成，取得的資料和數據引用到論文中去，然而，娜達莎實驗有點滯後，還需加班加點。一旦有空，我會從醫院趕回大學去，給她幫幫忙，也想見見她，和她說說話。

我該向娜達莎說什麼呢？

我想向她解釋那張照片並不是婚照，不讓她繼續錯覺下去。也許，她已經知道我尚未結婚而怨恨我不誠實，這種誤會更令我如芒刺背。可是，每當我向她開口說話時，總是有些遲疑，解釋之事一拖再拖。

日子也一天天過去，我愈來愈感到不應辜負娜達莎對自己的熱愛。而我對她的感情又是如何，是屬於友誼、敬重、傾慕、感恩或是心心相印？

我是否真的愛上她？

終於，在一次偶遇中，我的潛意識反應，終於給我分出青紅皂白。

那天，我看見娜達莎與一男生在校園並肩而行，事後她立刻專程前來告訴我，他叫伊凡，是她新認識的男友。簡單介紹之後，她明亮眼睛盯著我，急切等待我的回應。

　　在這麼短短一瞬間，我表現冷靜，沒有異議，沒有嫉妒，也沒有挑起決鬥的衝動，更沒有被伊凡捷足先登那種自艾自怨，當然，我也沒有有對伊凡評頭品足，橫刀奪愛。相反地，伊凡的出現讓我情海翻波的心境頓時變得平靜如鏡，這不是因為我吃不到的葡萄是酸的那種自我安慰，而是一種從未有過的念頭立即湧現心頭：我欠下她的情債從此煙消雲散。

　　奇怪的情債不知為何突然冒起，我從未有過把純真感情牽連到欠債還錢那種市儈的商業意識。

　　我不得不承認，我和娜達莎的感情經歷過一夜纏綿，差點墮入愛河。她，因為與我在一起，接受更多東方文化，性格日臻完美；而我，因為有她的真誠愛慕，而倍感自豪。我捨不得失去她，但是，我沒有決心擁抱她，這種奇妙而濃烈的感情猶如曇花一現，隨著時間消逝，在來去匆匆之中逐漸瀟灑殆盡。

　　娜達莎實驗結束之後，又忙於副博士論文答辯，我和她見面機會少了。偶然在路上相遇，她仍然十分熱情與我打招呼，也總是停步下來，跟我說上幾句才依依不捨告別。我們雖未深愛，但並非無情。

　　我追上幾步，看著娜達莎離去，漸行漸遠，我瞇起眼睛望去，她的綺麗身姿重疊在佩儀倩影上，這兩位白衣姑娘在我記憶中永遠揮之不去！

我的留學生活沒有因為單戀破滅而頹廢，也沒有因為欠下情債而分心，學習成績一直名列前茅。

　　我寫的論文《古加對小白鼠迷幻和止痛作用的評估》答辯獲得「優秀」，我在博特金醫院的麻醉工作和學業亦受好評，因此被允許參加專門為高級麻醉醫生開設的進修課程——《特殊麻醉學》。這課程名額有限，我是唯一破例入圍的外國醫生，因而感到幸運。

　　魯勉斯基是這一獨門學藝主講教授。他認為犯人、疑犯、有精神異常的人、吸毒者或身體嚴重殘障者，對止痛和麻醉要求與正常人有顯著差別，評估時要因人而異，應用時要格外小心，必要時需要增添特殊設備及採取非傳統措施。

　　這課程所用講義由秘書打字，手工油墨印製，裝釘也十分簡單，但內容之豐富卻令我喜出望外。其中有一講題是《麻醉詢問》，我也很想把這一神秘而新穎的知識學習到手。

　　什麼是麻醉詢問？

　　原來人體在剛剛進入睡眠，或剛剛接受麻醉時，均有一個短暫「矇矓期」，這時候，頭腦仍然清晰，理解和記憶力保持完整，只是自我保護意識大大降低，常常是信口開河，有點像「酒後吐真情」那種口不擇言。

　　按照精神學家所說，大腦額葉最前方有一個特殊小區塊叫「額前葉」，它具有管控人們什麼話該說或不該說，與及說話之後能自我分析對錯，並及時作出修正的能力。有些人的「額

前葉」功能特別發達，這有點像上海話用「額骨頭精」去形容這類人具有聰明、機警、快速轉換意念那種品格。

於是，麻醉師們選擇麻醉藥的種類和份量，刻意延長這段「矇矓期」時間，干擾「額前葉」正常運作，趁清醒而尚未全醉的機會與病人談話，瞭解他對疾病感受，幫助他解除痛楚和思想苦惱，這就是「麻醉詢問」的初衷。

「麻醉詢問」似乎有溝通心靈，洞察是非效果，不過，根據統計，人們在矇矓期間說話僅有七成左右符合事實。所以，它只可作為一種參考資料，不能成為辨別真偽的證據。

在日常生活中，每人都有難言之隱，也有不想讓別人知曉的心中秘密，這些都稱為「隱私」（或私隱）。

有趣的是，人們「隱私」自己同時，卻有一種相反心理現象，那就是好奇別人的私事，譬如：好奇某某是不是小三，或者好奇某人家中收藏有多少私產等等。

在社會上，好奇別人隱私現象司空見慣，但是，有一些人卻別有用心，採取「偷窺」或「竊聽」等手段去揭露別人底細，那就是歪門邪道了。

有鑒於此，魯勉斯基提倡合理、合法和合乎科學地應用「麻醉詢問」開啟人們緊鎖心扉，這在醫學、心理學、教育學和犯罪學上有很大實用價值。

他一直努力尋找理想迷幻藥去替代麻醉藥，讓病人、頑劣學生或犯罪份子自願服用，徹底暴露自己情緒困擾，或是犯錯原因，從而找到合適的治療措施或思想教育方法，讓他們重新走上生活正軌。

如何進行麻醉詢問？

在導師波波夫醫生詢問疑犯 K·勒柏辛柯偷槍一案的實習中，我逐漸瞭解「麻醉詢問」過程和應用。

從莫斯科警方檔案資料知道，音樂家 K·勒柏辛柯因為在莫斯科機場更衣室偷取一名警員佩槍，事後遭到逮捕。手槍奪回後，警方發現槍內彈匣空空如也，原有的八顆子彈不翼而飛。K否認曾經開槍，也否認賣出子彈，只承認犯了法，甘願受罰，但對警察其他問題一概沉默不語，噤若寒蟬。

K出生於列寧格勒西部接壤芬蘭的小鎮，二戰時參加紅軍，表現英勇，曾獲頒一級衛國戰爭勛章。戰後，他移居莫斯科，以教授大提琴為業。年屆四十的他仍是單身獨居，性情一向少言寡歡，最近五年患上抑鬱症，服用重劑量「安定」作為治療。精神科醫生認為他已經服藥成癮，但無吸毒、販毒或其他犯罪前科。在起訴之前，他自願接受麻醉詢問，幫助回憶犯案動機和經過。

開始詢問前，一名護士給 K 服用少量 SLD（麥角酰胺，一種迷幻藥），然後讓他安坐沙發椅上休息，半小時後，另一名護士從他手臂靜脈緩緩注入輕量麻醉藥。

K意識剛開始矇矓時，護士和技師迅速給他戴上腦電圖頭罩，胸前接連心電圖導線，扣上呼吸動作感應帶，皮膚貼有汗液濕度顯示器，手臂纏有血壓計，手腕戴上脈搏波動儀，座位前豎起顏面熱度（紅外線）感應器和攝影機，他身旁還擺放一具磁帶錄音機。待一切準備就緒，所有協助人員立即撤離。

K在矇矓中，現場只有波波夫醫生和他單獨談話。

在閒聊氣氛中，K自認通曉俄語、芬蘭語和德語，自爆隱瞞了三十多年的猶太人身份。他的大提琴技巧是由他崇拜的猶太導師執掌指教，並直言不諱為猶太民族的智慧而感到自豪。

K回憶一九四一年初，蘇軍隱約得知德軍有「巴巴羅薩」閃電戰入侵蘇聯計劃。當時，他臨危受命，冒充成為與德軍同一陣營的芬蘭軍官，潛入盤踞在拉多加湖畔的衝鋒隊基地，刺探德軍動靜。

駐守湖畔德國黨衛軍（由納粹黨精忠份子組成的特種部隊）對這名新來芬蘭軍官十分警惕，經過幾番嚴格盤問均偵查不出K有嫌疑之處。後來，一名黨衛軍上尉赫斯趁他熟睡時，使出下三濫手段，扒開他的內褲，發現他的陰莖包皮有切割痕跡。包皮切割術是每個猶太男子必須施行的「割禮」宗教儀式，因此赫斯上尉懷疑他是種族清洗之後漏網的猶太人，進而推斷他是蘇軍奸細。

其實，K被扒內褲當時只是佯睡，他自知處境危急，苦於任務所需絕密情報尚未到手，此刻摸黑逃命必定前功盡廢，因

此他決定挺而走險，繼續裝睡下去，並千叮萬囑自己不要在睡中說出俄語夢話。

次晨，赫斯伙同幾名黨衛軍官把 K 領到一片林中空地，當中有一新挖土坑，讓 K 單獨站立土坑一旁，而其他人員排成一列在他身後，個個掏出腰際手槍，作出行刑陣勢。

這時，K 知道自己將被槍斃，驚慄萬分。剎那之間，他內心恐懼又立即轉回鎮靜，因為他估計黨衛軍之所以容許他進入基地是由於他通曉德語和芬蘭語，熟悉本地民情，在黨衛軍衝鋒隊裡有重要利用價值，再者，假如黨衛軍真的識破自己是間諜，一定會從他身上搾取最後一點一滴反間諜情報，絕不可能把送上門來「活口」草草槍斃了事。所以，他原先準備拔槍與德軍同歸於盡念頭立即取消，只作挺胸屹立之狀，靜觀其變。

這時，一名當地猶太裔電機工程師被押上場，跪在土坑之前，赫斯命令 K 用芬蘭語宣讀該工程師罪行，繼而由 K 執行槍決。K 深知這是納粹殘殺猶太人的慣用伎倆，無奈他不能自曝身份，也不可能單憑一己之力拯救這名無辜同胞逃離厄運，只能懷著罪疚心情，拔出手槍執行命令。他瞄準工程師最致命之處，一槍擊倒在地。

奇異的是，K 射擊之後，立即上前確認這名倒下工程師已經氣絕身亡，還向屍體連續射出手槍所剩七顆子彈，以宣泄對這工程師罪行「無比憤怒」。

圍觀的黨衛軍親眼目睹 K 執行死刑時冷血無情，對猶太人

疾惡如仇，個個拍手稱快，同時他們也證實 K 在射擊之後把所餘子彈通通消耗殆盡，毫無轉身還擊的可能，於是，他們才釋除對 K 最後一點疑慮，紛紛把上膛手槍插回槍套。此後，K 順利繼續潛伏下去，最終獲取有用情報。

但是，K 卻因這次「行刑」事件種下情緒病因，夜裡常被他所殺害同胞呼冤喚醒，導致經常失眠。在戰後的和平歲月，他的抑鬱情緒逐漸加深，只好與大提琴相依為命。

波波夫和 K 之間所有對話都有錄音，按照談話期間各項生理指標的同步反應，例如坐姿變化、顏面光彩、手足移動、泌汗增減、呼吸深淺、心跳快慢、血壓升降和腦電波曲線進行連結和對比，然後，把說話分成可信的，有疑問的和不可信的三類，分別作出評估。

波波夫相信 K 在詢問中反復表露自己對手槍和子彈的罪疚情緒是真實的。K 供稱他把八顆子彈扔在飛機場更衣室馬桶裡，用水沖走。為了證實 K 的供詞，警方鑿開更衣室水渠，果然把子彈全部尋回，證明 K 在微醉中說話並非虛構。據此，波波夫撰寫的《K‧勒柏辛柯麻醉詢問報告書》獲得警方接納。

之後，檢察官撤銷對 K 檢控，轉介至精神病和心理科醫生診治。醫生，警方和檢察官都認定 K 不是犯人，而是病人。

在這次實習中，我體會到人在淺麻醉或迷幻狀態下，確實可以把個人經歷、能力、社會見解和情感自由釋放，坦露真實自己，從而有助於糾正別人偏見、曲解和誤判。

魯勉斯基推崇麻醉學不單是消除肉體痛苦的科學，同時也是舒緩精神困境，解脫思想束縛，讓身心愉悅的科學。可惜，我將快回國，我跟隨他的時間太短了，從他身上我還有許多東西要學習，真是名師難求啊！

第十五章 低溫直視

　　一九五六年春，我終於獲得一次參觀列寧格勒醫學院低溫麻醉直視心臟手術機會。當年，這種醫學技術十分先進，其中以美國為首，蘇聯緊隨其後，但我國尚未開展。

　　大使館張處長很重視我這次學習，為我買好臥鋪包廂車票。莫斯科到列寧格勒有七、八百公里路程，火車傍晚開出，次晨方能到達，要在車上過夜。

　　我知道包廂車票價錢很貴，不想增加國家開支，要求乘坐普通席位。張處長卻說這是上級商量之後共同決定，他們認為我已經獲頒「蘇聯住院醫生」資格，那是一種臨床醫學專業名銜（不同於國內住院醫那種職稱），同時又獲頒「副博士」學位，是雙喜臨門，應該受到獎勵。更重要的是，他們考慮我抵達列寧格勒當天早上便要趕往醫院參觀，為了讓我途中睡好覺，養精蓄銳，下車後立即可以全神貫注投入學習，這已是雙倍值回票價。

　　這是我第一次離開莫斯科遠行。因為天氣寒冷，出門要多帶衣服，加上書籍，足足裝滿一皮箱。伍迪興一定要前來送行，還替我把沉重皮箱搬到車廂行李架上方甘罷休。

　　他告別時從口袋掏出一只小巧「徠卡」照相機，轉借給我使用，還送給我兩卷價值不菲的一三五底片。他告訴我，這部相機是他從留學生管理處借來的，德國製造（那時還沒有國產牌子），性能很好，也容易操作。他在城市設計課程中全靠這

部相機幫助，才可以把莫斯科地面建築、地鐵、地下供水、供電和排水管道一一拍攝下來，對學習有很大幫助。

他說醫學與建築專業雖千差萬別，但兩者都有許多實體形象，可以通過拍攝，幫助學習和記憶，也可隨時重現圖像，反覆研究。我感謝他為我想得如此周到，欣然接受這個正好用得上的禮物。

火車隆隆向西前進，遙望窗外，地上白雪反照天空淡淡雲影，像是一幅長長夢幻圖畫，不斷消逝在沉睡東方。回望車內彩色繽紛的豪華設施，親歷蘇聯列車的先進和舒適，又喚起我對祖國未來的憧憬。

清晨抵達列寧格勒車站時，我一眼看到中國領事館小吳前來迎接。他替我撐開雨傘，頂著鵝毛大雪，登上小車，把我按時送到涅瓦河醫院去。

接待參觀是年青女醫生丹尼婭，她引領我走進四樓手術觀察臺。

這手術觀察臺如同一頂巨大透明天幕，不偏不倚蓋在手術室天花上。透過天幕玻璃罩，可以清晰鳥瞰手術室內一切動靜，而手術人員卻看不到天幕上參觀者存在。這種發明不久的偏光玻璃技術迅速應用在醫療設施上，不禁令我佩服列寧格勒建築工藝的先進。

這天幕還有一個「無菌隔離」功能，天幕之下是一個無菌世界。

參觀的醫生處身天幕之上，都不需要更衣換鞋和戴帽，也可以隨身攜帶小件物品。

趁手術尚未開始。我趕快把相機光圈和焦距調好，拍下這個美妙的天幕，好讓伍迪興為我國設計同類的外科教學手術室。

這時，丹妮婭走過來禮貌告訴我，建築物叮以拍攝，但是，為了尊重病人和醫院規定，參觀者不能對病人和工作中的醫護人員照相。我只好遵命把照相機放回袋裡，枉費了伍迪興一片心機。

接受手術的是一名十二歲患有「房間隔缺損」的小姑娘吉娜。她心臟有先天缺陷，左、右心房間隔中有一缺口，只有半顆黃豆大小，醫生只需縫合兩、三針閉合起來便可解除心跳氣促症狀。

這種小缺口在手術台上縫合時，一定要把心臟停止跳動才可進行，這樣的話，所需手術時間要從心臟停跳開始計算，直至心臟恢復正常跳動為止。以手術熟練的外科醫生操作來計算，前前後後也需十分鐘才能完成。

可是，人的心臟停跳十分鐘一定招致死亡！

心臟停跳後，全身血液循環立即終止。其中，腦細胞最不能忍受，缺血五分鐘後腦細胞首先死去，其他細胞和器官也隨之陸續凋亡，人也從此不能復生。所以，人類心臟停止跳動極限不可超過五分鐘！

為了打破這五分鐘死亡禁區，一項嶄新技術「低溫麻醉」法終於發明出來。

　　一九五零年初，醫生們經過許多實驗和觀察，發現人體溫度從正常攝氏三十七度降低十度，達至「中度低溫」二十七度時，人腦和其他器官的新陳代謝也隨之減慢，耐受缺氧時間便可延長，乃至心臟停跳二十分鐘而不至引起任何器官損害。

　　時至一九五二年，人類第一例「低溫麻醉直視心臟手術」由美國醫生李樂希和劉易斯合作取得成功。他們為一名心房間隔缺損病人進行修補，所需時間僅僅是十分鐘。此後，世界各地低溫麻醉直視心臟手術逐步發展起來。

　　在天幕之下，吉娜的低溫麻醉開始了。

　　她暖和的身體被冰水、冰粒覆蓋，戴上冰帽，迅速變得冷若冰霜。為了避免受凍出現寒顫反應，醫生使用「冬眠寧」藥物，讓她像冬眠動物一樣，蟄伏不動。隨著體溫下降，她的心跳漸減少至每分鐘十來次。在藥物幫助下，心跳完全停止，這時，外科醫生才能在心臟下刀。手術完成後，麻醉操作次序反轉過來，身體逐步加溫回暖，心臟恢復跳動，心跳次數和血壓逐漸從谷底回升，自主呼吸出現，瞳孔對光反射恢復，最後甦醒過來。

　　在手術中，麻醉師在她心臟停跳時開始倒數計時，外科醫生迅速依次切開心臟包膜，打開心腔，找到先天性缺損口，立即縫合關閉……等等。

手術一分一秒迅速過去，麻醉師倒數聲音短促、粗獷、冷漠與無情。「……最後五分鐘……最後三分鐘……最後一分鐘！…手術停止！」

　　當倒數完畢，吉娜手術順利完成時，天幕上上下下齊齊拍掌歡呼，祝賀病人新生命開始，那種心情比除夕倒數更加熱烈和興奮。

　　我能否只有一次機會中，學會那麼複雜細緻，又如此嚴謹精確的低溫麻醉技術？

　　能！我可以應用建華教曉的「圖像記憶」法，利用自己眼睛當作攝像鏡頭，大腦當成是底片，把低溫麻醉每一步驟，所需設備和藥物，以圖像形式簡單描繪下來，加上少量文字速記，當天晚上，再把草圖和文字正式轉載在筆記本中。

　　次晨醒來，當我翻開昨晚整理的筆記本，重溫一次，此時，我很有信心對自己說，我已經把低溫麻醉掌握在手！

　　這時，我看看擱在桌上的「徠卡」相機，有點意興闌珊。

　　真的！不依賴相機，光憑自己眼睛和腦子產生的記憶效果更好。只有把眼、腦、心、手的功能充份協調起來，運用在學習當中，才能有效掌握知識和技術要領，否則只是一個攝影記錄者而已。

第十六章 萍蹤寄語

我一直擔心建華在美國學習受到孤立、歧視，甚至是危險。我們偉大的音樂家冼星海自費留學法國時也是困難重重，他不得不利用課餘時間到巴黎各家餐廳演奏小提琴賺取生活費用，少不免遭遇令人懊惱的經歷。

在餐廳內演奏音樂是西方優雅風俗，與中國自古以來有人在酒樓食肆彈唱表演大同小異。相比之下，中國食肆老闆多了一點寬容，孤苦無依的流浪藝人即使荒腔走板彈唱一番，亦無不可。西方餐館老闆可不同了，他們偏重才藝展現和獲得客人欣賞，所以只允許有水平表演者入內登場。

冼星海的小提琴演奏當然十分出眾。有一次，他在餐館演奏時很順利，客人紛紛有讚有賞。可是，輪到最後一張餐桌演奏時，麻煩出現了。桌上一班趾高氣揚的中國官派留學生立即板起臉孔，謾罵他沒有骨氣，丟盡中國人的臉。其中兩、三個還動起手來，把他攆出餐館之外，聲言以後不許再來。

被驅的冼星海受到如此侮辱，氣憤難平。他在經濟困難日子中仍堅持刻苦學習，成績更顯優秀，更在巴黎音樂學院受到特別嘉獎。

中國抗日戰爭爆發後，冼星海立即回國，積極參加抗日救亡活動。他創作出許多激勵人心的抗日樂曲，鼓舞民眾浴血奮

戰。當冼星海高歌抗敵時刻，那些咒罵同胞的公子哥兒們的骨氣又不知失落在何方！

建華到美國之後常給佩儀寫信，信件先寄香港，再由香港轉達上海，佩儀收信後，把其中一部份轉寄到莫斯科來。輕輕幾頁信紙，漂洋過海，像古時遠航水手投放「海瓶」一樣，把個人訊息封裝瓶內，隨著洋流飄回己岸。

建華孤身隻影前往美國學習，沒有國家支援，沒有使館保護，沒有優厚待遇，更沒有眾多同學互相支持和鼓勵，他會是多麼艱難啊！

建華在香港取得美國簽證後，乘坐美國航空公司飛機出發，途經阿拉斯加停站加油，然後在美國西雅圖降落。

他在西雅圖機場辦理移民入境手續後，轉飛東岸。趁航程可在首都華盛頓停留一天，他趕緊到哥倫比亞特區醫學協會，認證了他的醫生執業資格。這是憑籍在一九零五年光緒皇帝當政時期，上海聖約翰大學曾在美國華盛頓特區註冊成為美國在華一間大學才留下這一規矩。然後，他飛往波士頓，投靠曾在上海博愛醫院工作的恩師柯迪教授。

別後三年的柯迪教授十分熱情接見他，馬上想法子替他在麻州醫院找到一個心胸外科訓練職位。建華對柯迪從中幫助十分感激。

建華工作有了著落，在離醫院不遠的劍橋區租下了寓所，才抽出時間探訪在哈佛大學學習法律的表妹美琪。

建華沒見她也有四年，很想當面感謝上海監獄救命之恩，也很想看看這名熱情如火的「小火鳳凰」學了幾年法律之後變成什麼模樣。

　　可惜，建華按址前往探訪時，美琪已是人去房空。美琪的舊房東珍妮說，她提早完成法律課程，已轉往英國劍橋攻讀法律博士。

　　這位年屆八十的珍妮對建華婉惜說：「你真是來得不湊巧，她才走了三天。」然後，又好奇問起來：「你是不是李建華醫生？」

　　這一問令建華愕然，老太太怎能知道自己名字？

　　原來美琪有空時，常常向珍妮講述上海表哥的故事，還把收藏建華的照片不時展現出來，令珍妮早有印象。

　　珍妮肯定來訪者是美琪表哥後，變得更加熱情好客，立即邀請建華進屋喝茶。

　　進門後，建華注意客廳壁爐上一幅大油畫，畫中是一艘乘風破浪三桅大帆船，船艄有金光閃閃「中國女皇」英文大字。建華欣賞畫中的明亮色彩和磅礴氣勢，這是開創中美貿易的第一艘航船。

　　「這是美琪畫的。她在空閒時候便畫上幾筆，足足畫了一個學期才完成。」珍妮解釋說。

　　建華和珍妮很快在「中國女皇」圖畫裡找到話題。

珍妮娓娓道來，「中國女皇」號是波士頓本地製造的戰船，後來改裝成商船。那時還沒未開鑿巴拿馬運河，「中國女皇」需航行大半個地球，經大西洋，繞過非洲好望角，入印度洋，然後到達中國，把美洲水獺毛皮和西洋參賣出去，也把中國茶葉、絲綢和瓷器載回來。她的祖輩經營中國茶葉生意，曾與「中國女皇」號有過許多交往。

　　建華也告訴珍妮，他在上海時也畫過一幅同樣的船，那時是應美琪父親陳毓麒要求，重現十八世紀西方三桅帆船的外貌。

　　抗戰勝利之後，中國開始復興，美琪父親航運業務迅速發展，他計劃把自己的海運生意拓展到北美去，並委托上海一家造船廠以原樣仿製「中國女皇」。那時，船廠設計師繪畫造船圖紙，而美琪和建華一起繪畫外觀圖樣，所以美琪對這艘古老帆船上的鐵錨，桅桿，船橋和舷窗等等設備很有考究。圖畫完成後，交送上海造船廠作外形設計參考。

　　「後來這艘新的『中國女皇』完成了嗎？」珍妮很有興趣問。

　　「完成了，也下水了！我和美琪也一起參加試航。美琪的爸爸還親手教我們大桅操作和掛帆等技術。可惜，它在中國內戰時被炮火擊沉。」建華說。

　　「美琪說可以把『中國女皇』畫回來。她畫好之後特意送給我，令我十分感激。這幅畫不但畫得好看，也象徵我們家族事業，所以我把它掛在這裡，自豪祖輩的光榮。」珍妮說。

「敬仰！敬仰！」建華對她稱讚。

珍妮坦率說：「可惜啊！我自己事業一點兒也扯不上家族關係，我是學醫的，是退休兒科醫生，在麻州醫院工作了五十年。」她又問建華，「你來波士頓是旅行還是定居？」

「我到麻州醫院學習心胸外科。柯迪教授介紹我進去，他在上海任教時是我的老師。」

「噢！是柯迪！我當兒科主任那年，他還是實習醫生。他聰明、能幹，又熱心助人。他現在仍是你的導師嗎？」

「不。我現在的導師是薛連教授，下星期一我才正式到醫院上班。」建華答。

「那很好！柯迪和薛連都是我的學生，我和他們十分熟稔。以後你在醫院遇到什麼問題，都可以來告訴我，我樂意幫你解決。我雖然退休了，但常與他們聯絡。哦！對了，你在波士頓有住處嗎？」

「謝謝你的關心！我已經租了寓所，離這裡不遠，也離醫院不遠。如果你不介意，我會多多前來向你請教。」建華說。

「歡迎！你來之前可預先打電話告訴我。」珍妮顯得十分高興。

告別時，珍妮告訴建華，大約三星期後，她會接到美琪英國來信，到時她會把美琪的英國住址和電話告訴建華，他便可與美琪直接聯絡。

建華趁上班前尚有兩天空閒，打算前往探望另一表親高俊。他住在西點，那兒離波士頓有三個半小時車程，一天來回也可以。

　　上海解放前夕，高俊身為憲兵隊長，卻自身難保，因為他帶領的憲兵隊與運送黃金隊伍發生爭執，因而被收監，差點兒枉送性命。後來，上海城防司令和上海警察局查不出他有私通共黨真憑實據，才把他放了。

　　高俊放監後，認為自己在軍中前途堪慮，國民黨懷疑他有親共脈絡，而共產黨亦顧忌他的憲兵隊長歷史，兩邊不討好，只好辭官歸故里。解放軍迅速揮軍南下時，他才匆匆輾轉到香港，暫避風頭。

　　那時候，住在香港的建華父親相信高俊是個忠實漢子，雖有愛國之志，但報國無門，只好勸喻高俊遠走高飛。於是，高俊兩口子聽從建華父親指點，移居到美國紐約來。

　　高俊在一九四六年曾到西點軍校受訓一年，十分嚮往哈德遜灣綺麗風光和寧靜小鎮生活。他移居紐約後，偕妻同遊西點舊地，重訪當年認識鎮上一家中餐館老板潘伯。當時潘伯有意告老還鄉，於是高俊和妻子立即商量，一口答應把餐館生意接手下來，繼續經營。不少流落美國的國民黨退伍軍人也像高俊這樣，搞點生意，安渡餘生。

　　高俊在電話中知道建華到達波士頓後，他和妻子立即從西點駕車前來探望，還帶上許多食物，包括他們餐館著名菜

式——炒雜碎、咖哩雞、咕嚕肉，也特別烹調一些建華愛吃的上海燻魚和糖醋排骨等。

高俊在探訪中，提醒建華來美之後要注意安全，特別是以「難民」身份入境的新移民，常會引起美國安全部門格外注意。

他還提起，在上海解放前，他曾對建華父母說過要保護建華在上海安全，現在建華來到美國，他的諾言仍然未變。如果建華在美國有什麼事情發生，只要打個電話，他會立即飛車前來救援。高俊說話時，還拍拍揿在腰際的手槍，顯露軍人本色之餘亦有他大義凜然的氣度。

之後，他們夫妻倆每周前來探望建華一次，每次總是帶上各種食物，把建華的食櫥和冰箱裝得滿滿的。這樣，令建華在美國一宿三餐全無顧慮，可以全心全意投入學習。

建華到美國之後短短時間，他的工作和食宿安排又如此順利，可算是十分幸運。

第十七章　榮幸午餐

麻州醫院是美國歷史悠久醫院之一，規矩十分嚴格。外來醫生初來乍到，不論原有職位高低，一律從低層做起。此時建華亦需從頭開始，寫完整病歷，天天記錄病情日誌，給病人更換敷料，拆除手術縫線等。建華雖然已是一個十分高超的手術醫生，但也不能例外。他所管治的病人進行手術時，只可在旁觀看，不可親自動刀，但他甘之如飴，認為參觀就是一種難得的學習機會。

建華在美國不斷擴大醫學視野。比較上海與波士頓兩地的醫療，雖有許多相似之處，但實際工作卻有顯著差別。例如，他認為美國醫生注重規條，循規蹈矩辦事，而中國醫生善於靈活變通，因人而異。又如，美國病人對醫生指示十分遵從，但是對醫生投訴彼彼皆是，還輕易告上法庭，相反地，中國病人對醫生的服從並不絕對，但是，中國醫生被告上法庭者甚為少見。

建華也認為，中美兩地醫生的道德標準也有不同。美國醫生處理病人以保障自己不被控告為主，而中國醫生是以病人利益為根本，在個別情況下，醫生為拯救生命而敢於打破框框條條。

建華還發現，許多美國人即使教育水平很高，但也有不少人聽不懂醫學詞語，看不懂醫學報告。這是由於美國醫學詞彙繁多，也保留許多拉丁文、希臘文、德文和法文等原詞，令外

行人不容易讀懂。反觀中國醫生比較容易與病人溝通，主要是因為中國醫學詞彙顯淺易懂，派生的詞語也能顧名思義，易於普及群眾。

從宏觀角度去比較，建華覺得美國醫學著重於去除外因，因此，抗菌、抗癌、抗過敏、外科手術這些方面發展迅速，而中國醫學著重於發揮人體內在自我修復能力和注意人與自然保持平衡，所以重視自然療法和發揚中醫中藥作用，在應用西藥上偏向保守，而且外科手術風格也少有大刀闊斧，盡量不傷害無關肌膚。

不久之後，建華在病房的出色表現漸露頭角，他所管治的一組肺栓塞手術後病人，個個康復出院，沒有重大合併症。這組病人雖然只有十五名案例，但按比例來計算，具有百分之百治癒率，同時也有最高的病床周轉率，這是前所未有的紀錄。

薛連教授查房時，特意在一名肺栓塞手術後病人床前停步下來，詢問建華為何取得如此優秀成績。建華告訴他，除了按照醫院常規處理之外，他還指導病人術後多作腹式呼吸運動。

「怎樣的腹式呼吸？」薛連教授問。

「我教他們運用丹田呼吸。」建華答。

「什麼是丹田？」

建華解釋這是中國氣功的一種呼吸法，呼吸時將精神集中在臍孔周圍，以自己的意志控制橫膈膜、腹部和盤腔肌肉的提

升和下降，這樣可以減輕手術後胸廓運動引起傷口痛楚，也有利肺葉擴張和下肢血液回流。

薛連教授聽後，不管這丹田呼吸法是否真的產生如此效果，仍然讚許建華病房工作的出息表現，為此，他立刻與建華握手，還邀請建華共進午餐。

薛連教授是一名積極鼓勵下級醫生上進的學者。他每周前來查房一次，跟隨他身後有各級醫生、醫學生、護士和醫院行政人員等一大群，陣容龐大。他在病人床邊詢問有關診治問題時，誰回答得準確和對病人有利，他會握手致謝，若然回答具有創意或獨特見解，他會邀請共進午餐作為獎勵，在午餐中作進一步探討。

大家都為建華獲得薛連教授邀請午餐為榮，紛紛投以羨慕目光。

麻州醫院專設一家「教授餐廳」，只容許教授本人和被邀人仕入座。餐廳內外環境特別清雅幽靜，教授們在進餐中細嚼慢嚥，欣賞美食，也與鄰座分享科學情報和表達自己成功的喜悅。這與普通員工餐廳那種來去匆匆，因為緊急呼叫而要馬上返回崗位的繁忙景象截然不同。

薛連教授與建華午餐時，詳細了解「丹田呼吸」原理，操作方法，在病房中推廣的可行性。餐後，他送給建華一硬皮筆記本，可以放在白大衣口袋裡，既方便又實用。薛連教授即時打開這硬皮本首頁，拿起鋼筆，用哥德式書法寫上：「你為我

打開東方一扇窗戶，帶來一縷旭日陽光。」這令建華更加珍惜教授的勉勵。

正當建華事業在薛連教授指導下漸入佳境時，恩師柯迪教授卻對建華突然疏遠起來。最初，建華給柯迪的電話很難接通，即使接通了，柯迪的回話也十分簡短，後來，柯迪乾脆不接聽了。

建華一時想不到是什麼原因。

是不是因為柯迪的心臟手術不順利而影響了情緒？

他打聽之後根本沒有這回事。

也許是柯迪家中發生什麼事情？

這種家事就不好去打聽了，只好讓時間慢慢過去，逐漸消除可能發生的誤會或嫌隙。

之後，柯迪太太親自找到建華住所來，她為柯迪傳達一口訊，通知建華盡快離開波士頓，建議到明尼蘇達醫學院學習，還交給建華一封柯迪親筆推薦信，介紹給那裡的李樂希教授。

這就更加奇怪了，是不是柯迪借此攆走自己？

建華細心想來，柯迪的推薦是一個好主意。自從明尼蘇達醫學院取得世界首例低溫麻醉直視心臟手術成功後，眾多醫護人員趨之若鶩，最近該院又集中力量研製新型人工心肺機器，

更加吸引全球注目。但是，建華卻不明白，柯迪為何不直接跟自己說話，而是由太太轉告？

這時，建華想起了珍妮。上次，他前去珍妮家拿取美琪英國地址時，她還開心地說起柯迪醫生許多過往趣事，表明她對柯迪十分熟悉和了解。也許珍妮能告訴他，柯迪倒底有什麼事情發生。

可是，建華打電話給珍妮時，對方沒聽半句立即掛斷。他前去珍妮家拍門，她打開門縫見到建華那一瞬間，「咣噹」一聲把門扇關上，連門都不讓進。

這更加奇怪了，前後短短時間，珍妮變化判若兩人。柯迪教授與珍妮兩人像是一前一後染上了什麼「恐懼症」。

這時候，建華不得不從自己身上找原因。是不是自己身上長了什麼「蝨子」，令別人感到討厭？

他相信自己有才能，也認為自己是一個自斂的人，他與誰相處都不會令人感到不安或者受到威脅，也從未想過自己的成績和進步令別人產生嫉妒。

這個星期天，高俊和太太一起前來探望，建華連忙把最近的遭遇告訴他們。

第十八章 麥卡錫主義

高俊聽後，感到情況不妙。他記得在憲兵隊伍中一句流行警語：「當有人故意疏遠你的時候，也一定有人主動接近你。」這話正好是建華目前的處境。

他上星期天來訪時，見到一名男子坐在建華寓所對面咖啡店露天座位上，相貌年輕，一面喝咖啡，一面看報紙，只是在大熱天時還戴厚厚氈帽顯得有點不尋常。那天，高俊在建華家裡逗留三小時回程時，見這戴氈帽人仍然在座，杯中的咖啡好像老是喝不完，還不時把眼睛瞄向建華寓所，這不得不引起高俊注意。這人與建華有關嗎？難道是建華媽暗中為建華請來的私人保鏢？

按照高俊估計，建華媽對建華的鍾愛與及李家的財勢，她僱請私人護衛暗中保護建華是完全可能的。在劍橋區裡，各國富豪和政要子弟前來入讀哈佛或麻省理工的學生人數眾多，波士頓的私人護衛公司也逐漸多起來。其中，有一種不被當事人知道的保鏢也稱為「暗保」，家長僱請這種「暗保」作為秘密「監護人」，一來是保護子女安全和不受別人騷擾，二來也是要了解子女行為，不要沾染毒品、賭博或其他不良惡習等。

高俊心裡想，如果這人是歹徒，那問題可大了，所以過去幾天總是放心不下。不過，他亦懂得分寸，不可貿然打電話給大阿姨（建華媽）打探底細，只能隔一、兩天打電話問候建華情況，但願一切平安無事。

熬至今天星期日，高俊和太太天未亮起床，趕緊提早駕車前來探訪建華。這時，他再次在建華公寓樓下看見那名氈帽人仍然在座，心裡愈加突兀。

　　此時，已在建華家中客廳的高俊輕手躡腳走至窗前，小心撩開窗簾一道縫隙，俯視馬路對面咖啡店，小聲詢問建華是否認識露天座位上那名男子。建華湊近窗台窺視，只見這男子慢條斯理喝咖啡，看報紙，但從不認識，也沒有見過的印象。

　　高俊在上海任職憲兵隊長時，身份顯赫，來美之後，已是虎落平陽，不過，他對危險來臨的高度警覺仍然未變。他感到該是時候採取行動了。

　　高俊覺得柯迪、珍妮和氈帽人三者各有神秘之處，為瞭解事情真相，建議先做一個「反盯梢」試探。辦法是，讓建華上街去，到附近一家麵包店買一份早餐，然後回家。他則攜槍駕車，遠遠跟隨在後，成「螳螂捕蟬，黃雀在後」之勢，以防萬一。

　　建華按計劃行事，他從大門出去之時，氈帽人迅速離席；建華停下擦拭眼鏡，那人亦戛然止步；建華在麵包店買早餐，又在書攤前買報紙，那人便躲在樹幹一旁等候；建華故意失落手中一份麵包店八折優惠券，那人則稍稍前來拾起，拆開仔細檢查。

　　高俊觀察此人如此緊緊盯梢建華，加上行為閃縮，肯定此人居心不良，決不是「暗保」或是循規蹈矩「監護人」那種人物。因此，他認為建華現時已被跟蹤監控。

回到寓所後，高俊再問建華：「之前還有什麼事情發生？」

建華記得上兩星期前，在查理斯河岸一家餐館獨自用餐，有一名面色黧黑老婦人蹣跚進來，但餐館侍應生沒有理會她。建華看她餓得雙手發抖，站立不穩，馬上招呼她到自己餐桌空位坐下，不過，侍應生仍然對她不屑一顧。建華看她飢餓樣子，只好把剛剛送到自己面前一份午餐給她先吃，自己另叫別的。

正當老太太狼吞虎嚥時，來了兩名警察，破口大罵黑人只能在黑人餐館用餐，聲言要執行黑白種族隔離法，然後，戴上白色手套，動起手來，一個推，一個拉把老婦驅趕出去。一會之後，這兩警察再度進來，查問建華，並登記證件、地址和工作職位等。

餐館事件當晚，建華隨即遭到盤查。兩名自稱美國移民局官員半夜到寓所敲門，把建華從夢中驚醒。他們說是對新移民例行檢查，先是詢問建華生活和工作情形，隨後改了口風，轉問其他：

「你在上海讀醫科時，最敬佩的教授是誰？」
「同班有多少同學？你最親密的同學叫什麼名字？」
「大學畢業禮在哪裡舉行？」

諸如此類，都是一些校園生活瑣事。建華一時不明白這兩人為何對遙遠的聖約翰大學如此感到興趣，不過，他畢竟是個聰明人，很快洞悉對方意圖。

建華記得在香港申請美國簽證時，曾與領事官員閒聊自己大學生活，料想不到這些輕鬆對話居然被詳細記錄下來，現在又一字不差拿來盤問，表明他們早已設立專門檔案，用以核對前言後話是否相符。

　　任何人對自己親身經歷都會印象深刻，反過來，臨時拼湊的虛假履歷很快被遺忘。FBI 利用人類這種記憶特性，設計出一系列問題，在不經意談吐中選取關鍵部份，記錄在案，只憑三言兩語，即可迅速篩查出可疑人物。

　　建華當時如實回答，那兩名官員找不出什麼差錯，索然而去。建華自信作為正人君子，對於這類小雞肚腸事兒從不惶恐在心。

　　高俊聽後，警惕性更加提高，他來美比建華早了三年，對美國社會現狀較為熟悉。那年代，美國人對共產主義思想十分仇視，麥卡錫主義正在全美泛濫，再加上由來已久的種族矛盾，警察歧視黑人、濫捕或無辜槍殺事件經常發生。高俊斷定 FBI 對建華明查暗訪已經觸動了柯迪教授和珍妮兩人敏感神經，並推測建華名字可能已經列入共產黨黑名單當中。

　　高俊奉勸建華順應柯迪教授推薦，走為上策，馬上到明尼蘇達去，另謀發展。他則籌劃「金蟬脫殼」計，掩護建華離開，割斷盯梢尾巴。

　　建華對表哥的忠告言聽計從，並迅速行動。他向麻州醫院辭職後，深夜離開住地，所租下的寓所留給高俊暫住。

高俊的身材外形與建華有幾分相似，加上一般白人不容易辨認華人面孔，他穿上建華衣服和鞋襪，修剪與建華同樣髮式，佩戴同款牌子的眼鏡框，裝扮成一個無懈可擊的替身。

　　高俊進出建華曾經的寓所，還故意招引氈帽人跟隨在後。好幾天過去了，那名初出茅廬的密探才發現上當受騙，跟錯了對象，那時候，建華已經遠走高飛，不知所終。

第十九章　心連心拯救

　　建華乘坐長途汽車，跨越美國東北八大州兩大湖，沿途湖光山色，美不勝收。在建華視野中，如此秀麗風景只是一閃而過，他沒有閒情逸意順道遊覽，也沒有亡命之徒那種恐懼與茫然，只是懷著堅定不移決心，尋求理想學習環境。

　　在歷時三晝夜旅程中，建華換乘了五趟不同車輛，終於到達明尼阿波利斯市。在古樸的醫學院建築裡，他拜見了李樂希教授，一位大名鼎鼎的心臟外科專家。

　　李樂希教授詳細看了柯迪的推薦信，知道建華是一名優秀外科人才，表示歡迎加入他的團隊，並立即安排建華在河濱醫院參加體外循環機器研製組工作。

　　醫療器械的研製雖然離開了臨床實踐，卻正正是建華最理想職位，他認為這裡比較麻州醫院心胸外科病房管治病人那種逐年提升的學習，將會更快達到自己目的，因此非常高興。

　　建華為了上下班方便，在河濱醫院附近租借一間「本格魯」地下室棲身下來。他喜歡這兒遠離繁囂，除了偶爾聽到密西西比河上水手的粗獷吆喝聲，這裡確實是一處僻靜優雅的居所。

　　房東是獨居的德裔退休木材工人，天天只顧製作小提琴，很少外出，也從不打聽建華來自何方，只是他能用德語與建華談天說地，兩人很快熟絡起來。

老房東十分欣賞自己的製作，還挑選他最新一把用糖漿楓木作共鳴箱底板的小提琴給建華試彈，其實他也欣賞建華拉奏貝多芬 D 大調小提琴協奏曲時那種抒情歡樂的旋律。有時，老房東把不同木材製成的共鳴箱，讓建華比試哪種音色最為優美。他們在古典音樂和提琴演奏技巧上無所不談。

　　建華估計那名氈帽人亦有可能追蹤到此，只希望這種討厭事情發生之前，盡量多向李樂希教授學習。

　　李樂希和建華同屬四十年代醫生，但他比建華整整高了一個學輩。一九四二年李樂希在明州醫學院畢業，那時正值歐洲戰事情勢緊急，他應徵入伍，隨即開赴意大利作戰，並在戰鬥中榮獲戰功。直至一九四五年二戰結束，他才返回母校當第一年外科住院醫生。

　　他在外科訓練結束之時，不幸患上「頸部淋巴肉瘤」，那是一種十分惡性的癌症。經手術和放射治療後，主治醫生對他說，五年生存率僅有百份之五十。他面對如此惡劣預後，毫不畏懼，繼續完成哲學博士學位，並於一九五一年晉升為外科教授。一年之後，一九五二年，他與劉易斯醫生一起成功進行世界第一例低溫麻醉直視心臟手術，從此光芒四射。

　　李樂希的不凡經歷和成就令建華十分欽佩，他特別敬重李樂希教授慈愛之心，不屈不撓的氣概和勇於創新的精神。

　　那時候，蓋勃醫生發明的第一部體外循環機成功之後，接連多次失敗，死了兩名病童，令他沮喪起來，不得不暫時中斷研究。

有一些人因此對體外循環機器諸多非議和抨擊，李樂希卻站在另一個角度，積極評價蓋勃醫生的偉大貢獻，並毫不遲疑接棒過來，繼續改進體外循環機器，希望盡快重新投入應用。

可惜，醫療器械的改進需要花費時間，在這段舊機器不能用，新機器尚未製成之前的「空窗期」，有些病人因為病情複雜，不能依靠現成的低溫直視進行手術，不幸一個接著一個死去。

李樂希面對如此悲哀情景，想盡千方百計去拯救，能救出一個算一個。

忽然，他和同事們從懷孕母親得到靈感，構思出一種「交叉循環直視法」，以此作為一種「空窗期」的過渡型手術，可以挽救那些瀕臨死亡的病人。

交叉循環中的「交叉」意思是指在孕婦體內有兩套循環系統，即母體一套，胎兒另一套在胎盤之中交叉。通過胎盤交叉點，孕母的心跳力量可以幫助推動胎兒的血液循環。

李樂希設想，相當於孕母與胎兒的關係，一名健康成年人心臟跳動力量也可以推動一名小兒病人的血液循環，其中可以用人工導管把兩套循環系統連接起來，實現交叉循環目的。

李樂希的設想符合物理學與生理學原理，然而，批評李樂希的人卻嚴肅警告，千萬不要忘記前車之覆，後車之鑑！如果體外循環曾經做成了百份之一百死亡的話，那麼交叉循環將會做成百份之二百死亡！意思是說，弄不好的話，病孩和健康人兩者一同死在手術台上，後果變得更加嚴重。

李樂希承受如此巨大壓力，並未氣餒或退縮。為了避免任何錯誤、偏差和遺漏，他親自參加動物實驗，證明交叉循環是有效的，也是安全的。

於是，心血管外科動物實驗室立即忙碌起來。建華積極投入，他慎密的頭腦和精細的外科技巧得到李樂希教授的賞識，也給予重任。

建華參加的動物交叉循環試驗是挑選 A 和 B 兩只狗。A 狗模擬為健康人，而 B 狗模擬為病童。在手術中，A 狗的心跳一直不停，通過導管為 B 狗供應血液和提供動力，而 B 狗的心臟用藥物停止跳動後，進行模擬直視心臟手術。結果 A、B 兩狗手術進行順利，術後健康存活，實驗效果理想。此後，同類實驗取得多次成功，積累了寶貴經驗。

一九五四年三月，人類第一例的交叉循環手術終於在李樂希主持下圓滿成功。一名慈愛父親願意以自己的心跳力量，為患有先天性心臟病的兒子在手術中泵血。於是，父子倆同時躺在手術床上，進行交叉循環，手術結果十分成功。

從此，明州醫學院聲名遠播，不少病人從各地前來求醫。在一年之內，四十多名病人施行了同類手術，有八成病人獲救。

建華在給佩儀的信中寫道，這是人類破天荒的真實心連心拯救。

第二十章　聯邦密探

　　一九五五新年過後，新型體外循環機器研製漸趨成熟，即將投入臨床應用。建華也因為工作順利，樂以忘憂，完全把被人跟蹤事件置諸腦後。

　　正在這時候，老房東請來了一名年輕清潔女工打掃房子，清理屋裡屋外堆積各種木料和其他雜物。這女工叫索菲亞，有輕度瘸腿殘障，說是患小兒麻痺的後遺症，但她並不介懷，還說瘸腿的羅斯福總統仍能當三軍統帥，她的小毛病算不了什麼，一定可以勝任家居清潔工作。她每周前來打掃房子兩次，收取費用比別人低廉。

　　建華見到索菲亞右腿一拐一拐走路姿態，十分同情，作為醫生應有的責任心，建議她去看骨科醫生作矯形手術。索菲亞回答說，她已在梅耶診所預約了，只需籌備足夠經費便可入院手術。

　　索菲亞雖有殘障，但工作特別認真，裡裡外外每一角落都收拾得清潔整齊。老房東告訴建華，她還有另一個優點，就是不肯多收額外工錢。老房東看她工作勤懇，而且經常超時工作，發薪時多給她工錢，讓她盡快籌足費用入院治療，但是，她不肯接受，只是提出一個要求，允許她把不用的木料和其他廢物拿去變賣，換點現金。她說，變廢為寶，對自己有特殊鼓勵意義。當然，老房東也答應了她。

建華與索菲亞有幾次相遇，有空也閒聊一會。有一次，她請教建華關於自己矯形手術，「我手術後將會百份之百像正常人走路嗎？」

　　「我只可以說，別人不一定看出你有不正常。」建華答。

　　「這意思是說，我一切都會變得正常嗎？」

　　「不！『看不出你有不正常』與『你是否不正常』是兩回事。」建華這話觸動了索菲亞敏感的神經，禁不住連連眨了幾下眼睛。

　　建華看她反應不尋常，馬上安慰她，「別擔心！矯形醫生會盡可能把你的右小腿筋腱延長，讓你的右腳跟完全接觸地面。假如手術後腳跟仍然不能完全著地也不要緊，請鞋匠把右腳鞋跟墊高一點點便可以補償過來，讓你恢復正常步態。但是，你的骨盆和脊柱傾斜都需要慢慢去矯正，到那時候，別人都不易察覺出來。」

　　索菲亞聽後，才知道建華並不是故意踩她的「痛腳」。

　　另一次，索菲亞好奇問：「你將來會當什麼樣的醫生？」接著又猜測起來，「我想你一定想當開業醫生，多掙些錢，或者想當大醫生，有名氣。」

　　建華卻說：「不！不！金錢和名氣這兩樣都不是我理想，我只想當一名窮人醫生。」

「為什麼？」

「因為世界上窮人多，疾病也多，需要為窮人治病的醫生也應該多一些。」

「哦！你要像耶穌救助窮苦病人一樣嗎？」

「耶穌是一個偉人，我不可能像他那樣偉大。我只是喜歡幫助窮人，也喜歡向醫學難度挑戰。」

「聽你這樣說來，請允許我再問你一個問題。你是基督徒嗎？」

「不是。」建華說。

「那末，你信仰共產主義？」女工突然提出這一話題，在麥卡錫主義盛行年代，人們對此都避而不談。

建華卻坦然說，「噢！共產主義是德國人馬克思的哲學思想，我聽說過，但我對此沒有深入研究。我和許多中國人一樣，信仰中國先賢主張的大同世界。」

「什麼是大同世界？」

「那是指天下為公，世界融和的意思。在那裡，所有兒童青少年都受教育，成年人都有工作，有創造，老年人得到善待，鰥寡孤獨殘疾的人也得到關懷照顧，人們再不分富貴貧賤，一起生活在自由、平等、繁榮昌盛世界裡。」

「我是一個孤獨的殘疾人，也應該屬於窮人這一類。」索菲亞坦白自己身世，表情毫無怨天尤人，這更加引起建華憐憫。

最近一次打掃過後，建華發現筆記本上沾有一點黃斑，像是小提琴的油漆。

建華估計，可能是索菲亞在清理書桌時，打開抽屜，尋找可以變賣廢物，卻不小心把手指染有的油漆沾在筆記本上。

這筆記本是建華的學習日記，上面描劃體外循環機器圖畫，寫下一些工作步驟、數字和心得。他對這筆記本十分珍貴，現在被油漆污染一小點，這是小事，立即用酒精輕輕抹去。

他受同情心驅使，在書桌上放下一枝「派克」墨水筆，這種名牌貨估計在舊貨店也值三、四十美元。於是，他把筆內墨水擠乾，在一張小字條寫上「此筆不能寫，請代棄置」，讓索菲亞下次來時拿走變賣換錢。建華心想這是不會傷害她自尊心的一點捐助。

兩天後，建華參加的最後一次體外循環機器測試勝利完成，大家歡天喜地提早回家。他從後門進屋時，聽到老房東在前門與索菲亞說再見聲音，然後，大門砰然關上。

他回到自己房間，看見「派克」鋼筆還在，原先小紙條不見了，換上新一張，上面寫「這筆還是可以用的」。這短短一句表達出索菲亞是多麼清高，他撩開窗簾，目送這名值得憐憫女子的跛行背影。

剛下過雪，前院地上已經鋪上一層薄薄積雪，她走遠了，只留下門前兩行清晰女裝鞋印。

建華再定睛審視一次，發現那些鞋印是正常人步履，不是索菲亞原先右腳拖曳足跡。這時，建華才猛然清醒過來，索菲亞的跛行是裝扮的！啊！她一定是FBI探員，緝捕行動已經逼在眉睫！

該如何是好？

他本想立即打電話向高俊求救，考慮FBI可能早已在房間電話裝上竊聽器，為了避免高俊惹禍上身，只好留待明天在街上公共電話亭打出。

不幸的是，次日清早，十幾名警察分別從前門和後院包抄起來，嚴嚴實實，連老鼠也不敢穿過。老房東看見屋外人影攢動，嚇得手上煎香腸的鐵鍋跌落地面，發出尖銳響聲，令警察們立即拔槍上膛，如臨大敵，破門入屋。

最後，建華被鎖上手銬，押上囚車帶往明尼阿波利斯警察局。

第二十一章 認罪協議

高俊接到建華被捕消息，立即飛往明尼阿波利斯了解案情，幸好得到華人社團協助，迅速趕往鄰近聖保羅市，委託著名律師麥克尼為建華申請保釋，不幸遭到審前法官嚴詞拒絕。

區域檢察官穆勒聲稱建華是一名危害美國國家安全嫌疑犯，列舉三宗罪：第一，蓄意觸犯黑白種族隔離法，挑動美國種族糾紛；第二，竊取體外循環機器研製資料，刺探美國高科技情報；第三，隱瞞中國共產黨員身份，潛入美國秘密活動。

建華對如此指控，一概否認。

辯護律師麥克尼估計，建華在餐館中把自己食物讓給飢餓婦人，是人道行為，並非罪行，認為檢察官假借種族隔離法為名，稱善為惡，小題大做；第二條指控竊取高科技情報只靠建華個人筆記本為憑，把已向全球公開醫學研究資料視為機密，根本與刺探與竊取情報行為無關；至於第三條揭露建華隱瞞中國共產黨員身份，純屬個人臆測，欠缺事實根據。

麥克尼對於控方來勢洶洶仍然擔心，雖然第一、二條控罪可以抵擋過去，惟有第三條不知底細如何，較難應付。

難是難在控方陸續翻查出建華曾被上海國民黨警察局逮捕資料，也有當時上海中、英新聞報導為佐證，另外，曾駐上海報導解放軍攻城的美國攝影記者艾倫聲稱自願充當控方證人，

可在庭上公開記錄影片，重播聖約翰大學地下黨學生李建華當年鋃鐺入獄情景。因此，麥克尼認為，控方有人證、物證俱全情況下，要駁回第三指控有點棘手。一旦罪名成立，建華可被判即時入獄或驅逐出境。

對於一名新從中國入境的醫生，他到底是不是共產黨員，只有本人才知曉。既然建華堅決否定，律師麥克尼只好把這一問題模糊化，打打擦邊球，希望避重就輕走過場。

經過一番周折，律師麥克尼終於與檢察官穆勒達成一份認罪協議初稿，只要建華承認曾經「不知情地」參與一次上海共產黨地下活動，保證今後不再與國內、外共產黨聯絡，不再在美國進行共產主義宣傳，則可換取撤銷其他控罪，減輕刑罰，允許繼續在美國居留和行醫。

在美國司法系統中，區域檢察官是直接處理案件的重要官員，有很大檢控酌情權。美國各州各縣需要處理日常案件數目繁多，每案起訴之前又需花費巨大人力物力作查證，因此，區域檢察官慣用協議方式，勸說被告認罪了事，這樣可以大大減少法律程序，迅速清理案件。

在認罪協商中，如果被告自願承認某部份罪名（可以挑選較輕的），則可獲豁免檢控其餘較重部份。例如，在觸犯「盜竊傷人罪」時，只要疑犯願意承認較輕的「盜竊罪」，檢察官可以免除後果較嚴重的「傷人罪」控告，從而獲得輕判，被告一方通常願意接受。

建華自認從未加入共產黨或共產黨地下活動，當然不肯接

受認罪協議。建華明白，以謊言去乞求控方恩賜是最大不智和危險。

麥克尼聽到建華這樣回絕，大搖其頭，衝口而出，「你身為醫生，應該明白事理，料想不到你對美國法律如此不解！」

麥克尼擔當辯護律師多年，經驗豐富，他認為目前美國反共情緒高漲，穆勒尚能網開一面，已是十分僥倖，而且控方要求並不苛刻，只需循例作出口頭聲明，無需人事或錢財擔保便可把案件從輕發落。可是，建華斷然否決，實屬可惜。他估計隨後的法庭訴訟，情勢不容樂觀。

面對審判即將臨近，又有諸多不利因素，加上建華表現理直氣壯，高俊顯得異常焦急。他忽然想起從台灣移居紐約的老朋友朱立明。

他是當年上海警察局負責盤問建華的刑事處副處長，職位不算低。他跟隨毛局長撤離上海前，曾向高俊透露警方尚未掌握建華「通共」證據，也查找不出建華是地下黨員身份，理應釋放，只因上海戰況危急，暫時擱置下來。高俊知道朱立明為人正直，立即飛往紐約找他出庭作證，朱也一口答應。

有了朱立明作為辯方證人，麥克尼對贏取官司恢復一點信心。還有一個好消息是，高俊按照建華吩咐，把被捕情形告知現時正在賓夕法尼亞大學任教的病理學教授謝倫。這位深受建華敬重的病理學老師得知案情後，立刻表示願作建華品格證人，出庭證實建華具有良好家庭教育，是上海聖約翰大學榮譽畢業生，從未違反大學校規和醫院制度，在國統時期的上海亦

無社會犯罪紀錄，也是一名不分黨派搶救國共內戰傷員的優秀醫生。謝倫作為病理學專家，經常在法庭上出證有關疾病和傷亡案件，享有誠實和公正美譽，他的證詞可以增添勝訴力量，萬一定罪之後也可減輕刑罰。

兩天之後，從香港飛來的建中哥哥帶來充足財務支持，加入營救。他為了不讓建華媽擔心，沒有把建華出事消息如實稟告，只是托辭赴美公幹。

這時，正在英國劍橋密鑼緊鼓準備法律博士論文答辯的美琪獲知建華被捕消息，心急如焚。她馬上向她導師——專門研究《英格蘭私法和刑法》的史密斯教授請假兩星期，親身前往美國協助辯護。

史密斯教授問她：「請你說出一個理由，為什麼這個人有那麼重要，你要放棄論文，放棄你的事業前途為他勞碌奔波？」

美琪回答：「這是為了我的一句承諾。」

「什麼承諾？」

「我十六歲那年，他已是一名穿上白袍的上海實習醫生。他因為冤獄面臨槍決時，我曾用一句詩『白袍有難黑袍擋』對他說出拯救承諾。因為有了這一承諾，不斷激勵我學習法律，將來穿上黑袍，去維護含冤受屈的人。他現在成為美國醫生，卻遭遇另一場冤獄，我必須再次拯救他，這是我履行承諾，實現法律公平正義的心願。」

史密斯教授聽了美琪關於建華在上海和美國兩地案情簡介之後，亦受感動，「好吧，我同意你請假，延後你的答辯時間吧。請你記住，你的論文題目是《證物與證詞搜索正當程序及其弊端處理》，我希望你能運用論文中要點，幫助你的表兄。」

　　史密斯教授十分珍惜門下這名優秀學生，也想方設法讓她美國之行順利。在當天傍晚，他聯絡上擔任美國高級檢察官的舊同學郭斯，也寫了一封信，讓美琪帶上，拜托郭斯對美琪在法律問題加以指點。

　　美琪獲准假期後，趕緊給逗留美國的建中表哥長途電話。在交談中，她知道訴訟最大問題是控方已是板上釘釘證實建華隱瞞共產黨員身份，但是建華拒絕承認，這將成為庭上爭辯焦點。

　　美琪明白，需要有一個重要證人才可扭轉乾坤。目前，辯方律師已經找到朱立明出庭，但朱在當年只是一個盤問疑犯的警官，他獲得資料未必是事實全部，容易在庭上受控方攻擊。因此，美琪認為單憑朱立明一己之力未必招架得住。

　　念頭一轉，美琪忽然想起前上海警察局的毛局長，他當年既有權威，又是親自處理建華案件的頂頭上司，如此一個重量級人物，非他莫屬。於是，她馬上打電話給香港父親，詢問毛局長現時下落。她決心無論如何，那怕毛局長遠在天邊，也要找到他為建華說出一句公道說話。

　　她父親陳毓麒一向與毛局長有私交，知道毛撤離大陸之後，因種種原因與蔣家父子不和，現已離開台灣，在琉球等地

活動，暫時棲身關島北面小嶼。那兒是浩瀚太平洋中一片細小綠洲，這對於身居英倫三島的美琪來說，確實有天涯海角之遙。

美琪得到父親轉告毛的最新地址和電話後，不顧千里迢迢立即動身飛往日本東京，再轉飛機至關島，在約定的杜夢灣酒店找到毛局長會面。

毛局長見到美琪時，還清楚記得她就是當年哭崩上海警察局的奇女子，也記得兩名聖約翰實習醫生闖入上海軍事防線這回事。

毛坦然對美琪說，「當時上海報紙吹得天花亂墜，又說兩名醫生是共產黨員，又說我會三天後把他們槍決，這當然不是事實。我離開上海前，特意吩咐我的繼任代局長，一旦上海戰事平息，可以把他們釋放。」

美琪知道毛局長對這段歷史有確切回憶，十分興奮，但她沒有進行錄音或錄像，也沒有要求毛局長對所有言詞簽名作實。她知道，應該由有關方面律師團隊派員前來錄取才算正式有效。

美琪不眠不休從關島飛往夏威夷，再轉兩趟飛機才抵達美國本土明尼阿波利斯。此時建華仍然被押獄中，不獲與美琪見面，她只好與建中和高俊一起緊急商量營救方案。大家都為美琪找到毛局長大大鬆了一口氣，也慶幸他們手中已經掌握一張至勝王牌。

如何打出這張王牌？

「趕快通知辯護律師麥克尼吧，讓他馬上派員前往關島取證，這樣做最直截了當。」一向辦事中規中矩的建中說。

美琪想了一下回應：「我們試試站在控方立場上，換位思考。倘若我方錄取毛局長證詞，呈上法庭，控方一定極力進行反駁，譬如，他們可以把毛局長與蔣家不和事實肆意炒作，含沙射影毛局長當年是國民黨政府中異己份子，以此質疑毛局長證詞的真實性，這種情勢反而對我們不利。」

「這又如何是好？」大家都在疑慮。

「利用『以守為攻』策略會不會好些？」美琪接著說，「我們先不把這張王牌甩出去，以免招惹攻擊，而是想辦法讓控方接觸毛局長，讓他們拿取毛的證詞，這種做法可能更有勝算把握。」

「這樣會不會讓我們變被動了？」建中問。

美琪答：「在初審法庭上，被告常常是被動一方。但是，我們可以見機行事，變被動為主動。幸好的是，我們已經知道毛的態度，對毛的背景亦熟悉，辯護時容易應對，這讓我們佔有反擊優勢。按照人權公約第六條第一款規定，控方或辯方取得的證物或證詞，不論對於任何一方有利或不利，均應向對方公布。我們反擊的時機是，當控方在庭上把毛的證詞刻意模糊或逆向引導時，我們可以捕捉謬誤之處，當場駁斥，即時令控方處於下風。」

高俊同意說：「我認為以守為攻是一個好策略，這也是孫子『避其銳氣，擊其惰歸』的兵法。」

但是，建中又問起來：「萬一控方無意進入我們圈套，不前往關島取證，光是靠他們目前擁有證據已能把建華釘死。這又該怎麼辦？」

　　美琪說：「我們有朱立明證詞作辯護，在一定程度上可以抵擋艾倫在庭上播放記錄電影的殺傷力，另外，我們不要把所有雞蛋都放在同一籃子裡，不要把朱立明和毛局長兩人證詞在初審中同時出現，造成重複，浪費彈藥。」

　　「如果朱立明抵擋不住控方攻擊又該怎麼辦？」建中仍然擔心。

　　「你說得對，對方一定會對朱立明進行尖刻盤問。如果初審失利，無需氣餒，我們可以立即上訴，這時候我們才把毛局長證詞拿出來，或者直接邀請毛親身出庭作證，把王牌翻出，令他們措手不及。」美琪說。

　　問題是，該用什麼方式通知控方接觸毛局長？

　　美琪趕忙拿著博士導師史密斯親筆信，訪問住在聖保羅市的助理聯邦檢察官郭斯。

　　在美國，郭斯所擔任的職位相當於美國司法部的副部級官員，比穆勒權高一截。這時，建華案子已經進入司法程序，郭斯不宜從中對美琪說些什麼，只在閒談之間知道美琪畢業於哈佛，順便提起與美琪同屆的朱迪·霍斯正在明尼阿波利斯工作。

　　美琪十分感激郭斯的提示，不然的話，在人海茫茫，法網

恍恍之中，她又如何能及時知道這位同班好友朱迪正是遠在天邊，近在眼前。

這時，擔任助理檢察官的朱迪正在穆勒手下忙碌建華案子。她一聽美琪說到當年上海警察局的毛局長知道建華被捕全部底細，馬上向穆勒請示自己有意前往關島取證。

穆勒考慮關島是美國屬地，當地簽發書面證供等同美國本土一樣效力，加上他對建華拒絕認罪協議至今仍然氣憤難消，急不及待要把建華繩之於法，於是他立即批准朱迪與另一名見習助理馬上出發。

開庭日期漸近，天方夜譚的情節突然發生。辯方律師麥克尼接獲法庭通知，控方決定撤銷一切指控，建華可以立即釋放。

如此大好消息誰也料想不到。控方撤訴原因主要是朱迪對建華案子秉公辦理和案情精確分析所致。

朱迪在關島與毛見面時知道，建華是在大軍壓境之時送藥給一名老弱病人，誤闖軍事禁區遭到逮捕，然而警方並無任何資料證實建華是共產黨員或參加共產黨地下活動，這一說法與建華本人口供完全符合。之後，朱迪反覆琢磨建華被捕當時情境，那是中國內戰時期一個危城送藥故事，她自己不免被建華的勇氣和職業道德所感動。她回顧毛局長作證時的言詞與態度，相信毛當時已經對建華作出寬容處理。推己及人，她估計在明尼阿波利斯開審時，庭上陪審團也將會認為控告建華隱瞞共產黨員身份罪名不成立。

朱迪從警方搜出的建華筆記本逐頁研究，所有記錄都是建華日常工作心得，而且從文字當中，並未看出任何抄襲或複製。在建華私人攝影機和所有底片裡均未發現任何值得懷疑的圖像。她再從建華的德文醫學文獻摘錄中分析，認為建華把自己翻譯出來的德國研製體外循環機器資料分享給不懂德文的美國同事，表明他並無偷竊美國情報之嫌疑，反而有引進德國科技資料之事實。她極力主張穆勒撤銷對建華竊取美國高科技情報指控。

朱迪也認為，把建華贈送食物給飢餓婦人一事提升至破壞美國種族隔離法，這種檢控調門過高，而且在場的餐館東主、職員和所有進餐客人從未發出任何言論和行動，缺乏受害人投訴、譴責和索償這類重要環節，至使控告顯得軟弱無力。

朱迪還提醒穆勒，不要忘記辯方律師麥克尼具有七十五例勝訴而僅有五例敗訴的優秀辯護記錄，他在庭上交鋒時，言辭精辟而尖銳，善於直戳主控官寒心刺骨之處，不可不防。

穆勒聽罷朱迪種種意見後，猶豫不決。最後，原先準備作為控方證人的兩名波士頓警察宣稱不能出庭作證，所以，穆勒索性下令撤銷對建華一切控罪。

這兩名波士頓警察不能出庭原因是十分蹊蹺。自從查理士河餐館事件之後，這兩名執行巡邏任務警察卻渾然不知自己惹禍上身。

原來，那天建華在餐館遇到的「黑人老婦」其實不是黑人，也不是老婦，而是一名只有四十來歲的印第安原住民。她因患

有阿迪森氏病（腎上腺皮質功能不全），身體黑色素細胞異常大量增生，全身皮膚逐漸從黃變黑，外貌酷似非洲裔黑人。

這名印第安女子自從得病之後，身體日漸虛弱和衰老，還經常發生低血糖症。幸好那天建華及時給她一些食物，才免致饑餓而暈倒。事後，當地印第安部落酋長依循法律途徑，控告波士頓警察歧視和辱罵他們的族人，禁止她進食，令她陷入危險境地。警局也不得不出面解釋和道歉，現時這兩名警員暫時停止職務。

建華獲釋時，美琪第一個衝上前去，緊緊擁抱。這時，她的諾言「白袍有難黑袍擋」兌現了，建華自由了，讓她笑逐顏開。

建華釋放後返回明尼蘇達醫學院工作，隨後，李樂希教授安排他進入研究生院，指導他的研究方向。經過兩年努力，建華的博士論文《犬類模擬心肌梗塞的冠狀動脈移植手術方法和效果》答辯順利通過，榮獲哲學博士學位。

建華在博士畢業典禮上，高俊一家、謝倫教授夫婦前來祝賀，朱迪也代表美琪送來了鮮花和賀卡。

朱迪在給建華賀卡上寫道：祝賀你在醫學科學上的驕人成就，也讚美你在人道主義上的忘我貢獻！

第二十二章 葉公好龍

一九五六年夏末，我在蘇聯學習結束，告別了魯勉斯基教授和同學們，帶著滿載而歸喜悅心情回到上海。

闊別三年的上海變得繁華多了。在淮海路商店裡，美侖美奐的服裝鞋帽和其他生活用品比比皆是，豐富多彩。南京路上的大新、新新公司已改建成為上海第一百貨公司和上海第一食品商店，人潮如湧，車水馬龍。

荒廢多年的哈同花園已是舊貌變新顏，俄羅斯建築風格的中蘇友好大廈從中拔地而起，蔚然壯觀。在大廈前面的寬闊廣場上，聳立中蘇兩大巨人手握手塑像，展現開天劈地的豪邁氣勢。

我在家裡與媽媽和親人團聚之後，次日回到博愛醫院麻醉科上班，趕緊投身建設祖國洪流中去。

醫學院對我學成回國十分重視，給我安排了幾次院內外的《蘇聯醫學發展近況》講座，一時之間，我被捧成醫學科技大紅人。

之後，我便專心在麻醉本位上拼搏起來，日以繼夜與同事們一起操練低溫麻醉技術。我們先從動物實驗開始，熟練後才應用病人身上。外科副主任許萬成教授對開創低溫麻醉積極支持，渴望把博愛的直視心臟手術盡快開展起來。

不久，我被晉升為麻醉學講師，這給我很大鼓勵。我對前輩周向亮教授更加敬重，他是引領我進入麻醉專業的恩師，現在仍然指導我開創心臟外科麻醉的各種關鍵技術。

　　在醫學院教學中，我開始一些新嘗試，在課堂上插入許多視像放映，盡量減少照本宣科的沉悶講學模式。每次講課之前，我會用短短兩分鐘時間，放映一輯關於蘇聯或東歐民主國家的社會現狀或醫學幻燈片，讓同學們開闊視野；講正題時，我會善用多種掛圖和借助三十五毫米電影機播放，讓同學們容易瞭解抽象理論，增添對醫療實踐工作的認識。

　　我重視利用黑板書寫吸引課堂注意力。講解關鍵醫學辭語時，我先以中文大字寫在黑板當中，然後右邊寫英文，左邊寫俄文，要求同學們對這三種辭匯都要認識，但考試時只需用中文。

　　在十八世紀末至十九世紀初的中國仍然十分強盛，清政府只容許來華西方醫生應用漢語教學和行醫，不懂漢語的洋人先要集中起來學習中國文化，這就是當時滿清皇朝的大國風範。

　　晚清衰落以後，乃至民國時期，崇洋風氣盛行。外國醫生來華講學都用英文或德文，東北有些地區用日文，顯示他們的先進和優越，也無形之中釀成我們民族自卑的蔓延。我在課堂上書寫中、英、俄三種文字並非炫耀學問，而是不斷提醒同學不要夜郎自大，也不要民族虛無，要熱愛自己語言和文化，也需要虛心向外國學習。西醫畢竟起源於西方，我們終究會追趕上去，甚至是超越。

有一天，病房來了一名患有心房間隔缺損的十歲男童呂明，心跳很快，呼吸也急促，心研組幾位醫生都認為他有輕度心力衰竭，但在病情穩定之後仍然是手術治療的最好時機。

這時，麻醉科人員掌握低溫麻醉技術已經熟練，也曾成功進行首例低溫麻醉下肺部手術。我建議許教授可以安排呂明作首例低溫心臟直視手術。

許教授對開創首例表現熱衷，可是一天之後態度發生一百八十度大轉變，支吾其詞說呂明的心臟功能尚好，沒有緊急手術必要而被拖延下來。不幸的是，僅僅三天之後，呂明在洗澡時氣喘，誘發急性心力衰竭，搶救不及死亡。

我為這名聰明活潑孩子突然死去感到難過，許教授只顧指責病房護士對這孩子照料不周，一句話也沒提起錯失手術時機的教訓。

我曾經對許教授開創低溫麻醉直視心臟手術的積極態度表示讚賞，但是他對呂明手術表現臨陣退縮，似是葉公好龍，令我對他印象產生很大落差。要是建華在場的話，這孩子一定能得救。

佩儀知道我對病童死去很不開心，邀請我到她家吃晚飯，算是和我聚舊，也是為我對呂明死去鬱悶的舒緩。

自從大學院系調整之後，佩儀連同兒子彬彬和寡居母親一起從梵皇渡的聖約翰大學教授宿舍搬到博愛來，住房同樣的寬闊，教授居住級別待遇不變。

佩儀搬房後，上下班方便多了，她媽媽身體也十分健康，家裡有媬姆照顧孩子，她可以騰出更多時間專心工作，對事業充滿熱誠和幹勁。她去年升任為心研組內科副組長，她的大作《心臟疾病臨床診斷法》最近已經出版和發行，受到各地讀者歡迎。

她的兒子彬彬親熱稱呼我：「王叔叔，您好！」我送他一盒蘇聯糖果時，他用發音準確的俄語向我說：「謝謝！」這一定是佩儀教的。那時候，許多博愛醫生都在業餘學習俄語。

我送給佩儀一套俄文《內科學》教科書，希望她用得著。我還把一條阿塞拜疆羊毛圍巾送給她媽媽，老人家立即披在肩上，左顧右盼，顯得十分開心。

晚飯前，佩儀家多來了一位客人，她是佩儀媽媽在蘇州老家的親戚，姓章，是北京醫學院新畢業生。她剛來博愛報到不久，醫院讓她先自行選擇工作科室，然後再統籌安排。她知道佩儀家今晚請我作客，趁機徵求我對她選擇專業意見。

佩儀是章醫生的表姐，佩儀和她媽都稱她的名字：婉玲。我和她第一次見面，她外貌像許多蘇州女子那樣，秀麗娟好，說話吳儂細軟，溫柔婉順。大概她常來佩儀家作客，處處顯得落落大方。

「王醫生，我選擇當麻醉科醫生好不好？」婉玲誠心向我請教。

「當然好！博愛醫院麻醉科水平很高。我們科主任周向亮是一級教授，無論醫療、教學和科研方面，我們專業一直是領先的。現在麻醉科配合外科開展直視心臟手術，正缺乏人手，周教授一定歡迎你來！」我回答。

　　「十分感謝！我再想向您請教，我的性格和能力適合哪一專業比較好？我的意思是想知道，內科醫生、外科醫生和麻醉醫生的素質各有什麼不同？」

　　「依我看，內科醫生專長於系統思考和邏輯推理，他們多數具有思維型工作方式，而麻醉醫生與外科醫生相似，著重於形象思考和靈感啟發，善於手藝操作和工具應用，表現出藝術型性格。不過，大多數醫生都是思維型和藝術型兩者兼有，屬於中間型。你的性格和才能是屬於哪一類？」

　　「我從小學會刺繡，喜歡手藝，也喜歡繪畫、唱歌，也會拉手風琴。我的內、外科成績都同樣是五分。至於才能方面，我覺得自己沒啥突出的，只是認路比較好，容易分辨東西南北方向。逛街時，同學們都依賴我帶路。」婉玲高興地說。

　　「噢！很好，很好。你是一個很有藝術天份的人。但是，凡事不能絕對，一個藝術天份高的人也能成為一個十分出息的內科專家，同樣，思維型的著名外科醫生也不少，性格特點不能一概而論影響事業成就。我相信你選擇哪一科都會是一個好醫生。」

　　「謝謝您誇獎，算是對我的鼓勵吧！但是，您憑什麼說，我會是一個好醫生？」她表現開心，也好奇問。

「光憑你會認路這一點吧！在我印象中，十個女生當中大概只有兩、三個會認路的，而且，會認路的女生都是聰明和有責任心。你表姐認路十分好，她不單認得街上的路，也認得醫學的路，最重要她認得革命的路，我一直是依靠她來帶路。不過，我沒有說不會認路的女生不聰明，我也沒說自己是一個笨豬玀啊！」

我這番話把在旁的佩儀和她媽都逗樂了，連玩著小車子的彬彬也嘻嘻哈哈笑起來。一個小家庭有朋自遠方來，顯得不亦樂乎。

高談闊論一會之後，晚飯開始了。美味的松鼠桂魚，蜜汁醬方，蟹粉菜心，清風炒三蝦，蘇州滷鴨等等逐一上桌，這是佩儀的家傭吳姨請到一名專做上門烹飪的師傅，主理蘇州名菜，讓我這個習慣俄羅斯飲食多年的人，吃得大快朵頤。

之後，章醫生真的選擇了麻醉科。周向亮教授安排她先當一年普通麻醉工作，然後轉入心血管外科麻醉，並囑咐我對她多些幫助和輔導。

婉玲第一天上班，她的一束長長辮子飄落新簇簇白大衣上，更顯才華氣質。我歡迎她報到時，她高興說：「謝謝您，我要努力向您學習！」臉上綻出的誠摯，真與佩儀有幾分相似。

第二十三章 又一個白衣姑娘

新來的章醫生給博愛帶來朝氣蓬勃青春氣息。她專心工作，努力學習，對師長尊敬，對同事有禮，深受大家歡迎。一些剛畢業的醫生、護士和實習生們，都喜歡圍著她團團轉，像是蜂兒、蝶兒叮在鮮花採蜜那樣的甜美。

每天清早，章醫生上穿上一套紅色運動服，在運動場上跑步健身，後面總是跟著一條長長人龍，在晨曦中格外耀眼。當跑步速度減慢下來時，她一邊跑一邊伸展雙臂上下晃動，活動關節，後面的人也隨著模仿起來，人龍隊伍變成龍舟划槳一樣，撥浪前進。每到周末傍晚，她在醫院宿舍草坪上拉起手風琴，很快引來一群男女老少，和著琴聲唱起歌，愉快的音樂飄進每家每戶。

她初學麻醉十分認真，我也嚴格要求她按照規章制度工作。每次執行麻醉任務之前，她先要做好麻醉前訪問，收集病史，明確診斷，並估計手術難度和所需時間，然後決定麻醉方案和用藥。在麻醉計劃中，我提醒她要對不同病人準確列出麻醉和復甦過程注意事項和術後隨訪要點。

很快，她可以進行第一次獨立麻醉操作。患者是一名六歲男童，右小腿上長有一個棗子大小的海綿狀血管瘤，經常蹭破流血，要求手術切除。

這是小兒科簡單手術，常被許多醫生輕視了。我向章醫生強調：麻醉無小事，就在生死一瞬間，對於兒童或弱者，尤需格外留心。她樂意聽取我的意見，擬定對這名男童採用面罩吸入氧化亞氮／氧氣全身麻醉，加上靜脈注射鎮靜劑，並把麻醉計劃書交給我，我也同意了。

手術時，我在旁指導她施行麻醉全過程，結果進行順利，她也十分高興自己首例成功。

不久，外科手術通知書又安排一名患海綿狀血管瘤女童作切除術。她七歲大，那血管瘤同樣是橄欖大小，長在頸脖子右側，洗臉時容易擦破出血，而且由於衣領遮蔽不住，令她自覺難看。

章醫生認為這女孩的血管瘤情況與上次男孩差不多，打算同樣採用面罩吸入全身麻醉方案。她把計劃書交給我時，我卻拿起紅筆劃上一個大交叉。

她詫異問：「為什麼不能用同樣的麻醉？」

「你仔細想想這兩孩子有什麼不同？」我反問，啟發她思考。

「他們一個是六歲，另一個七歲，年齡和體重都差不多，兩人血管瘤大小也相似，也都長在身體的右側，他們不同只是男女之別，但兒童期間性別不同對麻醉選擇影響不大……啊！

我明白了，男孩的瘤子長在小腿，而女孩長在脖子，這是最大不同，對嗎？」

「對啦！你說到了重點。考慮這女孩手術位置在頸部，你認為採用哪種麻醉最合適？」我再問。

「因為女孩的血管瘤在右頸部，麻醉時我需要把她的身體放置左側臥位，這才可以給外科醫生騰出較好的手術操作空間。採用這種體位時，我覺得應用氣管內插管麻醉好些。這樣，麻醉師和手術者可以保持較大距離，彼此工作不受影響。」

「你選擇氣管內插管麻醉是對的，但理由不充份。你只說了對醫生有利方面，你要知道，對病人有利才是最重要的！」

「噢！我明白。在頸脖子手術時，容易擠壓氣管，採用氣管內插管可以保障呼吸道通暢，病人更加安全。是嗎？」她思路活躍起來。

「說得對！這一點十分重要，千萬不能忽略。還有別的理由嗎？」

「還有的理由就是……氣管內插管麻醉改變了病人呼吸模式。您說過，正常人呼吸是負壓呼吸，在吸氣時，胸腔容積擴大，令胸腔負壓升高，由於負壓的緣故，空氣從氣管吸進肺內。如果病人採用氣管內插管麻醉，呼吸便變成正壓呼吸，這種正壓力是由於我們按壓麻醉機氣囊，把空氣擠壓進肺內的緣故。我還記得您比喻過，青蛙是天生的正壓呼吸動物，在解剖上牠

們沒有肋骨，沒有橫隔膜，也沒有胸膜腔。青蛙吸氣時，空氣從鼻孔進入口腔，儲存在口底，鼓成一個大泡，然後把鼻孔閉合，再把口底大泡氣體吹入肺內。青蛙的口底大泡猶如我們麻醉機氣囊，把正壓氣體氣吹進肺內⋯⋯」

章醫生回答時不停說出一些相關內容，兜兜轉轉一大圈，但沒有一矢中的。她的意圖是拖延時間，讓腦子快快想出一個合理答案來。

我看穿她的聰明伎倆，打斷她回答，直接問道：「為什麼正壓呼吸對這女孩頸部手術有好處？」

「我很抱歉⋯⋯這名女孩年紀這樣小，又是那麼細小的手術，我一下子說不上還有什麼別的好理由。」她慚愧地說。

「你首先要拋開這兩個小字，不要忽略孩子小，手術小而做成自己麻痺大意。血管瘤手術容易做成較多血管破裂，甚至是大量出血。你試從出血方面去思考，為什麼我不主張對這名女孩採用面罩吸入麻醉？」

她恍然大悟起來，「啊！我明白了！如果這女孩頸部血管損傷時，我們仍然應用面罩吸入麻醉，那將會十分危險啊！」

「危險來自哪裡？」我問。

「這可以引起空氣栓塞，病人可能會即時死亡！」

「為什麼？」

「如果採用面罩吸入麻醉的話，病人呼吸模式仍然保持負壓，胸腔與頸部出現的負壓就像抽風箱一樣，把空氣從頸部血管破口抽進血管裡，造成靜脈空氣栓塞。真的，我的麻醉選擇是錯了！十分感謝您及時更正！」她感激地說。

「對！知錯能改就好。那麼你重新制定麻醉計劃吧！」

從此之後，章醫生在麻醉遇到問題時，都主動向我或其他前輩請教，表現十分虛心。

她熟悉氣管內插管全麻之後，又在腰椎麻醉和硬膜外麻醉方面進軍。

當時，硬膜外麻醉是發明不久的新技術。我從蘇聯帶回幾根硬膜外麻醉穿刺套管和塑料導管，她便拿來練習。為了練得好功夫，她用軟、硬和厚度不同紙張摺疊起來，形成多層紙墊，以此模擬人體背脊皮膚、筋膜和韌帶組織的不同韌度，捉摸逐層穿刺的技巧。

有好幾次，章醫生從菜市場買來一整段豬脊骨肉，體驗穿越豬背脊皮膚和椎間韌帶的微細感受，表現學而不倦。這種動物實體穿刺練習，讓她很快掌握到技術要領。

我輪值急症二線麻醉夜班時，她也常常申請當天一線值班，爭取更多機會向我學習。

夜間沒有緊急手術或急救時，值班休息室是十分安靜的。她常常把夜餐端到我值班休息室來，一邊吃一邊要我講述留學

蘇聯的故事，也趁機與我練習俄語，糾正發音和語調，因此她的俄語進步飛快。

她對莫斯科大學研究迷幻藥的魯勉斯基教授十分崇敬，表示自己有志研究中國古代名醫華陀施手術時用的「麻沸散」，還希望有朝一日，自己能像魯勉斯基教授那樣，在雲南西雙版納叢林裡也能找到一種類似「古加」的熱帶迷幻植物。

她與我接觸機會多了，拘謹漸減。趁我有空時，她會拿出自己珍藏的小說給我閱讀，也喜歡向我講述當中的愛情故事。她提起《紅樓夢》、小仲馬《茶花女》或莎士比亞《奧賽羅》時總是繪聲繪色，全情投入，還模仿主角對話神態，更顯活潑和有趣。

我不知道她這個小靈精從哪兒打聽到我曾經追求佩儀的傳聞，我當然不會對她解釋太多，佩儀是她的表姐，萬一她把說話傳給了佩儀，令我尷尬。我只簡單對她說，我和佩儀在地下工作時，假扮情侶只是為了躲避秘密警察的跟蹤。

有一天，手術室鄒護長笑眯眯問我：「小章醫生是不是對你有意思？」眨了一下眼睛又說，「王醫生啊！你也該是找對象時候了，你姓王，可不要老是當王老五啊！」

我對鄒護長說：「噢！你剛才問小章是什麼意思嗎？唔！事情應該是這樣的，她有遠大理想，準備報考莫斯科大學研究生，所以她常來向我請教俄語。」

「嘻！我不信她光是為了向你學俄語。你們一起工作也有好幾個月了。你自己惦量惦量啊！」鄒護長回應了幾句，扭頭辦她的事走了。

雖然我個性率直，有時心裡想的事，可真不能一下子說得出來。這位新來的白衣姑娘，比起我敬慕的佩儀，也比起曾經萌起愛意的娜達莎，確實有些相似，但也有許多不同。

第二十四章 家族的秘密

一九五七年初夏，佩儀告訴我，建華已經啟程回國，途經香港稍作停留，然後再返上海。

建華這時才向媽媽稟告已經結婚，有一名三歲大兒子，在上海有一個小家庭。

建華媽聽後十分高興，但又埋怨兒子不及早讓她知道。在旁的建中聽後，立即向弟弟熱情祝賀，還說一定要補辦婚禮。建華聽後只好婉言謝絕。

這時建華媽變得更加興致勃勃，要求建中、建華兩兄弟一起陪同她到上海走一趟，探望新媳婦和新孫兒。

建中聽後，知道自己說話稍有不慎，惹起了繼母回上海觀光的心思。這時他連忙動起腦筋，設法阻攔。

自從李家遷居香港之後，建華媽一直思念上海黃金歲月，老想回去探望心愛的建華與及生活多年的愉園，可是，屢屢被建中勸阻，未能成行。

大陸解放不久，土地改革開始進行。建中把國內土地改革小道消息告訴繼母，說老祖宗在寧波鄉下一百多畝田地的佃戶們組團到上海對李家進行清算，這可把繼母嚇壞了。從此之後，建中把香港報紙關於鄉間鬥地主消息全部封鎖起來，不讓繼母知道。建華媽知道自己對此等事情應當迴避，不再提起這些說話。

待到一九五三年建華出國赴美途經香港時，她趁機向建華打聽國內情況，曉得共產黨並不是香港宣揚的那樣可怕，她又開始嚷嚷要回上海看一看。建中聽後，審時度勢，遲遲不肯答應。

一九五五年，建華在美國官司了結之後，建中終於抽出一段時間，準備陪同繼母往上海旅行一次。剛巧此時，中國又發起一輪工商業社會主義改造運動。香港報紙傳出一些上海資本家跳黃浦江消息，這又讓建中遲疑起來，擔心繼母情緒受影響，最後還是把訂好的火車票子退了。

現在，繼母又要求探望上海媳婦和孫子，這是人之常情，不過建中卻立下鐵石心腸不讓她成行。

建中為何要阻攔她？

最近兩年來，建中順應國內形勢，頻頻在港、滬兩地穿梭往來，把李家留在上海的紗廠、印染廠和織造廠等全部產業併入公私合營，並委託他的四舅徐樂賢（建中親媽的四弟）當上公私合營後的資方代理人，另外，他還把愉園地契送交上海市政府，捐獻給國家作為小區的「青少年之家」，或是「紡織工人俱樂部」之用。

繼母聽到四舅當上「國祥公司」資方代理人表示不悅，說徐家只佔上海股本百份之一，而李家佔百份之九十九，怎麼可以讓徐家取代李家當上海資方代理人？

中國公私合營時候，核實「國祥公司」留在上海的資本為一千零八十萬元人民幣，按照當時的贖買政策，這筆資產全部入股公私合營之後，每年可獲國家支付百分之五利息作為贖買費用，每三個月付息一次，以利息償還私人資本，二十年完成私營企業公有化。

　　計算起來，「國祥公司」股東在上海每年得到定息為五十四萬元，這是一筆十分豐厚的收入。那時，上海普通工人每月薪金是五十元左右，五十四萬元相當於九百名工人全年薪金的總和。繼母認為這筆錢財絕大部份應該交給建華支配，而不應該交由四舅。她回上海並不是為了定息那些錢，而是為建華取回應有的權益。

　　建中極力反對這樣做。他認為在公私合營中，自己並無偏幫徐家。因為李家留在上海只有建華一人，而建華當時身在美國，不可能親身簽名落實各種財務文件和產業證書交接，所以唯一的選擇是他的四舅徐樂賢。這四舅不但在「國祥公司」有百份之一股份，也是公司現任營運經理一職，合營之後擔當資方代理人最為合適。

　　同時，建中亦代表李家與徐家簽有股息應用合約，規定「國祥公司」所得年息五十四萬元之中，四舅（代表徐家）只可拿取按股息的百份之一，即五千四百元，其餘款儲存銀行，作為「國祥公司」舊員工在退休、病休、轉業或病故時可獲取一筆酬勞，或應急時的特殊補助。一旦福利基金發放完畢，才將餘數撥回李家所有。

建中作如此安排，一方面是按父親臨終意願，要照顧服務多年的「國祥公司」老員工，也考慮到建華本身社會處境，不宜參與公司事務。建中認為建華是醫生，是一名勞動者，如果成為資方代理人，領取利息，身份立即轉化，這會斷送建華的醫學前程。

為了弟弟不要捲入資方代理人之爭，建中想盡辦法勸喻繼母暫時不要回上海，讓時間慢慢化解她的心結。

可是，建華媽是一個很有主見的人，這一次，建中說什麼好話都聽不進去。她決心無論如何都要回上海一次，那怕只停留一、兩天，看看新媳婦和孫兒，把資方代理人身份改為建華之後，便可立即回程。

正當無計可施之時，建中只好屏退左右，把辦公室門關起來，在繼母耳邊稍稍說了幾句話，頓時令繼母態度轉變。

「這事你從哪裡聽來的？」建華媽追問。

「這是爸爸臨終前告訴我的。他叮囑我一定要掌管好香港和上海公司，又要照顧好您和弟妹們。」建中說。

建中說的父親臨終囑咐是李家不願公開的秘密，原本只有李國祥夫婦倆知道。國祥中風後，才想到有必要把此事告訴長子。他彌留前，執筆寫了幾個字，把最要緊的話跟建中說完，才閉合雙眼，安祥地去了。

「如果我不回上海的話，我們也該補送一份結婚禮物給建華啊！」建華媽心裡平靜下來。

其實，建中早已準備好了一份禮物給建華，那是按照建華要求的型號，向香港醫療器械公司訂購兩部美國體外循環機和兩套心血管導管鏡，作為建華回國開展心臟手術之用。

「體外循環機和心血管儀器已經運抵香港。他們夫婦倆都是心臟科醫生，挺實用的，不知把這些醫學設備作為建華結婚禮物好不好？」建中問。

「不好！醫療器械是治病救人用的，當作結婚禮物不合適。不過，你既然已經買下了機器，這份禮物照樣送出去，送給博愛醫院好了。我覺得建華結婚禮物應該是能夠長期保存，方便攜帶，又有紀念意義的珠寶首飾之類好些。我明天和你一起去選購。」建華媽說。

建華媽是很懂世事的人，知道當時美國仍然針對中國實施多種物品禁運，所以她囑咐建中把儀器送給博愛時只是為了慈善用途，捐贈者只署名「香港同胞」則可，不可貪圖名利和四處張揚。

第二十五章 真愛

美琪十分高興建華從美返港,她在百忙之中也要抽出時間,籌備在半島酒店舉辦一場陳、李兩親家的歡盛宴會。

大家都想看看建華學業有成,榮耀歸來,特別是美琪爸爸陳毓麒已是冰釋前嫌,對建華更加器重。之前,他曾阻攔美琪與建華來往,現在真相大白,才知道是過往的偏見。因此,他熱心當上這次宴會主持人。

陳毓麒搬遷香港之後,新建立的航運公司發展順利,把大陸礦產、桐油、豬鬃和其他土特產品輸往國外,也把國外貨物運回大陸去,很受內地商貿幹部歡迎。

在五十年代初,他曾主動幫助幾批從歐美回國服務的精英,避開英國軍情人員在中港邊境關卡的盤查,繞道澳門或南洋某商埠,平安抵達大陸。

作為同是遷居來港的內地人,他對大陸理工畢業技術人員十分關心,盡量把他們吸納到自己航運公司或伙伴公司來,發揮應有的專長。他也親身探訪一些無牌內地醫生,鼓勵和資助他們到英國考取牌照,或到緬甸仰光大學補讀醫科臨床課程,獲取英聯邦畢業醫生資格,正式在香港掛牌執業。

兩年前美琪在劍橋法律博士畢業返港,在下機當天,陳毓麒馬上把她帶到啟德機場鄰近的「九龍寨城」走一趟,讓女兒了解香港底層人民的生活。

「九龍寨城」面積只有四個足球場大小，密密麻麻搭建出幾百幢樓房，容納數以萬計人口居住，其中幾乎全是大陸移民或偷渡入境者。美琪在城內四處張望，滿目皆是勞苦民眾和落拓店鋪，陰暗而雜亂無章，不禁令她驚奇和憐憫。

「爸爸，到這種地方來參觀，你不害怕嗎？」美琪問。

「害怕什麼？這裡百份之百是中國人地方，雖是窮困，但是十分安全。我帶你來是希望你執業之後，多些幫助窮人。你明白嗎？」陳毓麒說。

「我明白！我要當窮人律師，像建華表哥要當窮人醫生一樣。」美琪說。

這次宴會，陳毓麒特別為建華邀請兩位嘉賓：胡國偉先生和鄧志軒教授。陳毓麒招呼他們在開宴之前，先在偏廳裡與建華品茗聚舊。

這兩位嘉賓是建華的師長和學兄，建華對他們十分熟悉和敬重。

胡國偉曾一度擔任上海聖約翰大學副校長，他在上海解放前，隨同基督教會南遷香港，聯同落腳香港的一批中國大學教授和儒學大師創立崇基學院，繼續教育中華文化和其他學科。

胡先生向建華介紹說，崇基發展很快，現已在沙田買下大幅地皮，正在興建兩座教學大樓和其他設施，校園還在不斷擴展。他讚賞建華年輕有為，是不可多得的心血管外科人才，誠

懇邀請建華留下來，共同在香港創建一間具有中國文化根基的研究型大學。

鄧志軒教授在中學時代已是建華的學兄。他讀聖約翰大學時遇上七七事變，次年從聖約翰轉讀香港大學，在香港醫學院唸了幾年，又遇上太平洋戰爭。一九四一年底香港被日軍佔領後，香港大學隨即停辦，他隨同逃難隊伍經澳門輾轉到達廣西桂林，參加桂林抗戰醫療隊工作。二戰結束後，他重返港大，然後轉往英國牛津大學進修心血管內科，三十二歲成為內科學教授。鄧教授對建華說，香港政府承認聖約翰大學醫學院畢業生資格，建華可在香港執業和任教。他認為建華具有心胸外科經驗，又有美國醫學博士銜頭，正是香港匱乏的心外科人材，極力勸導建華留在香港，攜手發展香港心臟專科事業。

建華對師長和學兄提供給自己的機會和職位十分感激，他認為在香港服務很有意義，也很有前途，但是，他情繫中國，只好禮貌地謝絕。

美琪在旁專心聆聽兩位前輩對建華種種游說，她只是手托香腮，不置一詞，尊重建華自己抉擇。

她一直對建華的愛國家、愛民族情志十分欽佩。就在他們幾個男人高風亮節談話之中，她腦海裡忽然浮現一椿童年往事，清晰展現在眼前。

一九四三年，在日軍佔領下，建華在上海唯一繼續開辦的聖約翰大學上課。大學原有的美國教師撤走了，來了許多日本

教授，也增添一些日語課程。建華並沒有理會日本的「奴化教育」，反而與同學們一起參加抗日地下活動。假期時，建華每天騎自行車兩小時到遠郊難民醫院當義務醫護工作，每天清晨出發，傍晚天色昏暗才回到家中，一去一回在路上也足足花去四小時。

美琪媽知道此事很受感動。因為陳家經營航運生意，享有日偽政府特許的汽油配給，美琪媽決定以自己小汽車接送建華往返，這樣可以節省時間和體力消耗，也比較安全。美琪那時已有十一歲，每次都陪伴媽媽同車前往，也跟隨建華表哥協助醫護工作。

有一天，他們三人在行車途中，被兩名手持步槍日本巡邏兵截停，強迫下車接受例行檢查。他們下車後，兩名士兵粗暴把美琪媽媽拉進路旁一間村屋。走在前面的一名扭住美琪媽媽的腰身，使勁拖進屋裡，後面一名隨手掩門，一邊扣下門栓一邊解脫褲子。此時建華見情勢緊急，立即飛撲上前，把手上藥箱凌空拋給美琪，大步跨出，一腳踢開門板，並牢牢踏緊門檻，阻擋日本兵不能再把門扇閉合，一手把門外豎放一根扁擔抄起，猛闖屋內，高舉扁擔，用日語大吼：「我們是中國良民，不要逼我把你們殺死！」

這時，怒火沖天的建華，只需把那桿高舉頭上粗大扁擔順勢劈打下來，足可砍爆腦袋。那兩士兵嚇得雙手哆嗦，欲把步槍舉起抵擋的機會也沒有，更何況子彈尚未上膛。在近身搏鬥中，冷兵器猶勝熱兵器，這條經典日本兵是懂得的。

許多村民聽到美琪聲嘶力竭呼叫救命聲音，紛紛拿起鋤頭鐵鏟衝來營救。那兩日本兵見村民蜂擁圍來，自知不妙，只好拉上解鬆的褲帶，猥褻地走了。這時建華才把扁擔放下來。

建華在危急關頭僅憑一桿扁擔敢與日軍生死搏鬥，此情此景深深印記美琪童年記憶裡。從那天開始，建華不僅僅是她母親的救命恩人，同時也是她畢生不可忘懷的英雄好漢。她仰慕他，模仿他，一步一步走向自己人生。

宴會開始了。美琪就坐建華身旁，向建華細說自己開始律師生涯故事。

美琪從英國回港後，跟隨師傅張偉倫大律師，在「陳王張律師行」裡任職，一面工作一面學習。

入行不久，她聽到香港法律界浮游一宗無人問津的申訴，那是中國上海大昌公司派出代表，南下香港，針對香港順昌公司，爭討位於倫敦市區多幢物業的擁有權。此事件年代久遠，情節複雜，又是跨越不同社會制度和不同法律體系的訴訟，所以，各大律師行對此均是撒手搖頭，不願受理。

正當大昌舉步維艱之際，遇上初生之犢不畏虎的美琪，她熟悉上海、香港、倫敦三地社會人情世俗，又通曉英、中、粵、滬四方語言，加上她的師傅鼓勵和指點，毅然接下此案，代表中國大昌出庭。

大昌原是上海三十年代起家的華資進出口貿易公司，在倫敦設有分部，並在倫敦梅費爾區繁華地段購下幾幢貴重物業，

投資地產作為出租、公司辦公、員工休憩和住宿之用。事因中國解放戰爭爆發，大昌老闆預判共產黨政權將會效仿蘇聯經濟模式，只重視工農業生產，忽視商貿，所以，匆匆對大昌進行分拆，八成搬至香港，改名順昌，餘下二成的大昌仍然留在上海營業。

一九四九年上海解放後，人心安定，物產豐富，進出口貨物亦隨之增加，駐在倫敦的員工繼續為大昌與順昌營運生意，彼此協作，相得益彰，也相安無事。

直至一九五六年，中國對私營工商業進行社會主義改造基本完成，大昌冠以「公私合營大昌公司」新名號。此時才引發上海大昌與香港順昌對英國倫敦物業擁有權紛爭。

上海大昌以一九三一年在倫敦的地產交易契約和匯豐銀行付款票據為憑，申索倫敦所購物業需回歸上海大昌所有，然而，香港順昌對此不服，認為順昌自一九四八年起全盤接管英國物業，所有物業稅項、管理、出租收益和維修費用均由順昌交收和處理，迄今已逾七年，所以，其擁有權應該繼續從屬於中國境外的順昌。而且，順昌認為，合營後的大昌東主已經改變，連名字也改為「公私合營大昌公司」，原本的「大昌」名號已經不復存在，所以堅持倫敦物業主權只可以由香港順昌繼續持有。

美琪代表上海大昌先在香港法院申訴，兩昌各持己見，鬧得難解難分，以至訴訟提升至英國倫敦樞密院司法委員會。最後，在倫敦終審庭上，上海大昌獲勝。

勝訴後的大昌把倫敦物業拍賣，把所得英磅全數折換黃金，封箱運返上海。在那個年代，中國經濟剛剛起步，這筆可觀外匯收入顯得特別珍貴。除了增添財富之外，美琪亦為中國大昌爭氣爭光。

　　大昌一役，香港業界同仁對初露頭角的美琪更是另眼相看。

　　建華聽完美琪首戰告捷的故事十分讚許，舉杯表示敬意，也邀請親友們一起對五表妹旗開得勝祝賀。

　　從這一刻開始，建華不再像從前那樣，一直暱稱表妹為「小火鳳凰」，鳳凰今天已經長大，成為名符其實的大律師了。

　　建華臨返上海前兩天，香港為了慶祝首個電視台「麗的映聲」（亞洲電視前身）首播成功，在淺水灣酒店舉行隆重餐舞會。這是城中盛事，達官貴人將會冠蓋雲集，華裝美服出場。

　　當時「麗的映聲」母公司隸屬英國財團，美琪正在該英國公司兼任法律顧問，所以她收到一封可以攜同男伴參加舞會的邀請函，請柬上註明男賓需穿燕尾服。

　　美琪請建華一同應約，但她要求建華「角色互換」。

　　「怎樣的角色互換？」建華不明白。

　　「職業上你穿白袍，我穿黑袍，今晚舞會我們黑白互換，你穿黑色燕尾服，我穿白色連衣裙。好嗎？」美琪開心地笑了。

「好是好，也很高雅。可惜我只有一套黑色西裝，沒有燕尾服。」建華說。

「我都為你準備好了，相信我吧，我的眼光等於替你量身訂做，尺寸一定適合你！」

美琪說時，已經把時裝盒子打開，取出燕尾服上裝，讓建華穿上試身。果然，建華在鏡子中瞧見自己袖口長短，肩膀高低和胸襟闊窄絲毫不差，下擺也恰到好處，十分佩服美琪的眼力。

正當建華稱讚美琪的時候，美琪再把另一盒子打開，拿出一幅「威尼斯紅」的克什米爾絨毛衣料給建華，說是補送給二表嫂的結婚禮物。

「這種比紅酒更深紅的衣料適合你太太做晚禮服，一定顯得雍容、高貴和大方。你回上海後，最好找霞飛路那家『滬光』旗袍店的楊師傅裁縫，我媽去年回去還找過他，讚他『交關來塞』（上海話：十分好的）。」美琪說。

「謝謝你為我們想得這樣周到。說實在，我和她結婚時，沒有正式婚禮，我也沒有送她結婚禮物，一直覺得對不起她。」

「不要緊，來日方長，還來得及補送的。」美琪說罷，又拿出一個首飾盒來，裡面有一串閃閃發光的鑽石項鏈，「拿這項鏈送給她吧！就當作是你補送給她的結婚禮物好了。」

「謝謝你的名貴禮物，非常感激！」建華緊握美琪的手。這時，本來滿心歡喜的美琪突然雙眼迸出淚珠。

　　她芳心自問，難道是為了「給他人作嫁衣裳」而失落？她飛快抹去淚珠，開開心心地對自己說：「不！我已經如願似償！」

　　她肯定建華清清楚楚明白自己的愛是超脫戀愛藩籬，而又不去追求回報和名份的真愛。

第二十六章 美麗的遠景

　　建華乘坐火車返回上海途中，臨窗外望，欣賞美好河山。寬闊的窗框成為一幅變幻圖畫，不斷展現金黃稻穗隨風捲浪，盛開蓮花含蕊吐香的江南原野景色。

　　他驟然發現一只小青蛙從池塘下一躍而出，停在一片蓮葉上，濕漉漉的水滴在葉面，滾動成珠，閃閃發光。牠似是感到身後的天敵步步逼近而來，不斷從一片浮葉跳至另一片，拼命逃生。

　　火車隆隆前進，景象距離漸漸拉遠，那片池塘愈來愈像法國印象派畫家莫奈一幅《睡蓮》油畫。遠遠望去，畫中已不見倉惶青蛙的蹤影，只有簡約而明亮的線條顯現蓮池的豐腴與秀麗，那些東拼西湊的紅綠顏色融和了光華與陰暗，居然表達出意想不到的璀璨與祥和。

　　現實的風光是多麼明媚和純真，建華遐想這是一幅未來中國的圖畫，那是從遠距離眼光望去才能欣賞到的一個偉大國度。

　　趙院長是當年親自送建華出國，他知道建華回國十分高興，本想親自把建華接回來，但是目前醫院搞「大鳴大放」，工作十分忙碌，只吩咐司機徐榮駕駛新近從蘇聯進口的「吉斯」牌小汽車，搭載我和佩儀到火車站迎接。

在月台上，我們見到建華下車時萬分高興，建華和佩儀更是熱烈擁抱。他們夫婦分別也有四年多了，此刻相逢的激動心情可想而知。

徐榮知道建華剛從國外回來，表現熱情，在回程路上，他特意兜了一圈到市中心去，讓建華順道欣賞上海繁榮景象。

這時，淮海路已是華燈初上，梧桐樹影綠葉婆娑，行人熙來攘往。我剛從蘇聯回國時，看到上海市容在幾年之間煥然一新的景象十分興奮，不禁問起建華：「別後多年，你看上海面貌有什麼變化？」

「人多了許多，街上十分熱鬧啊！但是，上海沒有從前明亮。」建華目不轉睛環顧車外夜景，隨意答上一句。

這時，徐榮立刻從駕駛座位扭轉頭來詢問建華：「你是說上海沒有從前明亮嗎？」

佩儀意識到徐榮問題的敏感性，馬上代替建華回話：「是啊，上海發展迅速，工業用電需求大增，雖然發電量不斷擴充，一時之間供電還是跟不上去，市政府號召把商業霓虹燈數目減少，那是節約用電支援工業生產的需要。所以，一時之間上海夜景變暗也不奇怪。」

我知道建華只是坦率說出自己觀感，並無輕蔑上海意思。

建華抵滬第二天，博愛醫院收到火車貨運站通知，從深圳

寄來兩部體外循環機器已經到貨。趙院長再次安排徐榮司機載我和建華一起前往接收。

建華告訴徐榮那些機器體積不大，也不沉重，用吉斯接載也可以，吉斯後艙足夠大，完全可以裝得下。

徐榮聽建華稱讚他的吉斯很開心，接著說：「蘇聯老大哥的車就是好，不但後艙大，還有馬力足，剎車穩，方向盤靈活優點。」

「蘇聯小汽車好是好！我們有自己的國產小汽車更加好！」建華也開心地說。

「我看難啊！現在上海馬路上跑的全是進口貨，都是萬國牌！」徐榮說。

「找人幫一幫就不難了！這部吉斯也是美國福特公司幫助蘇聯設計出來的。我們也可以找美國福特幫忙啊！蘇聯幫我們造『解放牌』大車，美國幫我們造小車，這豈不是更好嗎？」建華說。

徐榮定睛看著建華，認真回話：「常人都說，一腳哪能踏兩船！依我看啊，咱們中國人並不需要美帝來幫忙。我也不相信蘇聯老大哥還要靠美帝幫做小車這回事！」

徐榮和建華在敏感地方又觸踫起來，我只好說說今天的天氣真好，把他們的話題岔開。

體外循環機器收到後，建華和我，與及心研組有關人員馬上忙碌起來。我們仔細閱讀說明書，把機器裝配妥當，清洗，消毒，試機運轉，血液凝聚測定，動物試驗等等。建華過去有很高威望，這次他從美國留學回來，馬上開創外科技術新局面，更是人心所向。

　　建華帶動所有心胸外科醫生，不論資歷和輩份，組成一梯隊、二梯隊和三梯隊輪流用膠質心臟模型訓練不同心臟疾病手術方法，在動物實驗中，調校灌注血液與稀釋液的不同處方，練習人手與循環機器的配合，希望把直視心臟手術技巧盡快熟練起來。

　　當我們尚在逐步摸索體外循環機器的時候，博愛收住一名六歲女童張美玉，她媽說美玉長瘦不長高，不喜歡與其他孩子跑跳玩耍，稍作運動便感到氣促。心臟聽診檢查發現她肺動脈區有收縮期吹風樣雜音，第二心音亢進和分裂。經超聲心動圖、心電圖和 X 光心臟檢查後，診斷她患有先天性心房間隔缺損，適合在低溫麻醉下作心房間隔缺損修補術。

　　於是，心研組把張美玉擬定為博愛醫院的首例低溫麻醉直視心臟手術，動員各部門作好嚴密準備工作，保證手術成功。手術室工作分成四個小組：手術組，麻醉組，體溫控制組和護理組。其中手術組由四名外科醫生分別擔任：手術主刀，第一助手，第二助手，還加上第三助手。

　　不言而喻，大家認為建華當手術主刀最為合適，因為他的

精湛手術技巧一致公認，可是，建華卻建議許萬成教授擔當手術主刀，自己當第一助手，從旁協助。

許萬成聽到建華如此建議十分高興，因為有建華在手術臺上，他的信心大增。自從上次呂明死後，他一直感到內疚，這次建華居然把博愛醫院開拓低溫直視桂冠拱手讓給自己，真是求之不得，不免喜形於色。不過，建華尊重前輩精神，更令我欽佩。

趙院長很重視張美玉這次手術，不容有失。醫院領導曾因呂明死亡作過多方面檢討，吸取了教訓。這次，趙院長親自過問準備工作各個環節，鉅細無遺。他知道許萬成教授底細，這位教授資歷高，讀書多，理論很好，上課很受學生歡迎，發表學術論文也不少，但做起手術來總是強差人意，所以，他三番四次徵求建華和我的意見，如何把手術隊伍力量再加強一些。

趙院長特別提醒低溫麻醉是一種限時限刻的手術，如果手術者在操作中「磨磨蹭蹭」，病童會因手術超時而死亡。趙院長言下之意認為，由建華擔任主刀比較有把握。

建華卻對趙院長表示，手術組四名醫生已經在橡膠心臟模型和動物實驗操練過多次，技術已經十分純熟，而且這種手術是整個團隊配合，倘若任何一個人有「磨蹭」時，另一個立刻補上，保證能按時完成手術。趙院長知道建華是這次手術組領軍人物，而且建華重視團隊精神，而不是個人英雄主義，也就放心了。

我在私底下把許教授的「葉公好龍」故事告訴了建華。

建華聽後，對許教授仍然十分包容。他說，「葉公好龍」雖然不是一個好詞語，形容那些說一套做一套的人，但是語義之中有貶有褒，葉公畢竟是一個要把龍的樣子畫好的藝術家。同樣，許教授也是一心要把手術做好的醫生，只是自信心不足表現出退縮，這是人之常情，可以諒解。建華堅信經過最近多次模擬手術操練，許教授擔當主刀一定能勝任，主刀人選無需更改。

結果，張美玉的手術在許教授主刀下十分成功，家屬十分滿意，還送來了錦旗，學院和醫院領導都前來嘉獎。這次手術讓許教授大出風頭，一時無兩。

從此，博愛的心臟外科技術聲名遠播，前來求醫患者也多起來，也接連順利完成多次低溫直視手術。許教授的手術技巧也愈來愈熟練，受到大家好評。不久之後，許教授提升為外科正主任醫生，而建華亦獲授外科教授名銜。

當心臟外科團隊實力增強後，建華立即主動退下手術第一線，抽出時間聯絡醫療器械公司和精密儀器製造廠，專心研製國產體外循環機器和附屬部件。

佩儀說建華下班回家之後，常常關在房間閱讀機械工程科目書籍，學習中國機械零件和金屬材料標準，繪畫出國產體外循環機設計圖，往往熬至深夜。

佩儀勸他早些休息，明天再繼續，建華卻說只爭朝夕，因為中國人口眾多，心臟病人也不少，需要更多心臟手術團隊，也需要更多體外循環機器，他希望早日實現醫療器械國產化與及心臟手術普及起來。

　　在明亮的繪圖燈照射下，佩儀看到建華手上的鋼尺，圓規和建華眼珠都在閃閃發亮，崇敬之心油然而生。她知道自己不能說服建華早些休息了，只好給他盛上一杯樂口福，一只熱呼呼的白煮蛋和兩片新烤乳酪蛋糕，讓他補充能量熬夜吧，可不要弄壞身子。

第二十七章 **紫外線燈惹的禍**

正當心研組忙碌籌備體外循環直視手術時，每人工作之餘還抽出一些時間進行大鳴大放，提出對共產黨和政府改善工作意見。

樊能三醫生是一個耿直漢子，常在鳴放中躍躍發言。其中，他說到解放初期搞土地改革是好的，農民分到了田地，翻身做了主人，但是地方幹部搞階級鬥爭過火了，把地主、富農當成是敵人，這是不好的治理方法。相比之下，台灣也曾經搞土改，但他們不挑動農民鬥地主，值得我們借鑒。

大家馬上質問他，台灣土改有什麼好？

能三並不避言，說台灣政府出錢向地主收購土地，批給佃農耕作，實行耕者有其田。農民批到政府廉租田地十分開心，地主仍然保留有自耕土田，而地主賣地給政府所得款項可以自用，也可投資有穩定收入的工商企業，因此地主對土改沒有太多怨言。這樣做，台灣土改之後農業迅速發展，工商業也跟著繁榮起來。

大家當然不信能三所說那套，不斷追究從哪裡聽來的？是不是偷聽了台灣廣播，或是「美國之音」謠言？

那時，偷聽或傳播美蔣電台消息是一種反革命行為。能三在窮追猛打之下顯得十分狼狽，頓時語塞。

正當能三走投無路之時，建華出言相助。他說，「我來回答這個問題。關於台灣土改這事情，我知道一些。我在美國時，認識一名台灣留美醫生，他曾向我介紹台灣土改情況，情況大致像樊醫生所說那樣。」

經建華這樣一說，大家憤怒情緒才冷靜下來。那時，建華的威望很高，雖然人們對台灣現狀不甚了解，但知道建華一向以來品格誠信，不是造謠生事之輩，也考慮到他剛從國外回來，了解台灣情況比較多，大家不再繼續爭辯下去。

能三在觸犯眾怒之時，建華挺身出來遮擋，讓能三感激涕零。此事過後，能三對我說，建華從來沒有向他說過台灣土改這回事，而是他的福建親戚告訴他的。

不久之後，能三的另一次遭遇，建華真是愛莫能助了。

七月初，是博愛醫院建院周年大慶，在慶祝晚會上每個科室都要表演文藝節目。能三所在的 X 光科準備演出全科大合唱，選定唱兩首革命歌曲：《東方紅》和《社會主義好》。這些歌曲雖是耳熟能詳，但全科人員仍在工餘時間反覆練習，也綵排了兩次，男士衣服一律穿白襯衣藍長褲，女士也一律白襯衣和黑裙，男女都穿上白大衣，衣履整齊耀眼，凸顯出表演熱情的高漲。

能三擔任合唱隊指揮，這時他已拋開大鳴大放中被人批評那些煩惱，一心投入演唱歡樂之中。他在指揮練習時，神采飛揚，銀色指揮棒在他手上顯得閃閃發光。在男、女聲領唱、輪

唱、二重唱、高低八度和唱等多種表演技巧變換之下，大家唱得滿懷激情和雄壯有力。一名負責籌劃晚會的宣傳科幹事看完綵排之後讚揚說，唱得實在太棒了，並決定把他們的大合唱安排在最後一個壓軸節目，謝幕時與全體觀眾一同歡唱。

一件巧事發生了。在演出前一天清晨突然下起一場多年未見大雨，快近中午時候才見太陽漸露頭角。

雨後，X光科室人員紛紛拉開厚厚窗幕，欣賞室外陽光。這時大家都驚訝發現自己眼睛怕光，眼皮也睜不開來。他們面面相覷，才知道各人眼睛同樣地紅腫、流淚。他們不約而同舉頭上望，啊！原來如此！他們發現天花板上紫外線消毒燈仍然亮著，才知道是因為紫外線長時間照射引起了「紫外光眼炎」。

這次意外是由於X光科室清潔工人偶然工作疏忽所引致。

這名勤快女工今天一早冒雨前來上班，發現室內遍佈躲避風雨的昆蟲，她連忙噴射殺蟲劑，打掃乾淨後又用「來蘇」消毒液拖抹地板，並按下天花板上的紫外線燈按鈕，進行空氣殺菌消毒。她忙碌一輪之後竟然忘記按時把紫外線燈關閉。

前來上班人員只是嗅出室內習以為常的「來蘇」氣味，察覺不到紫外線照射散發的「臭氧」氣息，另外，室內日光燈的照明也蓋過紫外線的微弱藍光，竟然沒有任何人發現頭頂上的紫外線燈一直亮著。

全科大多數員工受到紫外光線照射傷害，出現眼睛紅腫、疼痛、畏光和流淚症狀，幸好並不嚴重，仍可戴著太陽眼鏡工作。

眼科醫生前來檢查，給受傷員工點滴眼藥水，安慰他們三、四天後症狀便可緩解。只有兩、三名最早上班的護士症狀較嚴重，合併有劇烈頭痛和嘔吐等，她們拿了病假馬上回家休息。

但是，明天晚會要登臺表演大合唱，該怎麼辦？總不能紅著眼睛流著眼淚演出啊！

能三想出一個辦法，既然大家都能戴著太陽眼鏡工作，我們也可以戴著太陽眼鏡演出啊！這個提議大家都同意，因為人人都熱衷演出，而且大家口袋裡都有太陽眼鏡，這是 X 光科工作人員的職業標配。

演出當晚，拿了病假的護士也趕回來參加演出，隊形更加齊整，這使大家感到鼓舞。結果，表演十分成功，台下觀眾報以長時間熱烈鼓掌。

誰也沒有料到，正當樊能三向觀眾鞠躬謝幕時，有幾個人衝上舞台，揮舞拳頭，大喊口號：反對戴黑眼鏡唱《社會主義好》！反對醜化我們社會主義是暗無天日！打倒右派份子向黨猖狂進攻！

歡樂的文藝晚會立即變成一個現場政治鬥爭大會，觀眾胡亂四散，X 光科人員嚇得六神無主，草草收場。

演出過後，能三開始被反右小組逐場批鬥。先是追究他的土改言論，尋根問底關於台灣土改謠言出處，追蹤曾經在何時、何地、對何人進行謠言散佈，逐一記錄下來，順籐摸瓜，揪出

反黨小集團，繼而又批判他作為合唱隊指揮，帶頭「唱黑」社會主義。

能三另一條罪狀是心研組一名清潔工人揭發的。

五月初，這名工人在「心研組」壁報上看到一篇《秋後盛開的花朵》短文，署名「秋菊」寫的，內容說現在人們「百花齊放百家爭鳴」的言論就像早春桃花梅花，仲夏牡丹芍藥那樣，盛開滿園，十分鮮豔，但很快凋謝枯萎，被人遺忘。正如古詩中一句，「我花開後百花殺」一樣，只有菊花在秋天時候仍然是一株獨秀，唯有經受風霜雨露的意見才會持久和被人採納。

「我花開後百花殺」一句中的「殺」字本來是凋謝的意思，但是這位工人卻指出作者「秋菊」意圖借詩反黨，刻意宣揚秋天之後會有「殺花者」出來秋後算賬。

反右小組馬上認真起來。他們先是查出筆名「秋菊」的作者原來就是樊能三，再查「我花開後百花殺」詩詞出處，才赫然發現，這是唐朝末年農民起義首領黃巢所寫七絕《不第後賦菊》之中一句。這可不得了！樊能三竟然搬出反抗朝廷的黃巢詩句為自己反黨行為背書，居心叵測。

黃巢的《不第後賦菊》只有四句：

待到秋來九月八，我花開後百花殺。
沖天香陣透長安，滿城盡帶黃金甲。

這詩的大意是，待到秋天重陽節時候，百花都凋謝了，唯

有菊花在盛開，它的漫天香氣有如兵陣一樣透進長安，花兒朵朵似把全城披滿金黃色的鎧甲。

黃巢寫詩時年少氣盛，不甘赴京考試落第，憤然執筆成詩。他這詩一語成讖，在六十歲那年，沖進長安城不是菊花的香氣，而是他帶領明火執仗，全身披甲的部隊登上皇位。反右小組認為樊能三引用此詩，表面是懷才不遇，暗裡是鼓動暴力推翻政權。因此，能三這次真是水洗不清，難逃被劃成右派份子命運。

這時，李建華也沒有好過。他受到台灣土改事件牽連，被反右小組盤根問底，追究散播反黨謠言責任，並批鬥他與樊能三相互包庇，訂立攻守同盟，負隅頑抗。反右小組還成立專案調查，繼續追查李建華的右派言論。

建華平時是謙謙君子，在政治上很少言論，但是反右小組在發動群眾檢舉後，也收到一些針對他的小報告。

醫院的小車司機徐榮告發說，建華剛從國外返回上海時，曾說出一句，「上海沒有從前明亮」，表示他誣蔑上海繁榮，對國家不滿。之後，建華也說過，「中國可以找美國福特幫助製造小汽車」，表示他存心勾結美帝國主義，有崇洋媚外思想。

稍後，李建華宣揚美帝國主義的言論也被學生揭發出來。

在學院講台上，曾有學生問李教授，中美兩國醫療水平有多大差距？

李教授當時回答：「我沒有全面比較，但可以拿兩個時間和兩個地點，在同一個領域進行對比。解放前一九四九初的中國上海心胸外科只比美國波士頓醫院大概落後一、兩年，但一九五七的今天，同是這兩座城市，上海比波士頓起碼落後五、六年。」

這位學生認為，李教授在大庭廣眾污蔑解放後上海沒有進步，比國民黨還不如，而且吹噓美國的先進，詆毀中國的落後。

另一名學生投訴李教授口頭上說為人民服務，心目中卻鄙視工農群眾，並舉例說出李教授嫌棄我們工人身上的工作服有汗酸味，是由於孳生細菌的緣故，不更換衣服不許進入無菌手術室工作，表現出他對勞動人民極不尊重。

此時，恰巧有一醫療命案在建華手上發生，追究他對貧下中農病人不負責任，草菅人命。

這患者是浦東一個種植西瓜的農民，吃飯時誤嚥魚刺。這魚刺只有一片小指甲大，卡在咽喉之下，他試圖吞嚥飯團或整塊饅頭都不能把魚刺沖下去。他熬了三天，沒見好轉，還突然吐出血來，才匆忙前來急診。

博愛急診室給他胸部 X 光檢查發現這魚刺附在食道中段，吞稀鋇 X 光檢查發現魚刺的影子隨著心跳而擺動，在肺門附近還有一團陰影，似是炎症充血或滲出反應。急診醫生曾試圖作食道鏡檢查也不成功，只好馬上把他送進心胸外科病房。

外科召開緊急會診，診斷這名瓜農可能有食道糜爛、潰瘍或縱隔障炎症，也有可能魚刺穿透食道壁，傷及主動脈，隨時有主動脈破裂危險。

大家一致同意立即使用大劑量抗生素靜脈點滴輸入，控制感染，並緊急開胸手術治療。建華也提出，如果炎症已經波及主動脈，則有必要在體外循環下作主動脈置換術。

外科許萬成主任同意手術方案，提議建華當主刀，但他聲稱自己感冒，有咳嗽和流涕，不宜參加手術。許主任發言完畢，大家眼巴巴看著他掏出手帕，摀著鼻子轉身走了。主持會診的趙院長立即同意建華負責搶救，並囑盡快執行，因為四十八小時黃金時間已經過去，病人危險性正在一分一秒地增加。

瓜農進入手術室前仍能與建華清醒說話，他自豪說自己曾是農會的會長，是種植西瓜的勞動模範，種出的西瓜又大又甜，大得一個籮筐只能裝下一個，受到人人讚賞，也為農業合作社帶來豐富收入。他就是捨不得丟下與他一起種地的妻子和正在讀書的兩名兒女，淚流滿面。

建華知道許多病人在臨危時都會回望一生貢獻和未竟心願，浦東瓜農說出這番真情說話更令建華感到淒切。他不管這患者已是危危可岌，不管手術失敗時譴責聲音將會鋪天蓋地而來，也不管自己正被批鬥「鄙視工農群眾」，甚至，這名患者若然失救死亡時，必然會罪加一等，他統統顧不得那些了，只決心盡一切努力拼一拼，把患者從死亡邊緣拯救回來。

建華回國時，曾帶回兩根美國製的人造主動脈血管，把其中一根送給上海醫療器械製造廠研究，剩下一根留在博愛醫院心研組備用。建華上手術台前，吩咐要把這根人造血管準備好。可是，負責供應手術器械的護士在拆封時發現這根管子已超過使用限定日期十八天，想是不能用了。建華卻說，如果患者真的損傷了主動脈，在別無他法修補時，也只能靠這條僅有的人工血管救命，過期十八天大概不是很大問題，手術後加強抗生素治療就是了。

手術室鄒護長問建華：「使用過期的器械不怕被人說話嗎？」

建華回答說：「救命要緊啊！」

「要不要請示領導？」鄒護長再問。

「當然要的！分頭行事吧！你馬上請示趙院長，我趕緊洗手上臺去！」建華答。

瓜農被迅速送上手術台，我負責麻醉，先給他氣管插管全麻，開通所有血脈通路，準備足夠血液和補充液體，隨時可以連接體外循環機器。這時，建華站在主刀位置上，採取胸部正中切口，快速暴露縱隔和食道。

當建華還沒有來得及觸踫食道中段的炎症組織時，主動脈突然爆裂，血柱噴射在手術無影燈上，他立即用主動脈止血鉗鉗夾，制止出血，可是全不奏效，體外循環機器無法連接上去。從心臟噴出的鮮血有如山洪湧至，胸腔一下子填滿了積血，兩

部抽吸引流機不斷把積血抽走,台下的護士們分別以特大注射器從不同靜脈管道把血液迅速泵至病人體內,可是統統無濟於事,瓜農的血壓急速下降,隨即心跳停止,死在手術臺上。

外科醫生最痛苦的事情是病人在手術臺上死亡。建華因為搶救不到這名本是健碩的農民而顯得十分沮喪。我從未見過建華摘下外科手術手套時,雙手掩面的失落情景。他似是要揩去臉上沾著飛濺的血液,更似是目不忍視病人如此失救的場面。

瓜農搶救不回來,建華自責手術晚了。他堅信如果他早了十分鐘時間開刀,病人可能搶救回來。

在死亡病例討論時,外科醫生和病理解剖醫生都認為患者死亡原因是魚刺在食道中段形成貫穿傷,損傷主動脈,引發血管壁炎症,繼發潰瘍,最後,導致主動脈壁全層破裂大出血,死於失血性休克。

反右小組的人承認死亡雖然有病理性原因,但提出兩點讓所有員工討論:第一,李建華在手術前有沒有錯失搶救時機的言行,在搶救行動中有沒有怠工失職表現;第二,李建華妄顧貧下中農病人應有權益,堅持使用過期美國人造血管濫竽充數,意圖謀取創造奇蹟的虛榮,是否有嚴重失德表現。

反右小組發動群眾對建華批判鬥爭,把建華搞得抬不起頭來,威信掃地。

不幸的是,把建華捆綁到右派份子中去的最後一根稻草竟然是他的兒子。

那時彬彬才三歲多，與小朋友在教授宿舍院子玩耍時在地上撿到半截紅粉筆，他順手在院子圍牆貼滿白報紙上寫寫劃劃，還一邊走一邊橫劃過去，成了一條長長的紅槓。

天真活潑的彬彬覺得紅粉筆畫出的顏色鮮艷有趣，喜氣洋洋，小小年紀殊不知什麼天高地厚，這趟可真是大禍臨頭了！原來張貼圍牆上的白報紙是一條標語，上面白紙黑字寫著：反對右派份子向黨猖狂進攻！

這條革命標語竟被紅筆長長橫槓上去，這算是什麼意思？這明明是肆無忌憚的反革命行為嘛！是哪一名破壞份子居然斗膽畫出紅槓，搧動右派份子向黨猖狂進攻！

有人立即報案。保衛科長知道茲事體大，立馬派員調查，封鎖現場，拍攝罪證，記錄見證人口供，等等。

一名保衛科年青幹部在現場搜證完畢，立即向劉書記報告這宗事件起始。劉書記知道這是三歲小孩子幹的事，馬上叫那名幹部把照相機的底片抽出來，曝光後扔在垃圾桶裡，並吩咐這名幹部立刻前去把塗污的標語撕下來，解封現場，盡快把新標語覆蓋上去。他還說，對小孩淘氣行為不要上綱上線，大驚小怪反而會把負面消息廣泛宣揚，以致人心惶惶。那名保衛科幹部聽後心裡不服氣，轉身跑去報告反右小組長。

反右小組長老彭抓住此事不放，指責李建華就是彬彬破壞革命標語的幕後主腦。這時外科主任許萬成教授也文縐縐說出一句古訓：「子不教，父之過。」

第二十八章 老驥伏櫪

建華和能三最終於評定為右派，戴上「右派帽子」。雖然他們屬於「輕右」一類，但已經成為無產階級的敵人。

醫院趙院長請示學院黨委劉書記，「該如何處理他們？」

劉書記說：「在解放戰爭時候，我們面對國民黨士兵就是真槍實彈的敵人，打個你死我活，但他們投誠過來之後，就成了我們戰友。槍砲無情啊！但人是會變的。」

「要不要把他們下放？」

「依我看，我們還是按上級指示辦事，但是具體處理辦法我們可以自行安排。我意見是把他們下放在學院附屬教材廠當工人去，那裡離我們近一些，容易管得著，也照顧得到。待到明年春天，讓時間過去，冬去春來，天氣暖和了，才恢復原職吧！人才難得啊！」劉書記說。

隨即，建華、能三和其他右派醫生被褫奪職務，脫下白大衣，到學院附近教材廠當工人。

這教材廠在學校圍牆之內，分有兩個部門——印刷廠和教學儀器廠，兩者均有相當規模。下放的右派全被遣至印刷廠去，因為那裡有搬運紙張和書本的粗重體力勞動。反右小組長老彭說，要他們勞其筋骨，挫其銳氣，有利思想改造。

那時，正值新學年將快開始，印刷廠需要趕印各級學生書本、講義和實驗報告書等，工作十分繁忙。右派們要把一捆捆白報紙從貨車卸下，搬回印刷廠貨架，上了架的紙張又要一疊疊分裝在不同印刷機裡，印好的教材又要分門別類裝釘，擺放在不同年級書架上。那些書本和紙張看是輕飄飄的，但一本本疊加起來，有如石頭般沉重。右派們一天八小時來回搬動，確實感覺疲累，他們只能日復一日汗流夾背堅持下去。

建華容貌明顯消瘦了。人們遇到他時都避面而過，他們大多數不知道建華在反右運動中說錯了什麼，也不知道踫面時應該跟他說什麼才好，只知道一旦被人告發對右派份子同情或通風報訊，後果必定嚴重。

建華本來熱鬧的家已是門可羅雀。我就是不信這個邪，每每下班後找佩儀去研究心研組工作，也給佩儀一些安慰和勉勵。有時，我刻意逗留長些時間，等待建華下廠回來說說話，了解他的思想狀況。

看上去，建華仍是精神奕奕，沒有灰心喪氣。他告訴我，教材廠沈副廠長發現他繪畫醫學插圖精確而逼真，安排他半天搬紙張，半天畫插圖，所以他最近工作輕鬆一些。沈副廠長還准許他在工餘時間，可以使用教學儀器廠的車床和其他器械，廠裡的技工也樂意指導他操作。

建華掌握機械操作基本功夫後，很快製成一部裝有四個小輪的平板搬貨手推車，另外製成一塊可以摺疊和移動的鋼板斜道。當大卡車前來送貨時，他們可以利用這輛新製手推車和鋼

板斜道，跨越門前四級石階，輕易把沉重紙張推進廠裡去，大大節省勞力。

能三知道建華能開動機器，請求建華給他製作一個 X 光片投影機，那是為了在大教室上課時，可以把診斷用的 X 光膠片直接投影在講壇屏幕上，方便向學生講解。建華立即答應，並說這種投影教學方法很好，但先要收集幾個透鏡和反射鏡片，照明燈泡和小型散熱電風扇等材料方可動工。不久之後，這部 X 光片投影機很快由建華和技工們共同製作出來，鐵皮外殼噴上油漆，還焊有「博愛醫學教學儀器廠製造」標記，十足是名廠產品，廠裡員工個個拍手稱讚。

沈副廠長因為建華的表現受到鼓舞，批准建華購買不鏽鋼材料和特種塑膠薄膜和軟管，研製體外循環機器輔助設備，這又讓建華感到意外高興。

在每月定期的右派份子思想改造匯報會上，我重點報告建華和能三在勞動中表現。

劉書記聽後說：「馬克思在《資本論》裡曾經引述過，大多數人在日常勞動中必然形成悟性。這些醫生在搬運書本中，創造了勞動工具，還發明了教具，這就是他們有悟性的表現，這很好，應該受鼓勵。恩格斯也說過，長期的單調勞作可能會讓人們變得愚鈍和沒有志氣。所以，我們除了安排他們搬搬抬抬勞動之外，也要關心他們工餘休息和個人活動，從中加以指導和幫助。我們不應該把他們過去技能、經驗和社會貢獻統統抹煞乾淨。」

聽到劉書記這樣說，我心裡開朗了，希望明春他們能摘下帽子，恢復正常醫務工作。

反右這個大運動，不但給右派份子思想上一個大教訓，也給他們家庭帶來無形傷害。

就建華一家來說，佩儀的工作漸漸顯得失去活力，一貫樂觀的情緒變得有點鬱鬱寡歡。我打聽之下，才知道彬彬報名入讀醫院附屬幼兒園時被拒絕，但她不想把這個壞消息告訴建華，只是憋在心裡。

我知道後打抱不平，親自到幼兒園詢問究竟是什麼原因。那名女園長回應：「這是上級的指示，因為彬彬父親是右派，彬彬的家庭出身變成是反革命。你也知道，除了家庭出身不好之外，彬彬是破壞革命標語的小右派，我也擔心其他小孩子受到影響，所以幼兒園暫時不能收他。」

我聽後更加氣憤，馬上告到黨委會去，質問反右小組長老彭同志：「三歲孩子搞什麼反右鬥爭？說到家庭出身，彬彬媽媽是我們的優秀黨員，難道他就不是共產黨人的兒子嗎？」

爭辯一番之後，我的告狀總算成功，彬彬可以上幼兒園了。佩儀開心了一陣子，很快另一個重大打擊驟然而至。她媽媽的血壓突然飆高，頭痛，嘔吐，隨之不醒人事，口眼喎斜，一邊手腳癱瘓，馬上送往博愛急救。

神經科醫生診斷她媽患腦出血，並迅速把她送進重症病房，給她頭部放置冰袋，應用靜脈點滴降低血壓和脫水劑，還

插上輸氧管、胃管和導尿管等緊急治療護理措施。

　　當她的血壓穩定後，意識才慢慢恢復過來，但是不能說話。這時佩儀和婉玲輪流在醫院陪伴她，我媽也前來幫助餵食流質和按摩手腳等，醫院也開始提供針灸和物理治療服務。幾天之後，急性危險期渡過了，但偏癱和失語病情一直沒有好轉，佩儀請來上海名中醫崔庭仲醫師把脈開方，中西藥結合一起治療。

　　建華雖然不能常常前往醫院探望丈母娘，但也千方百計籌足金錢，保證家中有足夠開銷和醫療花費。他被劃右派之後，已經沒有薪酬，每月只發給少許伙食費，單靠佩儀工資獨力支付家中褓姆費和醫院夜間陪人服務費，還有那些需要自掏腰包的昂貴中藥費用，家庭經濟漸顯拮据。

　　那位崔庭仲醫師原是建華父親的摯友，所以他對建華丈母娘診治也費盡心機，開出的方子總不離麝香、犀牛角、牛黃、龍涎香、高麗人蔘等貴重藥材。每方有三劑，每天一劑，一天的中藥錢也要三十元人民幣，差不多是當時住院醫生半個月薪金，很快便把建華存摺積蓄全部花光。佩儀看見母親病情宕延，心中痛苦不斷受到煎熬。有幾次，佩儀想把中藥停了，減少一些花費，建華卻說，崔醫師仍肯開出中藥方子，表明他尚有把握把母親醫好，做兒女的不要斷然放棄啊！

　　這時，建華想到父母遷港時留下一個箱子，內有值錢東西，原本是給建華作為傍身之用。這個財寶箱子我曾見過，但不知道裡面收藏什麼，建華也從不打開來看。我聽佩儀說，他們結婚時候，建華把這沉甸甸箱子從愉園搬到她家裡來。

當建華打開箱子時，才發現裡面全是金銀珠寶，還有卷軸古畫、名家字帖和古董瓷器等，分別用紙盒或鐵罐包裝保護，顯然那些都是十分值錢的東西。這瞬間，建華豁然開朗，再也不感到徬徨無助了。

他首先把一束「袁大頭」撿起來，這是用薄紗紙把十枚鑄有袁世凱頭像的銀元捆成。這種銀元含銀量高，在上海解放之前曾經作為硬通貨幣，流行各地，但現今市面已經絕跡。他打聽後才知道，還有一家外灘銀行可以公價收購民間金銀器皿。

建華按地址找到這家銀行，果然這十枚「袁大頭」可以換來百多元人民幣。他數了一數這疊鈔票，辜勿論兌換價錢的高低，能夠買得起丈母娘的中藥便心滿意足。他每隔三天都要給佩儀媽買藥，把「袁大頭」換完一束又一束。「袁大頭」換完之後，他便拿鐵罐內一両裝的「上海祥和」金塊去兌。這種金塊成色特別高，金塊也比銀幣更值錢，所換得的人民幣比「袁大頭」多了許多，但建華仍要三翻四次去兌換，真是揮金如土。

最後，「上海祥和」金塊也兌換完了，箱裡仍有許多貴重首飾可以換錢。建華拿起一只金手觸，端詳上面精美龍鳳雕刻和鑲嵌的晶瑩翡翠，回憶起兒時媽媽帶帶他往「老鳳祥」買下這只手觸給奶奶拜壽。當時，金店老闆說，手鐲上打有「老鳳祥」標記，隨時可以拿回來兌成現金，或按價換成別的飾物。

於是建華帶上這只翡翠金手觸到南京路老鳳祥去換些現錢。他抬頭看見老鳳祥鋪子仍在，但招牌已經改為「上海金銀飾品店」。建華進入詢問，才知道新店不再作金銀兌換，也不回購舊貨。

正當建華失望而回，在南京路上躊躇時，聽到有人在身後喊：「先生！先生！等一等！」

那人快步上前說自己是老鳳祥舊伙計，詢問建華是不是有舊金器出賣，接著又說自己親戚娶媳婦，正想買一、兩件金器辦喜事，可以出個好價錢。

沒等建華答應，那人已把建華扯到一座建築物柱墩後面僻靜處，把自己手袋打開，露出一大疊鈔票。

當時上海還有黃牛黨盛行，建華料想這人大概屬於專門炒賣戲票或球票之類人物，不打算與他搭界，不過，建華受好奇心驅使，打聽一下價錢也無妨。

「我只想知道這手觸值多少錢？」建華終於把口袋的鐲子拿出來曝光。

「啊！我一看便知道，這是我們老鳳祥的招牌貨，現在市價值四百塊，我再加多一成給你，四百四賣給我吧！」那人喜形於色，連忙把手袋中一疊鈔票掏出來，遞給建華，欲意馬上成交。

建華沒拿他的錢，只把手鐲揣回袋裡。正在此時，那人面孔一變，把鈔票塞回袋裡，拔腳而逃。建華身旁也不知什麼時候突然冒出兩名公安，一左一右把他夾在當中，其中一名厲聲向建華說，「你有炒賣黑市黃金嫌疑，立即跟我回公安局坦白交待。」

此事立即驚動了學院黨委劉書記，馬上親自到公安局了解建華案情。

公安局呂局長是劉書記在華東野戰軍時期老戰友，他們在攻打上海之前，曾在丹陽一起學習接管上海城市工作，入城之後也常有來往。呂局長知道劉書記對李建華醫生是愛才如寶，他還記得幾年前，建華父親在香港病逝，劉書記特別打電話給他，請求盡早批出李建華前往香港參加葬禮的通行證。

呂局長向劉書記解釋說，你的教授並未觸犯法律，也未進行黃金黑市買賣，只是偵察科人員對他進行調查問話，了解黃金黑市買賣地下活動情況，問話完畢之後便能返家。

這時候，學院裡已經鋪天蓋地流傳李教授被公安局抓去坐牢的消息，鬧得滿城風雨，一直至劉書記陪同建華回家之後才算平息下來。

事後劉書記問我，誰在背後興風作浪，散佈虛假消息誣蔑李教授？我當時一整天在手術室裡工作，根本不知道源頭從何而起。

建華知道有人惡意中傷他，但他全不在乎別人褒貶榮辱，只是嘆息這只金手觸今天賣不出去，沒有足夠現金買藥，顯得有點惆悵。

正當建華在家中翻箱倒櫃，把尋出零碎鈔票反覆點算準備買藥之時，傳來一個料想不到的喜訊，學院財務科通知他可以前去領錢。

原來是劉書記從公安局中知道，建華要靠變賣家中舊物治療病重長輩，其情可憫，於是他與幾位學院領導共同商量，決定馬上解凍對建華右派之後扣減薪酬，全數歸還，以解決治療家中病人的需要。

劉書記這一決定帶動了我、媽媽和婉玲一起伸出援手，籌足現款給佩儀媽繼續治療下去。

可惜，佩儀媽病情一直沉痾不起，甚至漸漸不能自主吞嚥，又不幸染上了肺炎，終於在一九五七年底病逝，她那時候還不到六十歲。

佩儀媽葬禮完畢後，一九五八年的春節又到了。新的一年也帶來新氣象，建華和能三因為反右時被錯判，平反之後摘下帽子，回到醫院上班。佩儀因此大大鬆了一口氣，也從喪母哀傷中逐漸緩解過來。她為了答謝我們的關心和幫助，在元宵節那天，邀請我媽、婉玲和我到她家吃晚飯。

在晚飯中，我問建華：「外科主任許萬成沒有安排你參加心臟手術，只安排你在實驗室工作，你心裡是怎樣想的？」

建華回說：「這很好啊！我十分高興！」

「科裡的人個個都稱讚表姐夫手術功夫好。如果表姐夫只呆在實驗室裡，那不是很可惜嗎？」婉玲也問。

「噢！這不可惜。譬如說吧，一個人學開汽車，順利的話幾天就能學會。難是難在學會修車子做和做車子。這正如我們

的醫生，學習心臟手術並不難，但是要維護好體外循環機器，應用好機器，學會做出新機器，這非得要花兩、三年功夫不成。」

「您是醫生，可不是工程師啊！您真是樂意研究器械嗎？」婉玲又問。

「當然樂意啊！醫學發展一定與機械、光、電、磁等其他學科交叉起來，產生一門新的科目。白求恩是我們尊敬的外科醫生，他發明的醫療器械有三十多種。我們開胸用的『肋骨剪』就是他發明的，現在救護車上能進行輸血搶救，也是他率先在西班牙戰場倡導和啟用的。他逝世多年了，他發明的東西今天仍然在全世界廣泛應用。這種由醫生與工程師結合起來的創造不是很有普世價值嗎？」建華說。

晚飯之後回家路上，我對婉玲說，建華是「老驥伏櫪，志在千里」。別看他之前在印刷廠當搬運工人，也別看他現在心研組維修和研製器械，他的壯志未酬。他從美國回來後，曾對我說，中國醫生一點也不比美國醫生差，差是差在美國的醫療器械發明和生物化學應用十分先進，中國需要及時追趕上去。

反右運動之前，建華曾向學院領導提倡興辦兩個新學系，一個是醫療機電工程學系，另一個是醫療生物工程學系，可惜，不久之後反右運動開始，這事暫時擱下不提。

第二十九章 七十二家房客

許萬成教授開創博愛首例低溫心臟直視手術之後，不斷努力，至今為止，他已經積累有十八例同類手術成功記錄，成績斐然，與之前相比，不可同日而語。在他引領下，博愛心研組的外科技術力量不斷增強。

許主任並不滿足於現狀，他積極籌備博愛的體外循環直視手術，希望百尺竿頭更進一步，所以，他十分重視建華在實驗室的後勤工作，急切等待體外循環機器早日臨床應用。

一九五八年初夏，「大躍進運動」轟轟烈烈在上海展開，婉玲乘著這股東風進入心研組的心臟手術麻醉工作。她沒有因為留學名額減少而不能留蘇而氣餒，反而更加專心致志在博愛繼續發展，並把目標瞄準了我，希望早日成為一名像我一樣的麻醉學講師。我積極鼓勵她，樂見其成。

她悄悄問我：「您從蘇聯帶回低溫麻醉技術，李教授從美國帶回體外循環機器，博愛的心臟手術發展是得天獨厚。可惜的是，李教授在恢復醫生工作之後，一直沒在手術室沾邊，體外循環手術遲遲沒有開展。這到底是什麼一回事？」

我向她解釋說，「這主要是李教授考慮病人的安全。本來我們醫院有兩部進口體外循環機器，但其中一部借出醫療器械公司，至今尚未歸還。李教授不願只靠一部機器，沒有備份，又沒有其他後備部件補充時倉促開展工作，以免給病人帶來生命危險。」

「還有別的原因嗎？」婉玲又問。

「嗯！確實還有另一個更主要原因。」

「那是什麼？」

「李教授認為中國人用自製體外循環機做手術才算是真正的突破。這可能是他推遲開展的最主要原因吧！」

「噢！有道理，我支持。」稍後，她又問：「李教授的實驗室工作當然十分有意義。我聽許多外科醫生說，放了兩個星期假回來做手術，都覺得自己手指動作不靈活了。李教授長時間停下手來，會不會自廢武功？」

「我並不如此擔心。他雖然不在手術室上臺，但每天都有實驗操作，不停做動物實驗，何況，李教授是一個有手術天份的人，與眾不同。」

「他怎樣與眾不同？」

「我先從你說起吧！你也有與眾不同的地方，譬如，你訪問一個住在深巷的病人，別人都記不起彎彎曲曲的路怎樣走進去，一年之後你仍然認得出來，這就是你的天份。在眾多外科醫生中，總有三幾個能脫穎而出，別人做不來的手術，只有他可以。李教授就是這一類型的佼佼者。」

「聽您這樣說，我很崇拜他。我想您也是李教授的崇拜者。不過，我仍然擔心另一個問題，不知好不好說。」婉玲在猶豫。

「你說吧！是什麼問題？」

「我不想背後說一些讓李教授不高興的話，終歸他是我的表姐夫，不過，對你說出來，我是放心的，我對你十分信賴。」

「謝謝你的信賴。你說吧！我不會告訴別人。」

「李教授會不會因為最近一名浦東農民死在手術台上受到打擊，思想有壓力，頹喪起來，不願重返手術臺？」婉玲小心翼翼說。

「噢！你倒是提醒了我。回想起來，浦東農民死在手術臺當時，李教授十分悲傷。我從小與他一起長大，知道他是一個十分堅強的人，從不頹喪。至於他是否有這種心理影響，我真不好說。我記得他曾說過，發明體外循環那位蓋勃教授也是因為在手術臺上死了病童而離開手術室多年。」

「其實浦東農民死亡根本不關李教授的事，他不應該愧罪自己啊！」

「自愧之心人人都有。不過，有一種病叫創傷後壓力症候群，那是親身經歷嚴重精神打擊的人，把自己內心恐懼、憤怒，仇恨和愧罪積壓起來，久屈成病。我在朝鮮打過仗，停戰後的美軍也有十份之一因為心靈創傷而退役。李教授是否患上創傷後壓力症候群應該引起我們注意。」

「讓我們一起幫助他吧！」婉玲擔心真有這麼一回事。

從此之後，婉玲與建華接近多了。有空的時候，她到心研組實驗室去看望建華的工作，和他說說話，多作安慰。

　　最近，建華在實驗室自製成功一部「手搖供血泵」，那是為了體外循環機器突然機械故障或者供電停止時，可用手搖方法繼續給病人泵血去完成手術的一種輔助器械。他對此感到十分開心，但是，他設計的氧合器卻遭到多次失敗。

　　待建華忙碌一輪之後，婉玲趕忙湊上去，給他遞上一條擦汗毛巾，倒上一杯清水，讓他歇息一會。然後，給他講一些世界新聞，說蘇聯準備發射宇航員，可以在太空翱翔。待建華咕嘟咕嘟喝完水，她又講些八卦，說手術室最近為一名美洲華僑孕婦剖腹產，結果生出三個膚色不同的三胞胎，一個黑、一個白和一個黃的。

　　建華聽後沒有評論，也沒有詫異。在婉玲看來，他的情緒雖然是平靜和自信，只是不知為什麼對外間事物不感興趣。

　　婉玲很想把建華心理狀態扳回來，更開放、更現實一些，不要老是鑽在牛角尖裡。

　　過了不久，她又向我提起另一個猜測，李教授是否受到許主任在業務上的打壓。

　　她說：「自古以來都有文人相輕的說法，醫生之間爭長論短的口角司空見慣。甚至在家庭之中，老大欺負老二也是常有的事。我在家裡排行第二，也常常受到姐姐打壓。」

我回說：「許主任雖然職位都比李教授高，但許主任並不是專門欺負老二這種人。」

「那麼，你是這種人嗎？我不喜歡受別人欺負。」婉玲突然調皮地問我。

「我可不是你的姐姐。」我幽默回應。

「我早知道你是不會欺負人的。你當我的哥哥倒是挺好！我願意！」

我聽她這樣說，只當作是一句調皮話，一閃而過。

這個星期天，婉玲心血來潮，約我到愉園去，她想看看我從小長大的地方。

我離開愉園是兩年前的事，那是我和媽媽搬到醫院宿舍的時候。婉玲的請求也鼓動我探望老鄰居鄭阿姨的心願。她年輕時與我媽一起在愉園工作，住在我家隔壁，對我常常關心照料，後來她嫁給一位姓宋的中學老師。

我和婉玲乘公交車在蘇聯展覽館站下車，步行不遠便到達愉園。遠遠望去，那道嚴嚴實實的高大圍牆依然如故，走近大門，看見原本的門房，現已改成一房一廳小宅，住著姓吳退休老倆口，兼任居民小組長。

我們進入大院時吳伯伯對我們十分客氣，還指點路徑。

其實我在這裡生於斯長於斯，再熟悉不過，但是環境不斷在改變，甚至變化得令我愕然。

我領婉玲先看我的舊居。大院右側小洋樓下層的原來的汽車庫已分隔裝修成住房，住上五戶人家。我們登二樓看望鄭阿姨一家，他們四口子已經搬到我曾住過的兩房一廳套間裡。我把婉玲買好的「大壺春」一盒鮮肉月餅給他們做禮物。鄭亞姨看見我們高興非常，拖著婉玲雙手，盛讚婉玲長得漂亮，衣服也穿得好看，也誇我長得更加帥氣。

告別鄭阿姨後，我們去看建華舊居，那是在大院中央的一幢四層大廈。婉玲一下子被這華麗建築吸引住。她的視線從屋頂往下掃描，光亮的綠色琉璃瓦在屋頂四方伸出古典簷角，簷蓬之下是中式層疊抖拱，再下是有花崗石塊鑲嵌的火紅磚牆，而牆上的寬闊門窗被白皙大理石窗臺承托，讓窗框的金屬發出耀眼光芒。

我們從大廈正面進入，穿越四根羅馬石柱支撐起的高大紫銅門拱，婉玲握住瑞獸口銜的金色門環，輕輕把一道厚實門扇推開，讚嘆說道：「這真是精雕細刻，匠心打造。」

我們走進大廈，遇到的住客都點頭招呼，表現友好。樓梯旁的升降機已經移除，每層的升降槽已改成可容兩人居住的單間。正層大廳傢俱全部搬空，用木板間隔成兩排住房，頂上沒有加蓋，借以流通空氣。四周靠窗戶的原有房間都原封不動，每房住上一戶。

第二、三、四樓都作同樣改建。建華原在四樓的睡房、書房和畫室同樣闢為小家庭住戶，每戶可住上四、五口之家。婉玲悄悄透過畫室玻璃門扇，窺視建華繪在牆壁一幅海景圖畫仍然完整無缺。

　　最奇妙之處是地下室游泳池的蓄水已抽乾，改成四套雙層單位，上層是廳，下層是房，廳房之間都有小樓梯上下連通，佈局顯得小巧玲瓏，每一空間都得到充份利用。

　　可是，大廈兩側和背面卻是另一番景象，那是用竹竿、木板和瀝青紙依憑大廈牆壁搭出一格格小廚房，每格都有纖薄竹門掩閉，用小鎖扣上。婉玲點算一下，這種簡陋廚房把大廈包繞起來，數目不下五十個。

　　後花園原有許多樹木都被砍伐，紅泥地網球場已被全部掘起，分隔成許多長方形小菜園，每一小菜園有木塊標記姓名，屬於某人種植。在大院東北角落處，原來是我和建華兒時觀鳥的地方已經建起公共廁所，供院內居民使用。

　　婉玲一邊參觀一邊計算，這幢大廈足足入住了六十一戶人家，加上兩層的小洋樓改成的十戶，門房的一戶，合起來恰好是七十二家房客，各行各業居民已把愉園變成一個小社群。

　　回家路上，婉玲問我：「李教授歸國後，有沒有來愉園看一看？」

　　「有，是你表姐鄧醫生帶他來看的。」我答。

「他看後有什麼觀感？是高興，還是別有一番感受？」婉玲再問。

「我倒想先問你參觀後感覺如何？」

「我嘛，我覺得這是物有所用。這麼一個大院落原來只有你和李教授兩家人居住，現在可以容納那麼多戶人家，挺好啊！」婉玲說得很直白，又問，「李教授可能會感到婉惜，是嗎？」

「我聽鄧醫生說，李教授看後只是唸出杜甫兩句詩：安得廣廈千萬間，大庇天下寒士俱歡顏。」

婉玲聽後得意起來，「他的觀感與我一樣，是讚好的！」

「不！他不讚好。」我說。

婉玲聽後立刻愣住了，不知何解。

第三十章 **忘我犧牲**

　　建華認為把一間大廈分拆成幾十間狹窄居所，把人擠進去不是解決居住問題好辦法。他說要正確理解杜甫詩中「安得廣廈千萬間」的真實含義，詩人的理想是要建造出千千萬萬間大廈給民眾安居樂業，而不是在一個螺絲殼裡做道場。

　　婉玲聽後感嘆，李教授太不了解上海居民迅速增加，渴求住房的現實情況。他過於理想主義容易與社會脫節，徒然自增煩惱，並認為李教授目前情緒多少與此有關。

　　學院放暑假了，佩儀趁教學工作輕鬆一些，多請了兩天事假，約好婉玲一起回老家蘇州去，把媽媽的骨灰與爸爸墓地合葬，也把媽媽部份遺物帶回蘇州，分發給親友們留念。

　　建華知道這是佩儀的一次傷心遠行，堅持陪同一起前往，只要多等一個星期，待動物實驗心瓣膜移植手術完結便可起程，但是佩儀卻說已與墓園服務人員約定，時間不能再改，只囑建華留家照顧彬彬便可，有婉玲同行，大可放心。

　　在旅程中，婉玲一直小心照顧佩儀，她們在蘇州把佩儀媽身後事處理完畢，也順利回程。最悲痛的事情驟然而來，回到上海火車站門前發生一場嚴重交通意外。

　　她們下車後，站在馬路旁等候三輪車。這時一輛卡車急促駛近，在火車站口戛然而止。卡車上走下一個人，提著小皮箱

匆忙衝進站內，料想這人是趕搭正點開出的班車，或是要把這小皮箱交給將要登車的人。

那卡車的引擎仍然轟鳴著，大概仍未按下安全剎車掣，車子緩緩順著傾斜的路面向後滾動，速度也漸漸加快。路上行人見狀趕快走避。

一名母親左手抱一個小孩、右手拖著一個女童急步躲向路邊。被牽的女童年約六歲，她突然發現手上一只布娃娃失落馬路當中，趕緊摔開媽媽緊牽的手，回頭去撿那只布娃娃。這時，女童全不知曉那輛倒後滾來的車子差不多衝至面前。

婉玲見狀大聲呼喝：「停車！停車！」那貨車並沒有停下，繼續衝向女童。佩儀說時遲那時快，迅猛撲向女童，一手把她扯回路邊。這女孩幸而脫險了，但佩儀的左臂已被貨車的後輪輾過，頭部亦被重創，立即倒在血泊裡不醒人事。婉玲緊急衝向佩儀，保護受傷的頭顱和左臂，擺放仰臥位，不停大呼：「表姐！表姐！」並一手壓住佩儀額上的出血，一邊叫人報警呼救。

頃刻之間，急救車呼嘯而來，連忙把重傷的佩儀火速送往博愛醫院。

我和建華飛奔至急診室時，佩儀呼吸已經變得奄奄一息，血壓也測量不到。她盡力張開眼睛看著身旁的建華，在斷續呼吸中柔絲細語：「永遠……愛你！你一定……會成功……我今天也救了……最後一個人。」然後閉合雙唇，嘴角微微上翹，含笑般從容而去。

建華一直跪在佩儀床前，一手握住佩儀還是完整的右手，另一手撫摸著佩儀受傷的面龐，不斷的淚珠滴在佩儀血染的床單上，血水與淚水交融染紅一大片。

建華壓抑心中的痛楚，泣不成聲，脹紅的眼睛盯著佩儀鼻孔飄出最後一息，悲哀地唱起佩儀最愛聽的歌《送別》：

長亭外，古道邊，芳草碧連天，
晚風拂柳笛聲殘，夕陽山外山。
…
韶光逝，留無計，今日卻分袂，
驪歌一曲送別離，相顧卻依依。
…

在旁者，個個聽到建華顫抖的哀鳴，無不痛心落淚。

博愛為佩儀的犧牲舉行隆重葬禮。「優秀共產黨員」、「人民好醫生」、「捨身救人女英雄」、「見義勇為好市民」、「人民的楷模」等等光榮稱號牌扁掛滿禮堂牆壁，悼念的輓聯、花籃和花圈環繞在佩儀的靈柩和她微笑遺像之中。人人都帶著哀傷的懷念而來，也帶著英靈的勉勵而去，川流不息，其中包括許多聽聞噩耗趕來致敬和永遠紀念的素昧平生的市民。

葬禮之後，我、建華和婉玲都繼續上班，大家都把哀思化解在工作之中。下班後我們都聚在建華家裡，一起吃飯，一起渡宿，一起講述佩儀故事，勉懷她的光輝人生，以圖在一言半語之中互相慰籍，共同渡過這段悲痛日子。

婉玲一夜之間變得更加成熟，她一直陪伴失去媽媽的彬彬，溫柔呵護，表現出不期而至的深重母愛。

小小年紀的彬彬常常躲在一處掩面哭泣，夜間不時因惡夢驚醒，這時婉玲立即溫存撫慰，說媽媽仍然在天空上日夜看著彬彬一天天長大，從沒有離開，讓彬彬的哀傷有所依念，直至安靜下來重新入睡。有時我看見婉玲因為悲痛和困倦而顯得容顏憔悴，但我覺得她的心靈愈發變得美麗和可敬。

這個星期天，大家都不用上班，建華家來了三個陌生客人，一個穿著農村粗布衣服女子帶著兩個小孩。那女子立即把背上沉重一麻包袋紅薯放下，說自己叫連娣，是被鄧佩儀醫生救出女孩的母親，剛從崇明島過來，專程前來謝罪和向鄧醫生家人表示慰問和感恩的。

婉玲馬上招呼連娣三人進屋。連娣看見客廳擺著佩儀遺像，立刻撲通一聲雙膝跪下，合起雙掌，向佩儀靈前叩頭拜祭，聲淚俱下訴說自己罪過，沒有把孩子管好，把好好的醫生害死了。那兩孩子很精乖，隨即跪在母親兩旁，一同哭起來。

婉玲立即上前把連娣扶起，安慰她不需自責，只是誰都不想發生的一場意外，還給她遞上一杯茶，請她坐下。

「我家在崇明種田，家裡沒有什麼好東西，只能揹來一袋紅薯表表心意。只要你們家不嫌棄，我把六歲女兒給你家做義女吧！她今天有的命也是你們家給的……」連娣還未說罷，喉嚨已經梗住，眼淚鼻水滴滴答答流出來。

「不嫌棄！不嫌棄！」建華連忙回答，又問：「小姐姐叫什麼名字？讀書了沒有？」

「我叫明霞，爸爸說我在崇明島出生所以有個明字，我出生那天有朝霞，所以有霞字。爸爸說明年才給我開學讀書。」

建華稱讚明霞伶俐，說六歲孩子正好是開學年齡，現在小學開始招收一年級新生，正好趕得上，不要等待明年了。

連娣坦白說自家餘糧不多，飼養兩頭豬仍然細小，賣出去值不了多少錢，一年之後豬養大了，家裡才會富裕一些，所以他爸打算明年才給女兒開學。

這時明霞把手上帶來的一捆甜蘆黍抽出一根，用牙齒撕開了綠皮，露出黃澄澄芯子，遞給彬彬，「你吃吧，這芯子不硬，很甜的，吃了心裡就不覺得苦了！」

在旁的兩歲小弟牽住彬彬的手，「哥哥，吃吧，甜甜的，吃了要吐渣子。」

彬彬說了聲謝謝，接過那根甜蘆黍，但沒有吃，只是呆呆地盯著媽媽的遺像，眼淚也流出來。

這時建華蹲下來，撫摸彬彬的頭髮，「乖孩子，吃吧！像姐姐說的那樣，吃了心裡不覺得苦了。」

彬彬遞給爸爸，要爸爸先吃，讓爸爸心裡也不覺得苦，然後自己才吃。婉玲看見孩子們都這樣懂事，不禁忍淚不住，「哇」一聲哭起來。

建華知道連娣是一個有恩義的人，又看見明霞聰明懂事，答應把明霞當作佩儀的義女來看待，一心幫助把她栽培成才，但不必按老規矩收養在家，也不必改名換姓。

「你長大了想做怎樣的人？」建華問明霞。

「我要像我親生媽媽一樣，學會種田和養豬，我也要成為給我再生媽媽一樣，學會做一個救人的好醫生。」明霞答。

聽到小小年紀明霞說出大志，大家心裡有所安慰。建華囑她，「只要你用功讀書，你的理想一定會實現。明天是星期一，你回家後，記住要到小學校報名，一定趕得上今年九月開學讀書！」

連娣三母子告辭時，建華拿出一個精緻盒子，裡面是佩儀用過的聽診器，當作給明霞的禮物。明霞知道這是醫生用的儀器，心裡充滿好奇、感激和希望，連聲謝謝和立正三鞠躬。

建華說：「這是上海第一批國產聽診器，你的乾媽用它也六年了，正好和你的歲數同齡，很值得紀念。你把這種紀念常記心中，就會不斷鼓勵你努力學習和進步。」

明霞伸出雙手接接過禮物盒子，擁在胸前說：「我發誓，我長大一定會成為乾媽一樣的好醫生。」

第三十一章 孤家寡人

佩儀逝世消息很快傳到香港去。建華的哥嫂，兩姐姐夫婦，還有表哥瑞德和表妹美琪齊齊前來上海弔唁。他們除了對建華表示深切關懷外，也提出日後生活建議和幫助。

建中說彬彬年紀尚幼，需要有人貼身照顧，主動要求帶到香港撫養，這也是建華母親心願。建華聽後心裡捨不得，一時不知如何是好，在徵求佩儀叔父和舅舅意見後，才勉強同意。公安局很快批出彬彬多次來往香港通行證，往港後可以隨時返回上海探親。

這幾天，彬彬對表姑媽美琪親近起來。美琪帶他到動物園遊玩，在兒童遊樂場騎木馬，吃冰淇淋，情緒漸見開朗，躲在壁角啜泣情形不再出現。建華考慮彬彬赴港後遇到緊急問題能及時處理，在上海公證處辦理建中和美琪作為彬彬監護人手續，始感放心。

建華家中保姆吳姨仍然留用，她五十多歲了，還十分能幹。吳姨照顧佩儀從小長大，感情深厚，在這短短幾個月中，她眼睜睜看著佩儀母女先後離世，悲痛甚於常人。

彬彬隨同香港親人赴港後，建華愈發顯得悲愴。為了不讓建華感到孤寂，我和婉玲決定留宿建華家中多陪伴幾天。

這些日子我們都在渾渾沌沌之中渡過。到了第二個星期天，婉玲與建華一起到佩儀墓地拜祭，那兒是建華家族墓園，

四周清幽靜謐。建華低頭撫摸佩儀墓碑時，忽然篤篤下起雨來，他依然垂目默念，不肯離去。婉玲為他打傘擋雨，連自己半邊裙子濕透也不吭一聲。

又一個星期天到了，婉玲主動提出陪伴建華探望乾女兒明霞去，在鄉下走一趟，拋開家中愁情，有利舒緩身心。他們吃早餐後乘船出發，在崇明島登岸後，再步行半小時才到石圍村。

明霞一家十分歡迎他們突然到訪。明霞媽連忙生火燒飯迎客，說新收割的稻谷煮出米飯特別香氣，城市人不容易吃得到。明霞爸為款待客人，馬上拿起一桿五尺長標槍往池塘捕魚。明霞得意地引領他們去觀看。只見明霞爸站立池塘邊，定睛瞄準一條游近魚兒，呼一聲把標槍飛擲出去，正中水中魚腹。那貫穿魚身的標槍飄浮水面，明霞趕緊拉扯標桿連結的麻繩，收繞回岸，把鮮蹦活跳魚獲放在籃裡。不消片刻功夫，他們已裝滿一大籃帶回家去。

婉玲在廚房幫忙開飯時，明霞牽住建華手，欣賞她爸親手打造開學用的書桌和椅子，油漆尚未乾透，又展示她媽一針一線縫製的新書包，手工像市場貨式一樣精美，建華稱讚明霞父母有這麼能幹本事。

建華欣賞農村人家勤勞儉樸生活時，忽然發現廳堂牆壁上工整掛著一幅用玻璃鏡框鑲好的佩儀肖像，明霞說是爸爸從報紙登載照片剪取下來，要一生一世紀念這名偉大醫生，她自己每天起床都向乾媽肖像鞠躬敬禮。建華聽後連連抽吸幾口大氣，感動異常。

告別時，建華和婉玲把帶來的兩盒禮物送上，其中一盒裝有毛筆、墨硯、墨條、鉛筆、單行簿和九官格簿等文具，那是送給明霞開學用的，另一盒裝滿玩具和糖果餅乾。這時，明霞已把屋前種的甜蘆黍收割，捆成兩紮，送給他們當零食，她媽媽已把捕來的鮮魚洗淨去鱗去臟，用竹葉包好，放在籃裡給他們帶回城裡做晚餐。

婉玲說，建華每周一次出外活動後，心境逐漸平緩下來，希望很快會恢復常態。

又過了兩星期，上海醫學界傳來一個大好消息，胸科醫院第一次利用國產體外循環機成功為一名九歲女童完成心內直視手術。建華聽後高興得跳起來，大力鼓掌稱讚。這是佩儀死後，他的情緒第一次變得如此歡快。

我計算一下，自從一九五三年美國體外循環機首創成功以來，至今已有五年，現在中國忽然追趕上去，才讓我們如此興奮。建華說，日本在一九五六年也成功施行第一例體外循環心臟直視手術，比上海胸科醫院早了兩年，但日本人用的是美國機器，建華認為中國人用國產機器獲得成功更顯自豪，只是台灣、香港和澳門三地仍未開展。

外科許主任表現躍躍欲試，馬上與建華一起加快體外循環機器測試，讓博愛醫院追趕上去。

正在此時，博愛曾經借出的體外循環機業已歸還，加上心研組自製的變速泵比美國原廠性能更好，再加上其他自製輔

助部件亦一一齊備，手術組變得如虎添翼。終於，在許主任和建華共同努力下，為一名十歲男童順利完成心室間隔缺損修補術，實現博愛醫院首例體外循環直視心臟手術的突破。

在這過程中，建華無論在外科技巧上和設備運用上顯得最為熟練，最為完美，但他堅持讓許主任舉起大旗，擔當首例手術的主刀，自己當助手，履行他「引而不發躍如也」理念。他兢兢業業傳播技術，精益求精的服務精神更讓大家有目共睹。

許主任也向趙院長誇獎李建華教授毫無保留把各種卓越技巧向全部手術人員傳授，為博愛培養人才無私貢獻，最值得表揚。

這時，建華的名聲又響亮起來。

建華除了自己心臟外科技術之餘，也關心我的麻醉工作。在一次低溫麻醉手術完畢後，他若有所思問我：「我們可不可以把病人降溫操作改進一些？」

「是啊！目前我們仍然採用人手倒冰水、撒冰屑操作，確實有點原始。你有什麼好主意？」我反問。

「我路過一家冷飲店，看見製造冰淇淋機器管子上凝結冰霜，突然想到，人體降溫方法也可用管道來傳送，不妨把這技術搬到低溫麻醉來。」

建華這一靈感，啟發我的蒙昧。我順著建華思路，構想出外科手術床的海綿床墊可以加進銅管，給病人蓋的被單也可以

藏入軟膠管，通過這些管道灌注冷水或溫水，豈不是更方便去調溫，既省工，又省時！

我和建華立即興致勃勃草擬「調溫床」製作計劃。周向亮教授看罷我們設計方案，大受鼓舞，覺得計算合理，繪圖清晰，製作簡單和操作易行，立即申報成立研製小組開展工作。

為了「調溫床」樣板試製成功，我們除了在醫院上班之外，婉玲常常要跑外線，聯絡外廠銅匠協助管道排列和焊接；建華則把學院教材廠鉗工師傅請到手術室來，研究在手術床上安裝和拆卸管道的技術；我的任務是採購合適水壓錶、水溫計、製冷機、電熱器和電泵等儀器。我們三人相互協作，工作進展很快。大家都切身感受全情投入工作是對佩儀的最好悼念。

有一天，建華在實驗室移動大冰箱位置時，在沒有旁人幫助下獨自動手。這冰箱十分沉重，也因為他用力過猛，不慎扭傷腰部，引起劇烈腰痛。我匆匆趕到現場，見他仍可坐在椅上，俯伏臺面工作，但不能站立，否則左腰背爆發刀割般痛楚放射至左腿，以至寸步難移，不勝其擾。

急症科和骨科醫生馬上前來診治，經 X 光攝影證實，建華的第四、五椎間隙變窄，該段腰椎輕微向左側彎，但沒有椎骨斷裂徵象，提示第四、五之間椎間盤滑出，令左側坐骨神經根部受壓，診斷為「急性腰椎間盤脫出症」。

建華被立即送進骨科病房，實行臥床休息，雙下肢懸吊沙包，作重力牽引治療。

建華傷勢雖然沒有生命危險，但醫院領導對這一工傷事件十分重視，趁機亡羊補牢，檢討過去對員工勞動保護不足，立即加強安全工作教育和訂立規章制度。在此帶動下，大家對建華表現更多關心。

　　心胸外科病區的韋護長常常探望建華，她就是曾經要求修剪建華指甲的那位漂亮護士小韋。這幾年來，她工作耐心細緻，任務精準完成，隨著職位升遷更加受人尊敬，她為弱勢群體爭取公平待遇時那種柔而不弱姿態，越發顯得楚楚動人。她最近一次來骨科探訪建華時，帶來一大籃新鮮水蜜桃，送給建華和醫護同事分享，對大家關懷體貼。

　　在護士休息室裡，年青護士們一邊吃蜜桃一邊閒話起來。有人說，韋護長是在「投桃報李」，另一個馬上回應，哈哈！這個「李」啊，可不就是李教授的李！此話引起一陣噗哧笑聲。她們談論醫院中男女戀情總是神彩飛揚，對韋護長大加讚好，並祝願她水到渠成！

　　她們當中也有認為，內科霍醫生可能是配得上李教授另一最佳人選。霍在兩年前畢業於協和，她來博愛後一直在心研組工作，業務奇佳，很快成為佩儀左右手。她的身材、相貌，甚至髮式也與佩儀相似，之前她倆常常是如影隨形。

　　霍醫生來探望建華時不帶食物，而是書籍或報刊。一位值班護士夜間巡房時，發現新一期《中華外科雜誌》跌落建華床邊地上。她撿起時，書中夾帶一片手製書簽飄出來，上面寫有親切祝福語，她認得出那些圓潤字體就是霍醫生筆跡。

提起霍醫生，有一件小事忽然讓我想起來。心研組兩名右派——建華和能三下放印刷廠勞動時，霍醫生悄悄把親手織好兩雙棉線勞動手套交給我，讓我轉送給他們在搬運時使用，免傷皮肉。此事只有佩儀和我知道，當時我們都感慨地說，霍醫生有非比尋常的同情心。她像是慈愛母親懲罰淘氣孩子時，不忘保護親生骨肉的身心健康。

婉玲也頻頻探望建華，她提著裝載食品的銀光閃閃保溫瓶進出病房時，特別引人注目。日子久了，惹來更多熱議，諸如「近水樓臺先得月」、「肥水不流別人田」或是「親上加親誰也不吃虧」之類言語不脛而走。婉玲對此一律充耳不聞，不論別人是羨慕、恭維，還是冷嘲熱諷，她關心建華行為從不卻步。

建華雙腿牽引在床，只能養精蓄銳，盼望早日好轉，他哪能得知外間有那麼流言蜚語傳聞。

常人都說，男人一生有三苦：少時喪父，中年喪妻，老來喪子。

建華這幾年經歷過幾番巨大波折，在美國學習時曾遭警察無理逮捕，躊躇滿志回國發展時又被打成右派，右派摘帽重啟事業時又遭喪妻橫禍。回想在反右運動之中，他受批判時並不頹喪，而佩儀的突然離世卻令他失魂落魄，跌至人生谷底，他心中萬般痛楚我是深深感受得到的。

愛妻死後，愛子住香港去了，建華已成孤家寡人，現在又遇上腰椎間盤脫出意外，心身兩傷先後襲來，也不知道傷後是

否留下終生殘障？他在憂心忡忡之時，忽然有這麼多優秀女子表示對他格外關心，若然他真有所知，我會為他感到欣慰。

我媽這兩年在醫院職工托兒所做半日工作，也聽到醫院裡關於建華和婉玲種種說話。她糾結地問我：「你和婉玲相處有一年多了，你們現在關係怎樣啊？」

我安慰她說：「沒怎麼樣。她關心建華，我也關心建華，我們都一起關心他。」

「是啊！建華這孩子多可憐！可是，你也要關心關心自己啊！」

母親喜歡婉玲，說我遇上一個秀外慧中，賢良淑德女子實在非常難得。可是，自從我向佩儀求婚失敗之後，一直對女性交往謹慎，況且，佩儀有生之時，一直是我心中的女神，她的理想、智慧和情操無可媲美地成為我衡量戀愛對象的標準。

現今女神走了，母親忽然把婉玲說起事來，我不能說婉玲沒有達到我期望的高度，可是，我再也回不到實習醫生時代與建華暗中爭愛的火熱激情，況且，佩儀音容宛在，我滿腹愁情仍未消散，完全屏蔽了我沐浴愛河的心思。

建華目前處境十分艱難，只要建華願意再婚，無論他選擇韋護長，或是霍醫生，甚至是婉玲也好，重新建立一個完整的家，對建華工作和生活都有好處，我應該努力幫助他才是。

我向能三請教如何幫助建華時，他先唸起唐朝元稹一首《離思》：

曾經滄海難為水，除卻巫山不是雲，
取次花叢懶回顧，半緣修道半緣君。

能三長嘆之後認真說道：「詩中最後的君字代表逝去的佩儀。建華對佩儀思念一直纏綿悱惻，他對於其他女子，儘管她有滄海的胸懷，有巫山的神韻，或有如花似玉的美貌，統統已經無心裝載，不屑一顧。他心中一半在於事業和理想，剩下的一半就是思念佩儀，再沒有閒情逸意顧及其他緣份。建華在此情此境之下，我和你都很難從中去勸導他啊！」

我同意能三用這首悼念亡妻的詩去解釋建華目前心境，但是現實生活又是另一回事，男女之間情義無需受到緣份的束縛。

手術室鄒護長好像是我們的大姐姐，她聽到外面關於婉玲的風言風語也感到討厭。有一天，婉玲麻醉工作完畢，在收拾儀器時不慎把手電筒蹪跌在地，鄒護長連忙幫她撿起，並問道：「鄧醫生走了一段日子，你情緒好些了嗎？」

「謝謝您關心！我好多了。只是李教授的腰傷治療並不理想，讓我做起簡單動作也有分神時候。」

「你不要憂慮太多，我自己也患過椎間盤脫出，要慢慢治療才會好。那時候，我起床、穿衣、上洗手間也要丈夫扶持，挨過傷痛期起碼花一段較長時間才行。」鄒護長說。

「我也有這種思想準備。如果李教授出院後生活仍然不能自理，我一定會繼續照顧他。」

「你現在還住在李教授家嗎？」鄒護長問。

「是啊！我才不管別人對我說三道四。」婉玲顯得十分委屈，「他們說，我住在李教授家，有吳姨買菜煮飯，清潔洗熨，有好吃，又有好住，可以飯來張口，衣來伸手，多麼便宜啊……諸如此類說話如雷灌耳。李教授在上海只有我這個唯一親人，他在困難時候我照顧他是應該的。」

鄒護長聽罷，立即安慰和鼓勵她，囑她不要理會那些傷人不利己的閒言閒語。

之後，鄒護長也找到我，大力讚揚婉玲一番，說她的心還是向著我，不是那種心猿意馬，攀高結貴的女子，勸我該是時候向婉玲表示態度了，莫再遲疑。

我衷心接受鄒護長的好意，不過，我沒有聽她的話，反而決定從今天開始，我要與婉玲保持距離，不再常常見面。

我誠心地想，如果婉玲真心願意嫁給建華，而建華也接受她的話，這何嘗不是一件好事？我應該給他們營造有利氣氛，促成結合，這是我的真實願望。

第三十二章 敞開心扉

　　我開始與婉玲疏遠時，她馬上感覺出來，但她沒有嫌棄，反而向我多靠近一些。事實上，有關麻醉方面的工作不可能閉口不談。經過一段時間觀察，我不得不放棄疏遠策略，轉而向她多些交換意見，與她同心協力，一起幫助建華早日身心康復才是積極的辦法。

　　婉玲告訴我，建華家裡的信箱最近收到許多香港來信，差不多每隔兩、三天有一、兩封。她發現一種用淺藍色信封、黑墨水寫封面的信件最多。建華說那是美琪來信，還解釋美琪是律師，職業上習慣用黑墨水書寫，因有日久彌新和不易塗改的優點。

　　佩儀喪禮期間，婉玲見過美琪。當時美琪是淡妝素裹，她溫文雅爾儀態卻給婉玲留下深刻印象。現在婉玲發現美琪如此頻密來信，猜度一定內有乾坤。

　　我說：「美琪是彬彬的監護人，她多寫來信，向李教授報告彬彬在香港生活和學習情況是應該的。」

　　「美琪結婚沒有？」婉玲不理會監護人那些事，只問她最關心的。

　　「還沒有吧。如果她結婚的話，肯定會告訴我和建華。」我回答。

「她有男朋友嗎？」婉玲更好奇起來。

「這個我可不知道了。」

婉玲的詢問充份表現她對建華的關心。婉玲胸懷坦蕩，不難看出她對佩儀懷念，對建華憐憫一直在綿延。我也留心到她常常提起彬彬，說彬彬十分聰穎可愛，在這種情形下，我尚不能斷定婉玲是否已經愛上建華，接受彬彬，也不知道她是否真把美琪當成了情敵。

婉玲在許多方面去評估建華再婚裨益之處。她假定，如果李教授選擇同是醫護界的韋護長，或是霍醫生，都遠比選擇一個香港律師更為合適，而且結婚之後可以把寄養在香港的彬彬帶回上海來，重新建立一個完整無缺的家。她也質疑，如果建華與香港美琪結婚，兩人分居境內和境外，情懷必定有變。

婉玲的想法合情合理。畢竟我對建華了解比較多，思慮更加深入。

我對美琪十分熟悉，她熱愛建華是一貫以來的事實。就算把他們倆青梅竹馬，門登戶對，甚至美琪情竇初開曾坦言自己是建華「未婚妻」的往事忽略不計，光從美琪對建華在上海監獄和美國拘禁的兩次竭力營救，她在佩儀死後主動提出作為彬彬監護人的勇氣和承擔，以至最近在百忙當中常常帶同彬彬前來探望受傷健華所顯現眷戀之情，充份表明美琪愛慕建華的心意。

美琪無可爭辯是建華生活中認識最長，關係最親密的女子。每次建華遭遇困境時，美琪總是迎難而上，及時前來解救。魯迅先生曾說過，「無情未必真豪傑」，建華雖不是爭當豪傑之人，他何嘗對美琪沒有感恩之情，也何嘗沒有憐香惜玉之心？

　　婉玲擔心建華涉外婚姻不易和睦之時，我則擔心另一個更大問題，那是建華會不會受到一連串挫折而致精神崩潰，一走了之，往香港而去。但是，在任何人面前，我會盡力保護建華的美好形象。倘若建華真有解甲歸田或逃之夭夭思想，我唯有獨力幫助，讓他幡然悔悟，繼續奮勇前行。

　　我與建華感情深厚，彼此都有不約而同的諒解和包容，也有不離不棄的初衷。相比之下，目前我和婉玲的情誼尚未進展到如此境地，我暫時不宜把建華自暴自棄的可能性向婉玲披露。

　　趙院長關心建華傷勢，專程前往天津，邀請骨科專家方志平醫生前來會診。

　　天津骨科一向負有盛名，方醫生首創的全身麻醉下施行手法推拿術，對治療椎間盤脫出有良好效果，格外受到患者歡迎。它的原理是人體在麻醉後，肌肉、筋膜和韌帶充份鬆弛，受傷部位受壓不感痛楚，推拿動作可解除神經壓迫，椎體亦有可能恢復原位。建華樂意接受這種療法。

方醫生來滬治療消息很快傳開，院內、外報名治療病人數目增多，手術室需要騰出兩房間輪流操作。方醫生在第一室進行推拿時，第二室病人需要做好麻醉準備，每天只能做六例。

　　建華是明天第二名接受方醫生治療的病人，由我擔任麻醉師，因為婉玲一直照顧建華身體，安排她在現場協助。

　　下班時，婉玲悄悄對我說：「我們機會來了。」

　　「是什麼機會？」那時手術室已空無一人，我估計她有私事要說。

　　「我們可不可以趁明天麻醉期間，給李教授做一次開顱術。」婉玲耳語般說出最後三個字，然後慧黠一笑。

　　「開顱術？」我一下子懵了。

　　「噓！我的意思是借用魯勉斯基教授的麻醉詢問方法，打開他的心窗，了解李教授心中苦惱，這有利我們去幫助他。您認為可以嗎？」

　　「這……這不可以吧。這事先要徵求他本人同意才行。」我說。

　　「您說的也是，按照規矩，我們應該這樣做。不過，李教授不是疑犯，不是精神病人，也沒有牽連什麼懷疑案件，所以，我意思是不搞魯勉斯基教授講義中那一套，不用任何測量儀器，不作錄音，只是作為麻醉師與病人簡單對話，我想這可以通融吧。」

「你想說些什麼話？」我問。

「我只想問他還傷心嗎？孤苦嗎？今後有什麼打算？我也想知道他對韋護長、霍醫生或是香港表妹有什麼印象，就是這麼簡單幾句。」

聽婉玲這一說也提醒了我，為何不趁機問一句建華有沒有去香港的打算？我真想知道答案。

我曾冷靜分析，建華去香港的念頭大有可能。

建華有許多親人在香港，有他掛念的母親，親愛的哥姐，也有可愛的表妹美琪，還有他捨不得離開的彬彬，孤單的人渴望與親人團聚，這是人之常情，特別是他在遭受一連串個人不幸時，這種意念最容易產生。

在事業方面來說，建華常常會作出一些石破天驚策劃。他有可能計劃前往香港，依靠香港工商界和民眾支持，以殖民主義者曾在中國興辦教會醫院方法，反向而行，建立一家由香港民眾管理的醫院，以此為平台，促進中國與西方醫學交流，在香港實現為平民百姓服務的理想，這未嘗不是他的愛國愛民初衷。

悲觀地去估計，一旦建華腰椎病沒法根治，不宜當外科醫生時，在「孤雲不我棄，歸隱與誰同」（唐朝馬戴詩）思緒感染下，心灰意冷，掛靴而去，前往香港終老，這種心態不能說絕對沒有。

我是多麼捨不得建華離去啊！不單我捨不得，心研組捨不得，博愛也捨不得，許多病人都捨不得，所以，要知道建華是否有離去打算是壓在我心頭上的一塊大石。想到這裡，我面對婉玲的麻醉詢問要求，變得模棱兩可，甚至是欲拒還迎。

這時，婉玲好像已經做好一切準備功夫，胸有成竹告訴我：「我看過明天護士麻醉工作編排表，是小謝當巡迴，小郭當麻醉助手，這兩護士都不愛管閒事，也不吱喳。小謝要在第一、二室之間來回走動，沒功夫停下來聽我們說話。至於小郭嘛，她在開始麻醉時一定在場準備儀器和藥物，進入麻醉後，因有我在場，她可以做別的事情，不會專心聽我們說話。即使她聽到一言半語，也不明白我們在做什麼，所以，你大可放心，這事只有我和你兩人知道。」

我聽後沒有點頭，也沒有回話，婉玲便當此事默契下來。

次日，建華送進第二室等候時，我安慰建華說，方醫生推拿時不要求麻醉很深，只採用少量鎮靜劑加上少量吸入麻醉劑已經足夠。

「好的！」建華愉快說，「這等於發一場美夢吧！在進入夢鄉之前，我忽然想起一件小事。」

「什麼小事？」我好奇問。

「小學三年級時我們常常玩『過家家』遊戲。你記得嗎？」

「呵呵！你記得的東西我都不會忘記。」我回答。

建華接著說：「那天晚上我們玩累了，夜深了，我一下子鑽進你的被窩裡睡覺。那時，你要我講一個睡前故事，我便把一個愛國少年故事講給你聽。你還記得嗎？」

「當然記得！你一邊講時一邊矇矓入睡。說也奇怪，你的說話像夢囈一樣，居然能把故事從頭至尾講完。次日醒來，你已把這事忘了，我卻可以把你說的故事一字不漏複述出來。」我回答。

「哈！你記性真好！我說起這事，目的是希望我在麻醉之後，你一定要替我記住方醫生推拿手法如何，我的反應又如何，待我醒後告訴我，讓我了解這種神奇治療方法。行嗎？」

「行！你放心好了！我一定會詳細告訴你！」我安慰他。

在施麻藥之前，我對建華說：「我會慢慢讀出數目字：一、二、三、四……你也跟著我去唸。我提出問題時，你也要盡量回答我，讓我知道麻醉深淺。好嗎？」

「好的！開始吧！」建華欣然說。

當建華進入矇矓狀態時，小謝從第一室走過來輕聲對我說：「方醫生在一室推拿已經完成，但是手術後X光拍攝腰椎照片需要重拍一次，方醫生稍稍延遲一些才過來。」

婉玲聽後心裡高興起來，向我眨一下眼睛，她知道延後幾分鐘推拿對建華沒有什麼影響，卻騰出較多時間，讓我與建華在麻醉中充份交談。

唸數目四字之後，建華跟唸的速度漸慢下來，矇矓期開始了，我開始向建華發問，「現在，你感覺腰還痛嗎？」

　　「不痛。」

　　「左腿痛嗎？」

　　「也不痛。平臥時不會痛的。」他回答。

　　「你有信心治好嗎？」

　　「有。」

　　「佩儀走後有一段日子，你心情好些嗎？」這時，小郭清理器械，已經離開了。

　　「我常常掛念她，夢裡常常相見。」

　　「這是好夢，夢中相見也是一種安慰。」我轉入重點問話，「你想念彬彬嗎？」

　　「非常非常想念他。」

　　「你想去香港探望他嗎？」我問。

　　「彬彬答應常回來看我，我沒打算去看他。」

　　「你為什麼不去香港看看他？」

　　「現在是大躍進時候，大家都在鼓足幹勁，力爭上游，工

廠工人三班不停工作，電影院開午夜場，食店也通宵營業。我腰傷治好後，也要立即開始做新實驗。現在人們都說一句話：『一天等於二十年』，我哪能有空去香港啊？」建華滔滔不絕說話，自我保護的警覺開始放鬆。

「你掛念媽媽嗎？」我又問。

「我很掛念她！目前她身體沒有什麼大事，有哥哥、嫂嫂和姐姐們照顧，我也放心不少。」

「想去香港看看她嗎？」

「以後有機會才去吧。現在大家都在努力超英趕美，我們辛苦勞碌是為了將來國家強大！」建華答。

經過這一段對話，我知道建華的人生態度仍然積極和樂觀，對事業充滿信心和進取，根本沒有去香港打算，我心頭大石立刻放了下來。這時，我看兩位護士都不在場，順便把婉玲想要了解的幾個問題逐一提出。

在回答中，建華對韋護長、霍醫生和美琪給予很高評價。他還主動提起婉玲，讚揚她是一名品德高尚的年輕醫生。建華對她們的關心和幫助十分感激，說她們是天使，即使天荒地老，他都不會忘記她們恩情。

我再問他：「佩儀走了，在我們周圍人中，譬如你剛才提起的韋護長、霍醫生、婉玲和美琪，你心裡有沒有一個特別值得你最敬最愛的人？」

這時我和婉玲都屏息呼吸等待健華回答，只見他眼睛睜大，對空凝視，似是把自己從現實中抽離，緩緩說出，「真有這麼一個人……」停頓一下又說，「我對他最敬最愛。」

　　「是誰？」

　　「是王光耀。」

第三十三章 **心靈對話**

自從佩儀走後，婉玲對建華照顧最多，也表現最溫柔體貼，她一定給建華留下最美好印象。可惜，建華矇矓時說出最值得敬愛的人不是她，而是我，真是始料不及。

一直以來，我以建華為榜樣，崇拜他的才華、品格、愛國心和一絲不苟專業精神，估計不到他也同樣看待我，還說出對我的敬愛，實在讓我興奮不已。

在少年時代，我和建華一起閱讀《愛的教育》——意大利亞米契斯寫的兒童日記，在故事中有一名三年級學生加龍，他的誠實、勇敢和仗義品格成為我們的偶像。那時我們也在讀三年級，身體長高了，肌肉結實了，也有更多自作主張，常常聽到班主任老師嚴厲訓導：「不要變得調皮搗蛋！」

坐在教室最後一排的黃志亮是個留班生，長得又高又胖巴掌也大，常常欺凌同學，我們把他的名字唸成「黃鼠狼」。有一天課間休息時，我們到洗手間小解，「黃鼠狼」洗手之後走在建華前面，拉起建華頸上圍巾來揩手，還嘻皮笑臉說，「唔！揩得很乾淨的嘛！」之後，他用力牽扯圍巾往前奔，被勒得漲紅面孔的建華拼命反抗，他卻哈哈大笑不放手。在此危急關頭，我一拳朝他張嘴大笑的下巴打去。這拳夠狠，打得他痛得哇哇亂叫才鬆開，隨後跟蹌幾步跌進女洗手間裡，引起同學個個拍手稱快。「黃鼠狼」得到了教訓，從此不再橫行霸道，建華也開始稱我為：「好友，王加龍！」

有一天清早，我和建華上學途中，路過弄堂口衝出一頭脫韁「美國鬥牛梗」，那是一種可以咬死小孩的惡犬。牠兇巴巴對我們狂嗥，雙耳豎起，齜牙咧嘴，準備飛撲過來撕咬。那時街上沒有什麼行人，我臨危不亂，馬上令建華把他書包交給我，躲在我背後，我雙手各扯每一書包的背帶，耍出爸爸教的「三節棍」功夫，把兩個書包旋轉出兩個弧圈，像是兩個盾牌保護自己和身後建華。此時建華也不甘示弱，把褲腰中皮帶抽出，當作皮鞭在空中揮舞，那鬥牛梗瞪大眼睛左看右望，似乎感到敵不過我們陣勢，才垂下尾巴調頭逃走。從此，建華對我的功夫十分佩服，還向我學習自衛還擊術。

　　我在朝鮮作戰時，常與建華通信。當他知道我冒著九死一生危險穿越敵軍封鎖線，把一名重傷士兵搶救回來，立即給我寄來一封熱情洋溢的讚揚信。那時所有寄給志願軍信件，都在封面上寫「寄給最可愛的人」，而建華多寫三個字，「寄給最可敬最可愛的人」。

　　我在想，建華這種對志願軍「最敬最愛」意識一直深藏記憶裡，在他淺麻醉時才釋放出來。

　　建華接受推拿治療後，腰痛明顯減少，第三天已能在床邊端正站立，物理治療師也指導他開始練習行走。他十分高興自己雙腿終於走動起來，大讚方醫生有這種神奇本領。

　　建華逐步康復時，我心裡內疚卻不斷增加。

　　在麻醉期間我對他的問話，美其名是「打開心窗」，實際是我在偷窺他的隱私。積蓄心裡的內疚愈來愈令我痛恨自己，

強迫自己要向建華贖罪。於是，我首先要求自己比任何人更多更好地去照顧他，讓他不要再受到任何損傷和不良對待。

婉玲拿起保溫瓶給建華送食物時，我搶著去做。婉玲不讓，說這是女人家該做的事，我說這事不分男女，硬把保溫瓶奪回來。在病房裡，我看見婉玲扶持建華練習步法時，我說男人力氣大，馬上把婉玲替換下來。建華臥床久了，頭髮也特別長，我借來護理室理髮工具，親手給他修剪，隨後扶他進入浴室，一起洗頭和淋浴，讓他享受住院以來從未有過的清新和舒適。

建華出院之後，我每日到他家探望，這時婉玲已經搬回住院醫生宿舍去。

也許我太過於關注建華，心也偏了，我和婉玲見面相應減少。

之前，我為了讓婉玲有多些機會與建華相處增進感情，曾主動疏遠她，而現在卻反過來，她正在主動疏遠我。大概她也是為我有較多機會照顧建華吧！

婉玲對我疏遠的另一個可能性是，她聽到建華最敬最愛的人不是她時，不免感到失望。辜且勿論我自己是否有「以小人之心量君子之腹」的弊端，我認為，婉玲想要贏取建華讚賞的心願一定會有，她可能不甘名落孫山。

我注意到，在麻醉詢問之後，婉玲再沒有談論建華的再婚話題，只見她性情變得格外文靜，一心專注低溫麻醉論文修改

中，準備參加學術會議。看來，我曾一廂情願營造婉玲與建華發展感情的氣氛早已是煙消雲散。

我有我的錯。我忽略了麻醉矇矓期間，建華的說話是隨口而出，不理會旁人聽後的感受。婉玲最近出現的各種變化，顯然是受到建華言語的某種解讀，影響她與建華的關係。本以為可以幫助建華的良好宿願，結果是捅出一個馬蜂窩。

婉玲的變化不易被人察覺，但逃不過鄒護長的精明眼睛。為此，鄒護長急忙找我談心，態度仍然輕鬆隨和，也離不開她典型的和顏悅色。

「你知道章醫生要去四川嗎？」鄒護長問我。

「我知道。她要參加重慶的麻醉學術會議，她也把演講論文給我看了。」我答。

「你知道就好。可是，有些事你可能不知道，她大概不會跟你說。」

「那是什麼？可以告訴我嗎？」我心急想知道。

「她找我談了兩次，說自己心裡很憋扭。」鄒護長說。

「那是為了什麼事？」

「她說很愛你，把你當作是最值得依戀的人，她又說，你只是把她當作一名高中女學生來看待。她還真心說，跟你認識

一年多，多次見過你媽媽，探訪過你兒時舊居，不止一次向你表露心意，可是你一直不明白，從來沒有與她握握手，甚至連拍拍肩膀也沒有。最近一次，她對我說，你心上只有李教授，並不喜歡自己，說著說著便流起淚來。」

「哎喲！她為什麼這樣說啊！我關心李教授是一回事，我和她的關係是另外一回事，怎能混淆起來！」我變得稀裡糊塗。

「她有這種想法，我估計有一個重要原因。」鄒護長眉頭輕輕蹙起來。

「那是什麼原因？」

「這個所謂原因我可以告訴你，但你一定不可當真，也不要追究是誰說的，你聽後必須心平氣和。他們那些人啊，就是舌頭長，亂七八糟的話也說得出來。」

「他們到底說了什麼？」

「他們說你是『相公戀』。」鄒護長很不情願說出來。

「什麼『相公戀』？」我有點驚訝。

鄒護長是北京人，她說相公本來是丞相的稱呼，後來又泛指官員或有學問的人，民間也有妻子尊稱丈夫為相公的習俗。上一代北京人都知道，北京話中，相公兩字發音類似「像姑」，那是像姑娘的意思，於是，相公也成為一些男子長得皮光肉嫩，相貌像姑娘的代名詞。相公戀就是指男子與男子同性相戀。

相公戀風氣在清兵入關之後流行起來。事因滿清主政之後，厲行禁娼，把北京城內所有花街柳巷統統趕至城門外大柵欄去，當中有八條胡同逐漸成為戲樓、茶園、酒家、飯莊、青樓、妓寨麇集之地。

按大清律例，禁娼中並無明文規定禁止男妓，所以狎男風氣漸漸在法律縫隙中滋生起來。再加上，那時候京劇尚未興起，所有戲曲都由各地戲班長途跋涉入京演唱。在男尊女卑年代，女子不容易出門遠行，戲班中的女角都由清秀俊美男子代替，所以在八大胡同中滿佈簇簇胭脂的男扮女裝人物，令至狎玩男妓歪風邪氣越發不可收拾。八大胡同也俗稱「相公胡同」，那就是當年男子同性戀者聚集場所。

「我很了解你，你不是那種人，只不過，你太過正人君子，難敵惡言中傷。章醫生這樣愛你的時候，那些人卻到處宣揚你跟李教授相好的緋聞，還有聲有色描繪你們兩個大男人一起脫光光在骨科浴室嘻嘻哈哈洗澡情景。你說，章醫生聽到之後難道不會傷心嗎？」

「她傷心到什麼程度？」

「我看這與『哀莫大於心死』差不多了。她對我邊說邊哭，十分沮喪。現在，你趕快向她解釋吧！趁她還沒完全死心，把她追回來啊！」鄒護長此時比我更加焦急，甚至急得直跺腳。

可是，來不及了！婉玲已經乘坐輪船，逆流而上，到重慶開會去。

婉玲的誤解和離去，令我懊悔莫及。在多重情緒困擾下，我鼓足勇氣向建華坦白承認自己在麻醉期間向他問話，探聽他的隱私，懇求原諒。

建華聽後笑著拍我的肩膀說：「你不說起來，我還來不及稱讚你，你的麻醉功力特別好，推拿時不但沒有痛感，而且思想也不迷糊。當時，你問我的話至今還記得一清二楚，而且我所說的話，句句是真心，決不是什麼不可告人秘密。」

「果真是這樣嗎？」我知道建華在安慰我。

「真的！我和你之間從小到大，所有說話，對天、對地、對人都是光明正大。」

我把做錯的事向建華坦白出來，心情頓時輕鬆許多。

婉玲到重慶後給我來信，報導她的麻醉論文很受重視，評價很高，還感謝我對她的幫助和論文修改。她在會議之後，立即被成都軍區醫院借調工作半年。

這段時間我和她遠隔千里，只靠書信來往，我誠懇向她解釋我們之間產生的誤會，向她道歉，她的怨恨情緒也慢慢平伏下來。我們信中除了談業務之外，有更多風花雪月的感情抒發。有時她問我，重慶下班時間，上海天黑了沒有？我也回問她，上海雪花飄時，重慶下雪深嗎？

第三十四章 到廣南去

雨過天晴後，婉玲返回上海，我立即向她求婚，她滿心歡喜答應。最先知道喜訊是鄒護長，她衷心祝賀我們有情人終成眷屬！

這時候，大家又欣聞樊能三和霍美蘭醫生熱戀起來，他們的結合更令人喜出望外。能三才學與美蘭不相上下，但性格方面大相逕庭。能三表達意見是五雷轟頂，而美蘭是和風細雨，兩者似是水火不容，其實是彼此尊重，他們最大共同點在於對病者和弱者的關心與愛護。

我和婉玲，能三和美蘭約定共同舉行婚禮，一起到淮海路「禮士」照相館拍攝婚照留念。能三穿大襟西裝配美蘭的錦緞薄紗長裙，我穿呢質中山裝配婉玲絲綢旗袍，加上她親手縫製的蘇繡馬甲，兩對新人穿戴各顯特色，中西共融。

趙院長為我們證婚，引領我們宣讀結婚誓詞，其中最後一句最為響亮，「……為人民健康服務鞠躬盡瘁，永結同心」，令我們倍感鼓舞。

不久，建國十周年慶祝日子到了，舉國歡騰。此時中國高等教育迅猛發展，有如雨後春筍，節節上升。十年來，大學院校增加兩至三倍，在校大學生人數從解放初的十一萬猛增至一百五十多萬。

深秋的一天，學院黨委劉書記宣布，博愛醫院選派建華、能三、美蘭、婉玲和我等一行二十五人，包括醫生、護士長、工程師、技術員和行政人員到廣東去，支援一間新型醫學院建校。

　　這間名為「廣南醫學院」落座廣州南方，一九五八年開始招生。該院酈院長籌建學校時，提出建立一間以中國文化為根基的西醫學院要靠兩只翅膀飛躍，一只翅膀是醫療要為廣大工農民眾服務，另一翅膀是要把醫療服務與醫療生產力發展結合起來。這「兩只翅膀」方針與當時國家建設社會主義總路線要靠「兩條腿」（即工業與農業）走路策略相適應，引起高教部和廣東省政府特別重視，立即圈劃出大片土地和調撥資金，責成廣東省設計院和建工局開建校舍、附屬醫院、工廠和農場，以及從全國各地醫學院校抽調有關專業幹部前往支援。

　　兩年前，建華從美國回來時曾向學院建議需要開設兩個跨學科的新學系，一個是「電機工程醫學」，另一個是「生物工程醫學」，這樣才能把中國醫學迅速發展起來。劉書記和趙院長聽後，立即把建華的建議書呈上高教部。這次高教部調撥博愛一批精英支援廣南建校，可能也是為了開辦這兩個新型學系打下試點基礎。

　　博愛醫院像是把半棵大樹連枝帶葉移植到廣南去，這不得不歸功於黨委劉書記大力支持。他高瞻遠矚，把廣南成功，看成是國家的希望。另外，劉書記和兩位廣南領導人葛書記和酈院長是親密戰友，他們在殘酷戰爭中曾經許下生死諾言，假如

沒有犧牲的話，勝利後一定共同努力把中國建設成為一個強盛國家。

我們接到支援廣南任務後，立即收拾行裝，兩周後出發。

我們乘坐滬廣快車一路向南奔馳，在漫長的三十六小時旅程中，離鄉別井的憂思與及下放外地的愁情總是揮之不去。

廣州雖大，但比起上海來說，其規模和繁華程度都有明顯落差，兩地生活習慣和方言顯著不同，這也是一個不可小覷的挑戰。在百無聊賴中，不知誰說起了蘇東坡因才志出眾被貶廣東的陳年舊事，似是讓人共鳴，感同身受。

我也想起留在上海的母親。她說我們去廣南是當「開荒牛」，因而不願跟隨而來，怕增加我們負累，只希望我們可以輕裝前進，好好埋頭苦幹幾年。

在沉悶的臥鋪車廂裡，能三爆出一句：「我們去幹什麼的？我們個個都將會發生核裂變！」這驚人的原子爆炸把我們都嚇醒了。

他笑瞇瞇解釋說：「一個原子被中子撞擊之後產生出兩個中子，這兩個新中子加上原來的中子又分別撞擊其他原子，不斷幾何級數撞擊下去，從而產生巨大能量。我們這支隊伍是什麼人呢？我認為，我們是在博愛激發出來的中子隊伍，將來一定在廣南不斷撞擊，不斷爆發出巨大能量，為新的醫學院發光發熱！」

能三用核裂變原理淺白比喻國家在醫療和教育的飛躍發展，令我們頓時受到鼓舞，興高采烈議論起來。

到達寬闊的廣南校園時，看見校道兩旁綠草如茵，池澤連連，鳥語、蟲鳴和校園鐘聲遠遠傳來，讓我們感到賞心悅目。坦白說來，我們這一群住慣上海高樓大廈的大都市人，此情此景真有悠然自得，寵辱皆忘的感受。

我們受到廣南的熱情接待真正體會到什麼是受寵若驚。在下榻時，看見本地原有領導幹部，包括鄺院長和葛書記，統統住在簡陋平房裡，卻把我們安排在嶄新的教授樓和講師樓建築裡住宿，內中設施和家居佈置一一齊備，其安靜、舒適和明亮環境讓每位入住者深深感到受之有愧。

我們很快融合在廣南教職員工裡，發現校園的湖光水色並非僅僅為了營造一個優美學習環境，而是南泥灣大生產精神正在這裡繼續發揚。

廣南最初開墾者們把校園土壤挖掘出來，和成泥漿，模成長方塊，放進自製磚窯裡，燒結成磚，建造出一幢幢學生宿舍、禮堂和食堂等。此法不僅是因地制宜，還可一舉多得，挖出的泥土成為價廉物美的建築材料，掘開的坑坑窪窪亦修築成為大小各類池塘，用以養魚、養鴨、種蓮和灌溉，水澤之間的田野開闢成菜圃，栽種蔬菜和水果，既能讓學生參加課餘勞動，又可改善飯堂伙食。

在藍天白雲之下遠遠望去，綠蔭叢中的校舍倒影湖面上，天水一色，泛出一幅生氣蓬勃的景象，不禁令人想像當年建造者們的自力更生氣概和開拓洪荒所付出的無窮力量。

廣南亦受到國家有力支援，新建的醫院大樓業已落成，宏偉而美觀，內中各項設施既先進又齊備。我和建華都在美、蘇兩國大醫院工作過，比較起來，單從建築設計和佈局來說，廣南附屬醫院已經追上國際水平。酈院長實事求是地說，光有外表是不夠的，他期望我們盡快把醫院技術力量充實起來，擠身我國先進醫學院校前列。

隨後，我們也參觀廣南校外建設。方圓三百公里之內，星羅棋布建立多個教學基地。每基地都在縣醫院或地區醫院附近，設有教室、會議室、圖書館、學生宿舍和教職員工宿舍等。學生在這裡可以接觸更多鄉村疾病，有利教學實踐和服務工農，而當地醫院的醫療水平也得到飛躍提升。這時，我們更加相信廣南的「兩只翅膀」方略正在有條不紊地進行，醫學教育的大樹已經深深植根於工農民眾之中。

第三十五章 綠林好漢

廣南面向基層同時，十分重視先進醫療技術發展和研究，建立起心臟疾病研究組和心血管動物實驗室。

建華帶領一批年青外科醫生從動物血管吻合手術訓練開始，逐步提高臨床手術操作與及術前術後處理。有了一批訓練有素的心血管外科團隊後，廣南從簡單心臟二尖瓣狹窄分離術迅速進展至低溫麻醉直視心房間隔缺修補術。

我們離開上海時，曾向上海醫療器械廠訂購兩部上海人工心肺機，一直等到一九六四年才有產品運到廣州。建華抓緊時機，應用這些新機器做動物實驗，反覆調校血液抗凝、稀釋液和心肌保護液配製，機器氧合功能測定，為開展體外循環心臟直視手術作好準備。

建華在廣南表現十分出息，不久提升為外科主任兼心研組組長。

時間一下子到了一九六六年初夏，在廣南畢業生中，出現兩名出類拔萃的醫生，他們完成三年普通外科訓練後，有志選擇心臟外科作為專業。在心研組的「伯樂選秀」評審上，他們兩人成為二中取一的競爭對手。

其中之一的鄭志杰對李建華教授特別崇拜，特別對他的手術技巧佩服得五體投地，甚至對他一舉一動行為也模仿起來，

並且暗暗下定決心，以李教授為榜樣，自己一定會成為青出於藍而勝於藍的心臟外科醫生。

鄭志杰本人十分突出，五年醫科學習成績全部優秀，名列前茅，也是連任四年的學生會會長，在三年普通外科住院醫生訓練中，年年得到好評。所以，大家都認為他十拿九穩受到李教授賞識，一定會被吸納到心外科團隊去。

另一名何永成醫生也很優秀，他大學期間雖然沒有滿堂紅成績表，但有很突出的課外創作能力和外科手術技巧。

何永成在大學一年級學習醫用物理學後，自行創製一部電脈沖人體按摩儀，還登載在校刊上；在學習外科總論時，看見部份同學對外科洗手消毒有酒精皮膚過敏反應，於是他在藥劑師協助下，採用盧戈液（Lugal's，一種只含碘和鉀的治療甲狀腺口服藥），調校濃度，製成一種不含酒精的稀碘皮膚消毒劑，令那些有酒精過敏同學可以應用，而且有效；在第二年外科住院醫生訓練時，他模仿釘書機工作原理，發明一部外科手術皮膚縫合機，代替一針一線的皮膚縫合法，雖然未發展成為產品，但受到許多外科醫生好評。

「伯樂」小組認為，鄭、何兩人學業各有突出之處，但思想品德上，沒有分數高低標準，評估不易一目了然，正好他們各有一個相似的抗疫英雄故事，可以從中比較。

這故事發生在一次下鄉對狂犬病抗疫治療中。兩人都在屏山縣工作，也一同受到當地縣政府評選為抗疫積極份子。

那年夏天，屏山有狂犬病流行。這是一種由狂犬病毒經由貓、狗、豬、羊等動物侵犯人體破損皮膚粘膜引起的急性傳染病。病人發作時出現肌肉抽搐、麻痹、腦性高熱、精神錯亂，最後心肺功能衰竭死亡。

病者症狀常有面部肌肉痙攣，造成吞嚥困難，表現飢渴。他們會掙扎求水，一旦找到一碗水，卻又不能喝下，只能拼命運用尚未麻痹肌肉幫助吮啜，因而面部表情怪異，像是對水的驚恐。所以狂犬病也稱為「恐水症」，其實病人是渴求飲水的。

他們到達屏山後，每三、四人為一組，分到不同鄉村，鄭去的是中間村，何去的是連塘村，所以故事內容不一樣。

鄭志杰在中間村除了負責注射疫苗之外，也協助把狗貓集中隔離開來，防止病毒擴散。這時，該村已有多人因狂犬病死亡，左鄰右里惶恐之極。

中間村是離縣城不遠的一個大村。在疫情流行時來了一名江湖醫生，說手上有一祖傳秘方，可以藥到病除，但叫賣的藥粉索價甚高。有一戶病家，傾囊盡出，才可買下幾劑，服後果然症狀改善。此時，村民紛紛相信他的藥物有效，勒緊腰帶也要掏錢購買。

其中有一貧困病戶，東借西湊，也籌不足藥錢，但那江湖醫生說藥物來價昂貴，拒不贈藥。鄭志杰先是發動同學一起籌款，幫助這貧困病人買藥解救，可惜大家掏空口袋，湊合起來還是不夠數目。鄭志杰改勸那江湖醫生行善，減價出售，但他

拒不答應。鄭志杰看此人見死不救，十分惱火。他轉身帶來村中一群青少年，七手八腳把那江湖醫生綑綁樹幹上，然後，他以繩索套住一頭健康大狗，灌以燒酒，噴灑辣椒水後令其狂性大發，牽至江湖醫生跟前，訛稱是瘋狗，令其講出秘方內容，否則將以「瘋狗」咬嚙。此時，江湖醫生為了自救，只好把藥方成份老實供出。鄭執筆記錄，迅速到藥店配了幾劑。原來這些藥物都是常用藥材，價錢都不貴，同學湊合的錢也足夠支付。窮困病者按照該方子服藥好轉，鄭才把綁在樹上的江湖醫生放了，並把記錄的秘方交給村中會計，油墨印刷，分發到各村莊去。這江湖秘方藥效也出神入化，該村死亡人數漸減，疫情也很快終結。

何永成去的是連塘村，他進村時看見十室九空，只聽到遠處陣陣哀嚎聲，有如萬戶蕭疏鬼唱歌。何永成與兩醫生一起前往打探哭聲來處，原來是一群村民圍著村邊水井嚎啕大哭，還有一種微弱嘶啞救命聲音從井裡傳出。何擠開人群，發現一中年男子半淹在井裡，不斷喊叫和掙扎，但爬不上來。

村民說，這人是瘋狗症發作，口渴厲害時柱枴杖往井邊打水，但是手腳不靈活，骨碌一聲跌落井裡，泡在水中已大半天。前來幫忙的村民曾用多種方法都不能把他救出井外。大家只好放棄，他家人也認為他橫豎都要死，就讓他死在井裡算了。

在此情此景之下，何永成內心十分矛盾。眼見家人和村民們都放棄，但他對下鄉撲滅疫情，挽救生命的誓詞言猶在耳，加上他面對病者絕望呼聲極不忍心，於是，他不顧一切，決心下井救人，讓病者死也要死得其所，當醫生的不能見死不救。

「醫官小心啊！他的指甲很尖很長，會抓傷你的手腳傳染給你的，你染上病也得要死啊！」幾個村民都極力勸說，這裡的人尊稱醫生為醫官。

圍在井邊的人個個苦口婆心勸說何永成不要下井，還說他們曾用竹竿、麻繩和吊桶放下去，他只會亂抓一通，但根本沒有氣力牽住，而且，他們嘗試吊下一碗稀飯，讓他不至挨餓，也被他一手拍走，統統掉進水中。家人也哭著說，「就讓他餓死凍死在井裡吧，不要連累醫官啊！」

何永成不聽勸阻，只顧迅速行動，馬上解開行李背包，拿出一套長袖衫褲，雙重穿在身上，把醫用膠手套雙重戴上，用紗布繃帶纏緊上衣袖口，也把小腿褲腳處緊密包繞，讓身體皮膚不至外露。同行的徐興華解下自己褲腰上的寬厚軍用皮帶，用於扣緊病人雙腋之下，容易把病人牽引上來。

這時村民們也感動了，紛紛出手幫忙。他們把病人家中床板搬來，當作擔架，也把乾毛巾和乾淨衣物帶來，在井旁架起柴堆，生火給出水病人取暖。

於是，何永成雙手扶持竹竿，滑下井去，把病者抱住，把寬厚皮帶扣緊病人胸前。村民們合力拉緊繩索，安全把病人吊出井外。

何永成爬出井後，立即替病者剪除濕透衣服，擦乾身體，換上乾淨衣物，蓋上被子保暖，安全送返家中。

因為病者浸在井裡太久，體溫一直不升，當地衛生院也派來護士給他敷上多個暖水袋保溫，床邊燒起炭爐取暖，開通靜脈點滴，補充液體和營養，注射免疫球蛋白和抗生素等。可惜病人因體溫過低，合併肺炎，在救出井外三天後死亡。

「伯樂」小組對鄭、何兩人抗疫救人故事評價很高，認為鄭志杰足智多謀，對挽救病人和控制疫情作出貢獻，在行動中也表現出領袖才幹；而何永成捨身救人行為十分可嘉，表現出醫者對病人的關愛與及崇高的人道主義精神。他們都認為兩名都是難能可貴的優秀人才，建議讓他們兩人一同進入心臟外科專業，最後交由李教授決定。

李教授聽完「伯樂」匯集的意見後，慎重考慮一下，最後只收取了何永平。他理由是鄭志杰把人捆綁樹上，靠暴力奪取知識不應成為榜樣。他還提醒大家，我們要培養的是白求恩式的「白衣戰士」，而不是打家劫舍的「綠林好漢」。

鄭志杰原先滿以為自己一定可以進入心臟外科專業去，現今卻被剔除在外，挫折甚大。

消息傳開來，一些人平時一直不滿鄭志杰處處表現個人英雄主義，當面譏笑他為「綠林」，這更讓鄭志杰感到被當眾打臉，羞辱之極。從此，他對李教授的高度崇拜驟然變得恨之入骨。

第三十六章 心中有慈悲

不久，文化大革命爆發，鄭志杰在打倒一切反動學術權威號召下，衝鋒陷陣，帶頭抄了李教授的家，把李教授收藏的圖畫、相片和其他藝術品放火燒得一乾二淨，卻把所有中外文醫學書籍、筆記統統搬回自己家中去。

他與紅衛兵們振臂高呼：「革命就是暴力！我們把壟斷的知識重新奪回來！我們勝利了！」

鄭志杰很快當上廣南造反派頭頭，大肆批鬥走資派的學院酈院長和反動學術權威李建華和樊能三等人，給他們戴上尖頂高帽，胸前掛上黑牌，遊街示眾。遊街之前，鄭志杰拿起墨筆往李建華臉上塗黑，李不允，鄭伸手狠狠抽了他兩記耳光。

我雖然不能阻擋如此瘋狂的「打、砸、搶」暴力狂潮，只可以微薄之力，在遊街隊伍中跟隨被鬥「牛鬼蛇神」身後，不時為他們抵擋飛來的棍棒或拳頭。

一場巨大暴風驟雨過後，那些走資派和反動學術權威都被鬥得七零八落，關進「牛棚」，學習毛著，寫認罪書。唯一例外的是葛書記，紅衛兵敬畏他曾經跟隨毛主席長征的威望，只是罷了他的官，再不敢拿他怎麼樣。葛書記心中明白這些孩子受人唆使，翻不起什麼大風大浪，只是唸起毛主席詩句：「不管風吹浪打，勝似閑庭信步」，拿起漁竿到岸邊釣魚去。

在「牛棚」裡，能三是一個最能忍受屈辱和痛苦的人。紅衛兵打他左背一拳，他笑著回應說，這拳打得好，打完之後左背痛老毛病反而沒有了，要求紅衛兵給他右背再打一拳，好讓他右背老毛病也一併治好。那紅衛兵聽後氣極了，掄起拳頭，掀起能三的厚衣服，準備再重擊右背一拳，這時他看見能三左背上的拳印已經紅腫一大塊，再瞧瞧能三眼睛已經蒙上一層薄淚，終於放下拳頭，大喝一聲：「快給我滾開！」

能三在「牛棚」裡表現不錯，看守的紅衛兵小頭目給他開恩說：「上級說，之前給你剃的陰陽頭（文革中紅衛兵流行給牛鬼蛇神份子半邊頭髮剃光）懲罰可以取消，現在可以剪一個普通人頭髮。」說罷，還掏出兩角錢給能三理髮。

能三拿著兩張一角錢紙幣走進附近一家理髮店時，看見理髮師傅抓緊一個小童衣領不放，呵斥剪髮後不付錢，小童辯說是回家拿錢，並無存心欺騙，哇哇大哭起來。

能三見那師傅不肯放手，便問，「這小孩欠多少錢？」

「他欠我一角。我這裡明碼實價，理一個大人頭兩角，小童一角。」師傅答。

「放他回家吧！我給他繳這個錢。」能三從口袋掏出一角，師傅收下錢才把小孩放走。

輪到能三理髮時，師傅問剪一個什麼模樣，能三說，「只把頭髮長的那半邊剃光，短的半邊不用剃。」

師傅心知肚明這客人一定是「牛鬼蛇神」，被紅衛兵剃了「陰陽頭」，不容多說，很快便把半邊長頭髮削光了。他摸著客人半邊光溜溜的頭，覺得世事變得如此滑稽，差點爆出笑聲。

收費時，能三只付他一角錢理髮費，師傅馬上瞪眼說：「還欠一角！」

能三指著價目牌說，「上面明明寫著成人理髮全頭兩角，我只理了半個頭，付費一角應該是合理吧！」

這話頓時把師傅氣炸了！

能三向師傅解釋說：「自己並不想鑽空子，本來口袋中有兩角錢是拿來理髮的，我付了小孩的理髮錢，自己僅剩一角，所以只能如此了，不然我難向管牛棚的紅衛兵交待。」

師傅聽到這份上，氣也消了，只好讓能三返回牛棚去。正在這時候，那名小孩拿著一角鈔票快步進來，繳回欠賬。師傅立即寬容起來，連忙把能三追回來，坐上理髮椅，把他另一邊頭也一併剃光，不再受那「陰陽頭」的窩囊氣。

文革運動迅猛發展，紅衛兵中出現派別鬥爭，並演變成武鬥，槍枝彈藥倉庫被搶劫，情勢大亂。

一九六九年工宣隊和軍宣隊開始進駐廣南學院和附屬醫院，與原本黨委會三位一體，組成革命委員會，重建文革新秩序。「抓革命，促生產」成了當年的政治口號。

工宣隊成員都是從工廠選拔出來的優秀工人，有思想，能實幹，又接近群眾，很受員工們歡迎。

其中有名副隊長叫梁志榮，面孔黑中帶紅，濃眉大眼，胳膊粗壯，穿上藍斜布連身工作服，胸前佩戴紅色毛主席像章，威風凜凜的外貌令人敬佩。許多人說他的外表像海報上工人形象一樣英俊。

梁副隊長不但有儀表，又是踏踏實實深入群眾中一員。誰也料想不到，他第一天往醫院工作，上午開了半天會，下午立即走進醫院太平間（殮房）去。

太平間是醫院的陰暗角落，許多人不願進那地方，只有病理醫生除外，因為他們要研究死者的病因，尋找治病方法。梁副隊長可能並不知道病理醫生工作的偉大，他只知醫院工作出了問題，也許能從別人忽視角落裡找到答案。

梁隊副輕敲太平間門，馬上聽到回應：「誰啊？」

開門的是太平間主管老周，綽號周司令。病房若有人病逝，大家只說「找周司令」去了，避開一個「死」字，免去一些傷心。

老周知道是工宣隊前來了解工作，感到受人重視，立即自豪起來。他領著梁隊副參觀停屍間、解剖臺、紫外線消毒燈和其他消毒防腐設施。

梁隊副環顧四周，料想不到這地方一塵不染，清潔整齊，心中不禁稱讚，只是消毒藥水氣味刺鼻，有點不太好受。他好奇問起來：「為什麼停屍間分隔成兩部份？是否一邊是男的，另一邊是女的？」

　　「噢！人死了還分什麼男女啊！左邊一間有冷凍，屍體保管好一些，右邊一間就沒有了。」

　　「啊！屍體也有等級？」梁隊副又是不明白了。

　　「哈哈！你這位工人階級老大哥啊！我們這裡再沒有什麼階級，只有第一、第二之分。第一間有冷氣，用低溫防腐，方便病理醫生和法醫官檢查，驗出的結果才會準確，而第二間沒有冷氣，可以停放兩三天，再長些時間才加用福爾馬林藥水防腐。」

　　「哦！我明白。我是化工廠工人，我們廠也有冷氣車間，那是為高級精密工作才裝上空調設備。這種安裝很花錢，所以，不是每個車間都有。我們稱有冷氣的為高級車間。」

　　「嗨！我們這裡安裝不花錢，這是『牛鬼』搞出來的新花樣。原本第一間也是沒有冷凍的，這『牛鬼』真有本事，他看到醫院藥廠被紅衛兵砸了，製藥的冷氣機扔在露天日曬雨淋，他用手推車把那些破機器一車車推回來，修理好損壞部份，安裝在這兒，所以才搞出這個冷凍停屍間來。」

　　「你說的『牛鬼』是這裡員工嗎？」梁隊副問。

「他不是，要是他真是這裡員工那該多好！」老周樂起來，邀請梁隊副到他辦公室去。

這辦公室在太平間一角，地方雖小，但擺佈整齊，辦公桌上有電話，各種登記本子，也有用鐵皮書夾撐著四卷《毛澤東選集》豎放在暖水瓶一旁。靠牆擺一張單人床，枕頭床單潔白乾淨，是值班休息用的。牆壁上掛滿一排排毛澤東像章，陽光透過窗戶射進來，顯得熠熠生輝。

「你看，這些毛主席像章好看吧！這都是『牛鬼』掛上去的。」老周說。

「這『牛鬼』到底是誰啊？」

「他啊，本來是個大醫生，屬於牛鬼蛇神之類，下放這裡勞動改造。我們太平間員工有額外生活補貼，大米、豬肉，還有什麼白糖票都比別人多，那是醫院對我們特別照顧，所以我有優越感。『牛鬼』他嘛，一點補貼都沒有，工資還得扣減一大半。我看他是逆來順受。」

「要改造思想嘛，那需要一段時間。但是，你為什麼叫他『牛鬼』？」梁隊副問。

「我故意這樣叫他的，試探他是不是真的逆來順受。我第一次叫他，他不理睬。我想這稱呼誰都會反感，但我偏偏這樣叫他，挺順口的。我多叫幾次，他卻接受了，還用笑容來回應，他真是一個奇人。」老周說得爽趣。

「他真名叫什麼？」梁隊副問明白之後，才知道「牛鬼」就是李建華，他要訪問的牛鬼蛇神名單上就是這個人。

「這『牛鬼』改造得怎樣？」梁隊副覺得老周並不存心醜化李建華，也跟隨這樣稱呼，繼續打聽。

老周笑嘻嘻撩起白床單，原來床下擺滿一箱箱維他酊，他拿出一瓶，倒出半杯，請梁隊副先乾了再說。

「來！乾杯！這是喝了讓人身體強壯的多種維他命。我不請你抽煙了，『牛鬼』說抽煙對健康不好，我聽他的話，把煙戒了。」

梁隊副只好客隨主便，拿起杯子先乾，挺甜美的，還有一點酒香，稱讚說：「這維他酊好喝！我乾了，那麼請你講講『牛鬼』故事吧！」

「好啊！『牛鬼』故事可多著哩！你想先聽毛主席像章故事，還是先聽維他酊故事？」老周把整瓶維他酊倒轉，張嘴吸住瓶口咕咚咕咚往肚裡灌。

「先說毛主席像章故事吧！」

原來，這些像章都是太平間死者家屬送的。

最先開始送像章的人是一名四川死者家屬陳科長。死者陳大媽前來廣州探望女兒，不幸心臟病發，客死異鄉。他兒子陳科長日夜兼程趕到時，他媽已死去兩天。他看見母親死後面目全非，不由得心如刀割，自責不孝，長跪停屍台下嚎哭不起。

這時，文革「破四舊、立四新」餘波未了，一切婚葬儀式從簡從略。死者通常搬出太平間後馬上下葬，連追悼會也不搞了，大哭一場就是生死兩茫茫告別儀式。

「牛鬼」見陳科長如此慟哭只能好言相勸，但陳科長只是拼命搖頭，揮淚如雨，哭聲也愈來愈響。哭著，哭著，他突然兩眼上翻，四肢抽搐，隨即暈倒地上，像要死去的樣子。

這時，他家屬驚恐萬分，狂喊：「中了死人風啦！」所有家人霎時亂作一團，繼而同聲大哭。哭聲、叫救命聲混集起來，震耳欲聾。

「牛鬼」見如此亂狀，馬上拿來一塊半濕毛巾，摀住倒在地上的陳科長面孔，不讓他大呼大吸，也順勢替他揩淨臉上淚水和鼻涕。「牛鬼」這一招「濕毛巾摀臉」動作可神奇了，片刻之間，似是死去的陳科長已經清醒過來，手腳也不抽筋了。

「牛鬼」說陳科長不是中死人風，而是「急性呼吸鹼中毒」。他解釋，因為人在大哭大叫時，過度深呼吸，把身體碳酸氣（二氧化碳）大量呼出，體內酸質少了，鹼質增多，血中酸鹼平衡失調，引起鹼中毒，出現頭痛、昏倒和抽筋等症狀。

大家聽到中死人風有如此醫學道理，也有如此簡易神奇急救方法，紛紛感謝「牛鬼」大恩大德。

此時，回過氣來的陳科長知曉「牛鬼」是好人，於是拿出一套嶄新軍服，央求「牛鬼」幫忙替他媽穿上這套軍裝，說他媽是老革命軍人，只想讓她光榮下葬。

「牛鬼」看陳科長哭腫了的雙眼還是不斷落淚，當然答應。他清場後，與老周一起把陳大媽軍裝穿好。

待陳家一眾親屬再次進入太平間時，見陳大媽已經衣履整齊安祥躺在棺木裡，她的頭髮已經梳理好，本來臘黃的面孔穿上軍裝後露出光彩，五角紅星軍帽持在手上顯出莊端與從容，家屬們無不感到安慰。

為了感謝「牛鬼」對大媽的服務，家屬們紛紛從口袋掏出十元八塊鈔票作為報酬，「牛鬼」卻一角子也不肯收，說這是對死者的敬意，也是對軍人家屬義不容辭幫助。於是，他們才把自己別在胸前毛主席像章紛紛摘下來，送給「牛鬼」做紀念。

「這事值得讚揚。這牆上那麼多毛主席像章都是這樣得來的嗎？」梁隊副問。

「是啊，這些都是獎品。現在是文革期間，一切從簡，但誰都不願意自己親人草草下葬，於是我們在『牛鬼』帶領下，幫助死者穿上乾淨整齊衣服和鞋襪，體體面面下葬。這是份外工作，我們都不收錢，也不收任何禮物，家屬們只好送毛主席紀念章了，所以積累這麼多。當然，『牛鬼』獲得紀念章最多。你也要明白，『牛鬼』說自己屬於黑五類，佩戴身上有損毛主席威望，所以他主張掛在這裡。」

這時，老周拉開辦公桌抽屜，裡面全是顏料，畫筆和其他美術工具，繼續說：「有些家屬也很窮，死者一生從來沒有照過相，於是『牛鬼』也用這些顏色替家屬畫出死者遺像，以作

紀念。『牛鬼』依著死者面容描繪，只用抽一枝煙時間便畫好，還把遺像鑲在自製木框裡送給家屬。家屬們都感激到不得了。」

「聽你這樣說，我對『牛鬼』了解多一些，這很好。但是，他的工作態度怎樣？我不是問他的外科醫生工作怎樣，而是想知道他在太平間裡搬運屍體工作表現如何？」梁隊副問，拿起筆在小本子上記錄。

「我的年紀比『牛鬼』大，我在太平間工作經驗也比他長，但有很多東西倒是我向他學習的。他說，對死要敬，而不是畏，這是他教我做人的道理。」

「你是怎樣體會他說的敬和畏？」

「這就不得不說我自己慚愧的地方啦！之前，我對死者的尊敬沒有『牛鬼』那種程度，以為死了的人沒有痛楚，也不會反抗，可以像麻袋一樣扔來扔去。我對死者如此不敬，其實我內心是有悔意的，比方說，我一定不會用這種粗暴方法對待自己死去的父母。有時，我也原諒自己這種行為只不過是貪方便，圖省力，得過且過吧！但積累起來的悔意便在心裡栽下禍根。這種禍根是會發芽的啊！」

「發出什麼芽？」

「那就是畏罪啊！它慢慢滲透我身體各處，直接影響我的工作態度和表現。自然而然地，我對死者家屬起了戒心，害怕自己不敬行為被他們看見，心裡總是誠惶誠恐。於是，我感到有必須對家屬保持疏離，盡力擺出一副冰冷面孔才能保護自

己。一旦遇上他們有投訴，立刻要進行抵抗，懟他們回去。這是多麼不好啊！自從我學了『牛鬼』說的尊敬和無畏，我逐漸改變了自己。現在我已改過來了，不再像麻袋那樣把遺體胡亂堆放，而是小心翼翼，不再多損傷死者一根毫毛，只讓他們安安靜靜地長眠。這樣，我愈是對死者的敬重，也愈自覺對死者問心無愧，也愈來愈受到家屬的好評。我在太平間工作也大半輩子了，最近遇上了『牛鬼』，才慢慢明白一些敬畏和生死道理。」

「我很高興聽到你講的大學問！我知道本院職工對你有許多好評。我再問你，『牛鬼』來這裡接受思想改造，如果讓你去評分，六十分為合格，一百分是滿分，你會給他多少分？」

「用牆上的毛主席像章數目來評分吧，一個像章為一分，有多少個就有多少分吧！我想，數目遠超一百了。哈哈！」老周笑起來。

「如果用一句話去形容『牛鬼』這個人，你會怎樣說？」梁隊副問。

「他這個人啊，就用這五個字形容他吧——心中有慈悲！如果我說，『牛鬼』是學習毛澤東著作積極份子，那你一定不會接受。」老周說時，手指辦公桌上四卷排列整齊的《毛澤東選集》，「其實，心中有慈悲這五個字不是我說的，而是『牛鬼』學習『老三篇』後常常說起的，毛主席要紀念愚公、張思德和白求恩這三個已經不在世上的人，就是主席心中有慈悲！」

太平間電話響起，知道病房有人要找周司令，梁副隊長訪問不得不暫停。

梁副隊離開太平間，馬上到革委會檔案室去，查閱維他酊案件與李建華的牽連。

第三十七章 **血的教訓**

梁隊副在革委會負責專案審查，把前段文革中的冤、假、錯案逐一清理和平反。這工作量很大，牽涉面很廣，梁隊副常需廢寢忘餐全神貫注，乃至胃痛老毛病不時發作。

他認為胃痛是小毛病，吃一顆胃舒平便能藥到病除，可是，健康危機正在步步向他逼近。

工宣隊員們眼見梁隊副十分勞累，心有不忍，勸他多休息，但他沒聽進去。

「你還是借一借在醫院工作的東風，順便看看醫生吧！」工宣隊長朱天偉硬是給他掛了一個內科門診號。

掛號的輪候碼是三十六，不能馬上看醫生。梁隊副說自己等候一下便可，不讓朱隊長為他搞特殊化插隊先診。可是，輪到叫三十六號時，沒人答應，這個三十六不知什麼時候走了，他全不關心自己的病痛。

一天午餐後，梁隊副突然嘔吐，還吐出一大口鮮血來。

「啊！熬出大病了！」朱隊長吃驚起來，立即摟住他胳膊，快快送往急診室。

在診症中，梁隊副又接連吐血三次，急診醫生見情勢凶險，馬上把他送進外科病房。

那時，新提拔起來的年輕外科主任鄭志杰威望甚高，許多疑難問題經他處理，均能迎刃而解。急診室的值班人員都主動把消化道出血病人送往他手裡。

鄭志杰年紀輕輕，能夠獲得如此名望，自然有過一段不為人知的經歷。自從他帶頭抄了李建華的家，把搜來的醫學書籍和筆記佔為己有，不斷閱讀，企圖盡快增長自己學識，出人頭地。

可惜，他一登上外科主任職位，很快自覺無能為力，遇到許多病例診斷不出來，即使診斷出來也不知如何處理。下級醫生在手術臺上遇到難題時，作為科主任的他卻不能上臺當場解決。有人背後議論，「當主任行不行，手術臺上見功夫」表示瞧他不起。手術室護士也竊竊私語起來，「他啊！穿上龍袍也不像太子。」這些說話終究傳到他耳朵裡，讓他心裡極不好受。他也開始醒悟李建華批評他不能以暴力去奪取知識是對的。

受到冷嘲熱諷的鄭志杰開始改變態度，他要虛心向前輩學習，不恥下問，這樣做，除了提高技術本領之外，也是為自己的主任名份增光。

他利用權力，親手編排手術，他想要練好哪一類型的手術，便安排在該類型最有經驗的前輩帶領他學習，他不怕熬夜，隨同主治醫生參加第二線急診值班，訓練自己對緊急病情的處理。於是，他的外科技巧提高得很快，臨床能力日漸成熟。經過一段日子磨練，鄭志杰開始自滿起來，信心膨脹，在一片讚揚聲中，自覺已經進入巔峰狀態。

他不由得笑言晏晏，信誓旦旦，不必靠暴力去奪取，運用特權才是一條快速攀升的捷徑。

鄭主任壟斷手術的同時，完全忽略了剝奪其他醫生的實踐機會，引起眾人議論紛紛。的確，特權是很靈驗而十分有效的東西，誰對他不滿，誰就沒有好果子吃。他不斷打壓露出頭來的老二、老三時，更不忘繼續打壓被趕下臺的李建華。他一次又一次延長李建華在殮房搬運屍體，在供應室清洗消毒器械的工作，以此摧殘意志，荒廢本領，讓李建華的外科技巧封陳鏽蝕，再也沒有勇氣和能力做出高難度手術來。

此時，鄭志杰剛剛做完一臺膽囊癌切除手術，他獲知梁隊副病情後，顧不上吃午飯，水也不喝一口，馬上前往探望，表現出忘我工作態度，也滿足別人對他的讚揚。

吐血後的梁隊副此時面孔變得蒼白，但血壓、脈搏尚在正常範圍。鄭志杰不敢怠慢，馬上召來護士，快速開通靜脈輸液，準備胃管、三腔管等，並通知化驗室前來採集血液、檢查尿液和交叉配血，並安排床邊 X 光、心電圖和超聲波等檢查，敦促實驗室即時報告結果，半小時後召開內外科醫生緊急會診。

鄭志杰像指揮軍隊作戰一樣，手下醫護雷屬風行，有條不紊履行各自職責，在旁的朱隊長親眼看見新一代外科領導班子具有如此權威和才幹，心有安慰，暗自慶幸梁隊副一定能渡過危險關頭，早日康復。

在會診中，鄭主任綜合大家意見，診斷梁副隊長患的是十二指腸潰瘍合併上消化道大出血。

他宣告診斷依據有三點：第一，患者有潰瘍病史三年，服用抗酸藥物胃舒平後可緩解；第二，一年前胃腸鋇餐檢查發現十二指腸球部有潰瘍病灶，翻查出 X 光照片檔案顯示球部潰瘍面積直徑達一厘米，證據確鑿；第三，肝、膽、胰、脾各臟器檢查均屬正常，可以排除腸道癌症或肝硬化引起消化道出血。治療措施首先是禁止進食，輸血，輸液，嚴密觀察，如果繼續有大量出血，才緊急手術。

鄭主任向革委會和家屬告知診療意見後，趕緊吃完午飯，回到病房再度巡查梁隊副一次。

就在這時，剛好遇上梁隊副第三次大吐血，在旁護士連忙用彎盆盛載，足有大半盆之多。鄭主任估計累加之前失血量已逾二千五百毫升，有生命威脅危險，決定馬上緊急手術治療。

鄭主任親自披甲上陣，擔當手術主刀，施行胃大部份切除和胃十二指腸吻合術，手術過程順利。梁隊副在麻醉甦醒後，從容地向鄭主任和其他手術室醫護致謝，安全送返病房。

可是，術後不到五小時，值班護士緊急報告，梁隊副的引流胃管不斷有鮮血滴出，提示胃內有活動出血。

鄭主任聞訊趕至，發現胃管引流瓶中已裝有三百毫升血性液體，現象極不尋常。他緊急召喚化驗室再次血液檢查，發現梁隊副的血色素已迅速下降，但血小板數目不減，出血和凝血機制仍然正常。他指示增快輸血速度，維持血壓不要過高，也不要偏低，通知血庫準備更多同型血，以備不時之需。

問題是，梁隊副胃內出血從何而來？

時至午夜，鄭主任仍然召來幾名有經驗醫生一起商量，大家認為有三個可能出血位置：第一，是胃腸手術切口出血，或是手術時誤傷某處胃腸血管引起傷口出血；第二，是十二指腸殘端繼續出血；第三，是食管出血，常見於肝硬化，門靜脈高壓，引發食管靜脈破裂出血。

於是，他在會診之後果斷決定，不能拖延，徵詢陪伴病床旁邊的梁隊副妻子同意後，馬上把梁隊副送回手術室，剖腹探查出血原因。

手術由原路進入，重新打開腹腔，也打開胃腸吻合口，只見胃內除有積血之外，未見活動出血點，用紗布探查胃底方向亦印取不到有新鮮血痕，檢查十二指腸殘端和腹腔均沒有出血表現。

鄭主任再仔細探查肝臟，外觀正常，而脾臟亦沒有明顯增大，再檢查門靜脈壓力，結果亦在正常範圍，這又排除了門靜脈高壓引起食管出血的可能性。

這一次手術，均未發現之前估計的出血原因，鄭主任只好把腹部切口重新關閉。手術算是白白做了。

唯一令鄭主任稍感安心是自己在第一次手術中並無出錯，亦無誤傷，但是更大的不安令他心亂如麻：不知何時再度火山爆發！

已是凌晨三點了，鄭主任仍無睡意。他在外科值班房裡半躺半臥，深刻檢討：自己做錯了什麼？

在矇矓中，他腦子突然開了竅：為什麼自己被 X 光發現的十二指腸潰瘍病灶鎖死了診斷思路，而不去追蹤食道出血的可能性？例如，患者可能有食管癌症或者食管炎症引起出血？

鄭主任愈想愈覺得出血來自食道可能性最大。梁隊副吐血是昨天午飯進食椒鹽炸蝦後發生，那些油炸食物堅硬，很容易損傷食管。另外，十二指腸潰瘍常常與食管癌或食管炎症同時存在。他開始責備自己顧此失彼，一子錯滿盤皆落索。

鄭主任在床上輾轉反側，盼望梁隊副能平安渡過下半夜，計劃明晨再度舉行會診，提出給梁隊副做一個食管鏡檢查，直觀食管內有何病變，再作相應處理。知錯能改，為時未晚。

次日，革委會頭頭們和各科主任、副主任都來參加會診，大家對梁隊副幾小時內忍受兩次腹部手術感到痛惜和擔心。幸好，至目前為止，尚未有人對鄭主任的醫術失去信心。

會診中，鄭主任提出要為梁副隊長緊急施行食管鏡手術時，各人態度不免遲疑起來，少數人無可奈何同意。一名年輕工宣隊員小吳怨聲怨氣低聲說了一句，「不夠廿四小時要做三次手術，乾脆給老梁同志肚皮裝上一條拉鍊算了！」聽到這話的人都感到鬱鬱不樂。

朱隊長是梁隊副的親密工友，他擔心老梁身體承受不了如此接二連三手術打擊，不得不站立起來，提出反對。

他言詞簡潔：「關於給梁副隊長施行食管鏡手術的建議先等一等吧，暫緩一下，我打算先徵求他本人和家屬意見，然後也聽聽工宣隊員們意見，看看我們如何配合好醫療工作，盡一切努力把老梁同志治好。」

朱隊長心中有一張底牌，萬一鄭主任堅持要立刻做第三次手術的話，他會設法把老梁轉院到他們所屬的醫療單位「工人醫院」去，那裡醫療實力也十分雄厚，轉換不同醫院，可能有不同醫治方法。

會後，朱隊長急步前往特護病房探望梁隊副。

他看到梁隊副仍在睡中，只好對守護在旁滿懷愁緒的梁妻安慰一番：「不要過份擔心，我們一定會竭盡全力治好老梁同志！」

這話卻被剛剛醒來的梁隊副聽到，他唇乾嘴裂輕輕說出幾個字：「你說這個全力，也應包括挖掘潛力啊！」

「好！你說得好！別擔心！你現在要好好休息，我們一定會與醫生護士一起努力把你治好！」朱隊長緊緊握住梁隊副的手，然後再問一句：「你剛才說什麼挖掘潛力？」

「找李建華啊！」梁隊副知道自己每況愈下，帶著一絲希望眼光，有氣無力說：「他之前是這裡的外科教授，也是這裡的外科主任，他是一個很能幹的人，也許他有什麼好法子吧。」

「是啊！我怎麼沒有想到這個人！我這就去找他！」朱隊長猛然醒悟，立即詢問在旁護士長：「你可知道李建華現在哪兒？」

護士長看看胸前頸練掛錶說：「現在快十點了，現時他不在太平間的話，準是在供應室，大概一小時後他會來病房收集換藥器械，帶回供應室清洗消毒。你可以在醫生辦公室坐一會，喝杯水，他來時我可以帶他找你，要不，我馬上打電話叫李建華提前到這兒來。」

「謝謝了，不用打電話，我馬上去找他。」朱隊長現正時是緊急救人，趕快奔往供應室去。

這時的李建華正戴著護目鏡，用砂輪打磨外科剪刀，身上膠圍裙沾滿水滴。他一聽說朱隊長要他幫助搶救病人，二話不說，馬上解下圍裙，立即隨同朱隊長前往。

朱隊長以工宣隊和醫院革委會名義，再次緊急召開今天第二輪大會診。各科醫生都極度關心梁副隊長病情，個個馬上放下手頭工作，準時到會。大家料想不到，朱隊長居然把牛鬼蛇神李建華請來坐上席，各人面面相觀。

我坐在建華身旁，吩咐一名年青醫生找一件白大衣給建華穿上。可是坐在我另一旁的鄭主任卻厲聲對我說：「別抬舉他！」

我悠悠反駁：「穿白大衣算不上是抬舉吧！這是工宣隊長出面請李建華來會診，你不看僧面也要看佛面啊！等一會，他

要去病房看梁副隊長，醫生穿白大衣看病人是醫院規矩。」

鄭主任不作聲了，他心裡十分反感李建華到場，還要坐上席。

李建華聽完梁隊副病歷報告，到病房檢查病人完畢回來，全場變得鴉雀無聲，靜待他發言。

「現在還來得及！」李建華開頭就是這麼一句，令大家立即放心下來，但接下來的話卻令大家炸開了鍋，「梁副隊長先前被診斷為十二指腸潰瘍引起消化道出血是錯誤的，所以給他做的第一次手術是一個錯誤的手術，那麼第二次手術也是不應該做的，至於第三次食管鏡手術更加不必進行。」

鄭主任的診斷和治療被李建華一口全盤否定，這時，大家都「嗖」一下，齊齊轉身把目光投向鄭主任，他的臉色也「嚓」一下由紅變白，露出鄙夷不屑神色。這時，不少人會想，鄭主任一直以來把李建華鬥得遍地雞毛，李建華為何不乘此機會報仇雪恨！

李建華繼續說：「其實，梁副隊長的病徵早已經顯現出來，那時情況還未發展到吐血這麼嚴重，看不出來情有可原。但是，大吐血之後，我們當醫生的還是沒有察覺出來，這就是我們有偏差了。為什麼產生偏差呢？因為不少人受到宣傳海報或戲劇中工人形象影響，把梁副隊長的容貌理想化了，都說他有張飛的眼睛，有關雲長的紅臉，其實，在這些美好表象之下，隱伏著病態！」

「反對李建華含砂射影，向工宣隊進行人身攻擊！禁止李建華如此猖狂發言！」鄭主任忍耐不住，站立起來，高舉拳頭大喊大叫。

這時朱隊長按住激動不已的鄭主任，示意李建華可以繼續說下去。

「當然，我也認為梁副隊長是一個健碩美男子，他的頸脖子很粗，肩膀很寬闊，拳頭特別大，大家都說他有典型勞動人民形象，其實這些也是他的病態表現……」建華接著說。

李建華的話還未說完，鄭主任再次站立起來怒吼：「堅決反對李建華繼續污蔑我們工人階級！」

這時大家還不知道誰對誰錯，瞧鄭主任那副情緒失控面孔，反而願意聽聽李建華如何解釋下去。

李建華繼續說：「有人持反對意見，這不要緊，為了挽救病人生命，我們應該平心靜氣，好好討論。我剛才提醒大家，在醫學上，有些病徵可能以美態形式出現，如同我們教科書上熟知的全身性紅斑狼瘡病一樣，常見青年女性患者面部出現紅疹，像是搽上胭脂一樣的美麗，醫生常常受此蒙蔽，延誤了診斷。另外，我還要提醒大家，診斷錯誤之後，不要繼續錯誤治療下去，否則一錯再錯，延誤生命。一百七十年前，美國總統華盛頓就是因為錯誤診斷，跟隨接二連三的錯誤治療，錯失了挽救時機。」

「我們這裡討論的是搶救中國工人階級兄弟，不是你所崇拜的美國總統！」鄭主任又拍起桌子，大聲插話。

　　建華沒有理會他，繼續說：「華盛頓受涼後感冒，出現發熱、喉痛症狀。他家中一名工人為他做了一次家庭式『放血治療』。當時西方盛行這種療法，有如中國拔火罐治療那樣家喻戶曉，但華盛頓沒有好轉。兩天後，第一名大國手醫生來診，認為放血療法是對的，但放得不夠，於是給華盛頓正正規規放了一盤血，可惜仍未見效。不久，請來第二名醫生，他再次認為放血是對的，但放血量仍不夠，又放出第二盤血。此時，華盛頓病情變得更加沉重，咳嗽不止，加上呼吸喘促。很快，又請來第三名醫生，他同樣主張放血治療，而且說前面兩醫生放血量統統不夠徹底，必須再多放一些，又再放出第三盤血。華盛頓在一天之內，接連放血三次，總共放血量也令人吃驚。這時，他的呼吸越加困難，以至奄奄一息，就在當天晚上不幸與世長辭。經過事後檢討，華盛頓當時患的最可能是『急性會厭炎』。會厭就是在咽喉部位，感冒後容易引起發炎，導致發燒，喉痛，呼吸困難，喉頭水腫和窒息。雖然那時代還未發明抗生素，但只需做一個簡單氣管切開術，便可解除呼吸困難和窒息。那三名美國醫生只考慮華盛頓患的是心臟功能衰弱，一次又一次誤用放血療法，喪失搶救時機，這是一個深刻的教訓。回過頭來說我們梁副隊長的病情，我們先前對他的診斷是錯的，治療也是不當的，幸好為時未晚，我們現在仍然可以及時加以補救……」

工宣隊員小吳急不及待站起來插問：「華盛頓白白錯放了三盤血，賠上了性命，這是血的教訓。我們梁隊副也吐了三盤血，白白挨了兩刀，你對他的診斷是什麼？」

　　「其實，梁副隊長患的是一種少見的『上腔靜脈阻塞綜合症』，這種病是由於頭面部、上肢和胸部的靜脈血液循環受阻塞，不能回流心臟而形成。有人說他有『張飛眼』，這是因為他的眼球後部有靜脈充盈和水腫，把眼球突顯出來；有人說他有『關公臉』，這是因為他面部靜脈血液滯留，面色變得暗紅；同樣，也有人說他的頸粗、肩寬和拳頭大，都是因為他雙手、雙臂、頸項和上胸有血管充盈和水份積聚緣故。」

　　「謝謝李醫生的解釋，你說的醫學道理我明白。我是機械工人，懂得人體血管堵塞也和機械油管、水管堵塞一樣。我再想請教李醫生，梁副隊長為什麼會大量吐血？」小吳再問。

　　「吐血症狀同樣是由於上腔靜脈受阻的緣故。當阻塞位置較低時，也造成食管靜脈膨脹。梁副隊第一次吐血是在進食之後發生，那是由於進食吞嚥過快，食物較粗糙時容易擦破食管膨脹血管所引起。」李建華說。

　　經李建華如此解釋，大家開始明白梁隊副的吐血病因。惟有鄭主任仍然滿腹牢騷，心有不甘，他靜悄悄地叫身旁的顧醫生到病房去，測試梁副隊長的頸靜脈脈壓力是多少，利用此一醫學證據當場拆穿李建華會上造謠惑眾。

　　不久，顧醫生回報病人測試結果，頸靜脈壓高至正常人兩

倍有多，幾乎沖至「爆錶」。於是，鄭主任才心悅誠服承認自己的診斷錯誤。

朱隊長連忙問李建華：「這種靜脈阻塞症有辦法治嗎？」

「有。我們可以用手術方法，建立靜脈側支循環去治療。」李建華有信心說。

「什麼是側支循環？」朱隊長再問。

李建華解釋說：「用一個通俗比喻吧，血流有如馬路上的車流，靜脈阻塞也如馬路堵車一樣。我們騎自行車在東風路上從東往西去，如果沒有車流堵塞，便是一條直路到達目的地。現在問題來了，東風路中段有一段堵塞，任何車輛都過不去，這時，繞道小橫街就是一個辦法。我們可以在阻塞路段之前，把自行車駛進小橫街去，這小橫街就是側支，我們沿著小橫街繼續向西行，繞過了阻塞路段，重新進入東風路西段，雖是繞了一條彎路，但同樣到達目的地，在醫學上叫『側支循環』。東風路相當於人體內的大靜脈，東風路旁有小橫街，這相當於大靜脈旁的小側支。這些小側支有兩支很重要，叫奇靜脈和半奇靜脈。我們利用血管吻合手術，把阻塞的大靜脈接通到奇靜脈，或半奇靜脈去，那麼阻滯的大靜脈血流便可以通過側支彎路，回流進入心臟，症狀便能隨之消失。」

大會診之後，革委會立即成立專責「治療小組」，由朱隊長擔當治療小組召集人，李建華立即恢復醫生職務，任副召集人，小組成員也包括鄭志杰主任在內。

為慎重起見，手術前再經多次檢測，進一步確定梁隊副的診斷正確無誤，治療方法選定為「上腔靜脈與半奇靜脈吻合分流術」，由李建華擔任主刀，何永成擔任第一助手，我擔任麻醉師，手術兩小時後順利完成。

　　梁隊副術後恢復良好，容光煥發，原來病態的「張飛眼」、「關公臉」逐漸消失。術後病理檢查證實，上腔靜脈阻塞是由於靜脈管壁炎症粘連造成，並非癌症壓迫所引起。梁隊副一家，全體工宣隊員和醫護員工皆大歡喜。

第三十八章 知錯能改

梁隊副的手術切口很長，估計麻醉過後的疼痛一定劇烈。我術後隨訪時，他表現精神奕奕，沒有呻吟，也沒有要求打止痛針，只喜歡我前來交談。

他不止一次向我提及鄭志杰主任。

他說，手術後次日，鄭主任第一次探望他，向他道歉，說自己診斷錯了，也做錯了手術，要求原諒。梁副隊當然是安慰他，鼓勵他知錯能改就會進步。

術後第三天，梁隊副的胸腔引流管已經拔除，呼吸漸變平順。這時，鄭主任再次前來認錯，並坦白說，「文革遊鬥時，我打過李教授兩個耳光，關他進牛棚，還革了他大外科主任職位，這可能這是我做出許多錯誤事情的開始。」

梁隊副知道他要吐苦水，問他：「文化革命開始時，你是造反派頭頭，你行為過火，傷害很多人，我也明白。現在，你已經當上外科主任，你還一次又一次不批准李建華恢復醫生工作。這是什麼緣故？」

鄭主任低頭說：「那是我的私心啊！我曾用黑油漆塗污他的臉，令他三日三夜沒法洗淨。之後，我不斷抓他小辮子，今天抓他剝削階級出身，欺壓工農群眾，明天抓他裡通外國，把自己醫學論文投寄到外國醫學雜誌去，還把他之前右派言論統統羅列出來，新舊罪行反覆批判鬥爭。批鬥之後，懲罰他在外

科病房掃地，清洗膿血屎尿髒活，到殮房當搬運，下班回家寫檢討，令他日夜不得安寧。」

「你和他有私仇嗎？」梁隊副問。

「那說不上是私仇！不過有恨，我曾經對他十分憎恨。」

「你恨他什麼地方？」梁隊副問。

「他批評我有『綠林』習氣，有個人英雄主義。」

「一句說話有那麼嚴重嗎？」梁隊副可能不知道知識份子的高傲心態。

「是的，他嚴重傷害我自尊心！」鄭志杰說。

梁隊副耐心說：「每個人都有自尊心。自尊心過高的人容易脫離群眾，變得自高自大，最後失信於人。我們工人農民特點是任勞任怨，任勞是指勤懇工作，任怨是指寬容。其實，能夠任勞任怨的人才有真正的自尊心，他可以包容別人意見，也不怕別人招惹和挑釁。你應該平心靜氣向工農群眾學習，善於聽取別人批評意見，心胸開闊了，才能進步更快。」

鄭主任面有愧色說：「您說得很對！我心胸狹隘，過於高傲，因此對李教授的批評極端反感，從而產生憎恨，以至千方百計去報復。現在我回想起來，感到十分後悔！」

在梁隊副手術傷口拆線那天下午，鄭主任又來探望。這次他在梁隊副面前，聲淚俱下，十分動情，後悔自己做了那麼多

錯事，幸好有李建華出手相助，才挽救了梁隊副生命，也挽救了自己前途。他說自己猶如南柯一夢醒悟過來，立志重新做人，要向李建華好好學習。

梁隊副問：「你意思是要轉一個專業，學習他的心臟外科手術本領？」

「我固然要向他學習業務本領，更重要是向他學習做人道理。」

「譬如？」

「過去，我重視別人對我的看法，我要出人頭地，要受人表揚，要當頭頭，要當主任，這樣才能從中得到快樂。反觀李建華，他不重視別人讚揚，只是默默對別人作出貢獻。他才是真正為人民服務。」

「是誰啟發你有這種思想轉變？」梁隊副問。

「是您啊！」

「哦，是我？」

「是的，就是您！首先，是您對我的錯誤原諒、鼓勵和包容，才讓我投起頭來，有了認識錯誤的勇氣，另外，也是因為您深入醫院殮屍房的訪問給我重大的啟發。您對李建華的調查報告我看到了，也聽到群眾的巨大反響，比較起來，我真的很不如他。」鄭主任說。

「能不能說詳細些，你有什麼地方不如他？」

「古人說：『窖視其所不為』。李建華在殮屍房裡，是他人生最窖迫的時候，在那種無人知曉的角落裡，他不但沒有做出違背道德操守的事情，而是持之有恆對別人，不論對死者或是他們的家屬，盡力去愛護和作出不計回報的貢獻，這不但讓我感動，也讓我真正體會到為人民服務不只是一句口號，不是裝模作樣，而是要真心實意給有需要的人幫助，讓有困難的人得到解困！我與他對比，我顯得十分渺小和醜陋。我為人民服務不是全心全意，可能只有半心半意，其中一半，或者一大半是爭當英雄豪傑的私心，甚至是野心。」

我聽了梁隊副這段描述，也感到鄭主任的檢討比較深刻，他真的要洗心革面，痛改前非了。

「又過了幾天，鄭主任再找我說話，那是一個更加重要的話題。你猜他這次來跟我說什麼嗎？」梁隊副問我。

「大概他會請求你保駕吧。他擔心自己主任職位保不住了。」我直覺回答。

「不！他沒有要求我保他，而是自動要求辭去外科主任職位。」梁隊副說。

「自動退位？」

「是的！他要求自降三級，降回住院醫生，踏踏實實重新開始。」

第三十九章 自責契約

建華復職之後，廣南心研組工作馬上活躍起來，心臟手術天天排滿了期。舊病人逐漸回來覆診，新登記的病人也在增多。

心研組與珠城絲織廠合作研究的絲質人造血管樣品開始動物實驗，華南醫療器械廠試製的金屬心臟瓣膜正在進行技術鑑定，與五羊精密儀器廠共同設計的人工心肺機器在停頓幾年之後也恢復試製。

文革之前，蘇聯醫生柯尼索夫於一九六四年利用內乳動脈為心肌梗塞病人搭橋手術成功，緊隨之後，阿根廷醫生採用大隱靜脈與冠狀動脈搭橋取得突破，而美國醫生又在左冠狀動脈搭橋報捷，各國醫生你追我趕，形成心臟外科技術迅速發展態勢。建華驚嘆道：「山中方七日，世上已千年，我們應該立即放開腳步，把文革失落的時間追補回來！」

在建華帶動下，心研組與國內三十多間醫學院校聯絡，建立一個中國人群冠心疾病統計資料庫。心研組也與放射科合作，進行狗心冠狀動脈造影試驗。那時候，人類心導管冠狀動脈造影術仍然在研究階段，直至一九七七年才正式用於臨床。

廣南心臟外科的好名聲漸漸傳開去。有一天，學院解放軍宣隊長馬曉峰介紹他的老戰友彭永顯與李建華教授見面。

彭永顯的軍裝如同普通士兵一樣，卻是一名身經百戰的將軍，他帶著患有心臟病兒子從甘肅遠道前來求醫。

他兒子叫彭偉，十七歲，是中學籃球隊中鋒隊長，高子雖高，但現在看來身體顯得十分屭弱。他數月前在籃球賽後因勝負爭執被人在胸口插了一刀，當場掩胸倒地。軍區救護車立即趕來，把他送往鄰近部隊醫院急救。

X 光照片發現他有血氣胸，心包有積液影像，心電圖顯示 ST 段上升，T 波扁平等心包積液特徵，診斷他有左胸刺傷，合併左上肺葉及心包破裂。

當地軍醫立即給他輸血、止痛、局部傷口清創、胸腔引流和心包開窗等緊急治療措施，計劃傷情穩定後，轉送上級醫院治療。

次日準備轉送時，突然下起大雪，飛機不能起降，公路積雪也深厚，車輛寸步難行，一時無法把彭偉轉送出去。

大雪封山已經八、九天了，幸運的是，彭偉傷情也在好轉當中，胸腔積液逐漸吸收，左上肺葉也慢慢張開。心包引流拔除後，清創傷口亦開始癒合。

彭偉可以下床緩慢行走。有一天，他在護士陪伴下乘坐輪椅觀看康復戰士乒乓球比賽。突然，一只乒乓球凌空飛來，他伸手接球時，頓感胸口疼痛，呼吸喘促，陪同的護士馬上把他推回病房吸氧治療。

在緊急心電圖、X 光檢查之後，發現他心臟收縮時左心室旁有一團心影隆起，高度懷疑他心臟被刺傷後有心室壁瘤形

成。病情變得十分複雜，本來的胸外傷尚未痊癒，又併發出一種危重心臟病來。

這種心室壁瘤並不是心臟長出來腫瘤，而是心臟在外傷後有裂口，部份心包或部份心肌在裂口上形成的腫塊，有如自行車輪外胎爆裂時，內胎在裂口鼓出一個蛋形泡泡一樣。自行車爆外胎應盡快修補，否則導致外內車胎全部爆裂。心室壁瘤也有引起全心破裂猝死危險。

醫生們知道傷者情況迅速變壞。幸好，這時大雪已停，可以起程。彭偉在醫護人員和他媽媽陪同下，乘坐直升機，迅速飛往蘭州去。

那時，蘭州所在的軍醫院胸外科蕭主任和省醫院心外科馮醫生已經在場等候。經過一番檢查化驗，加上超聲心動圖反覆觀察，馮醫生診斷彭偉患的是外傷性左心室假性室壁瘤形成，左心前壁有一個大的，後壁也有一個小的。

馮醫生解釋，彭偉被刀刺傷時，刀尖穿過胸壁進入胸腔，刺破肺葉和心包膜，再刺破心室肌肉，刀尖損傷的出血被心包圍繞，形成一個內通心腔的血腫。因為彭偉年青，心臟肌肉本身強壯有力，幸而避過全心破裂大出血死亡危險。

馮醫生認為彭偉目前有三大隱患，一是心室瘤體破裂，引起大出血即時死亡；二是引起心力衰竭和心律紊亂，長期缺氧令身體各重要器官功能衰弱；三是血液在瘤體內形成旋渦，凝

結的血栓容易沖進腦去，引起腦栓塞以致癱瘓或死亡。建議外科手術治療可以消除這些隱患。

蕭主任和馮醫生都坦誠自己尚未做過這種手術，惟有向國內有經驗心臟外科同行聯絡，轉院治療。

這時，彭軍長也趕到蘭州來，他們天天聯絡各地醫院，希望彭偉病況惡化之前，找到合適專家施行手術。可是，東奔西走多天，得到回話都是婉言拒絕，諸如，專家仍在幹校學習未回，或者說彭偉病情並不緊急，之後再安排等等，托辭各有不同。

彭軍長看到兒子走動幾步也氣喘如牛，一個大好青年竟然在短時間之內變得如此衰弱，加上多次求醫被拒，甚為失望。在無奈之中，一名從廣州調來的護士提醒他，可以聯絡南方的廣南醫學院，那裡有很優秀的心臟外科醫生，也有曾在美、蘇留學的專家。

在彭軍長看來，留學外國並不是什麼金漆招牌，最重要是找到一名真心實意救助病人的醫生，他對那些愛惜羽翼，只顧名氣，因為治療不易成功而推諉手術的醫生已經不抱希望。

幸好，這位苦口婆心的廣州護士勸服了彭軍長，聯絡上廣州軍區老戰友馬曉峰，找到了李建華。

那天，建華與我一起看了彭偉，又重新作一次實驗室超聲波和 X 光檢查，確定假性左心室壁瘤的診斷正確，隨後建華向彭軍長解釋手術有難度和手術風險。

「手術死亡率有多高？」彭軍長問。

「大概是百份之二十，這是一個很不理想的失敗率。」建華答。

「如果彭偉不做手術，後果將會怎樣？」彭軍長不免擔心起來。

「不做手術的話，短期內死亡率是百份之四十左右。短期的意思是指從今天開始到幾年之內吧。他可以因為心力衰竭，逐漸枯竭死亡，也可以突然瘤體破裂或腦栓塞而救治不及。」建華答。

彭軍長更加坐立不安，比較起百份之二十和四十的差別，當然是做手術結果好一些，起碼多了一個重生機會。如果不做手術的話，讓彭偉繼續苟且多活三、五年也不是好辦法。

他思前想後，之前求醫多次被拒受到的挫折，而現在卻得到李教授真誠相告和答應親自參加手術的鼓舞，於是他橫下一條心，不管風險如何，給兒子接受手術吧！

彭軍長與兒子單獨相處時，偷偷抹去多少年來都未曾淌過的淚水，問兒子：「你喜歡李教授嗎？」

「喜歡，他是一個很細心的醫生。」彭偉說。

「他怎樣細心？」

「他檢查我的時候，先把聽診器放在自己內衣裡焐熱，放到我胸口時一點也不感到冰涼。我受傷之後特別怕冷，李教授這個動作卻令我格外溫暖。他比別人都細心。」

「你喜歡他給你做手術嗎？」

「當然喜歡。他曾對我說，我手術之後會好起來，將來照樣可以打籃球，可以上大學。我開心極了，心裡再沒有灰矇矇的，也覺得自己的氣喘立即好了一半。」

手術前要簽訂同意書。一般來說，簽字之後，病人在術中和術後由於病情本身引發的事故和意外，醫院和醫生護士都有不負責任的免責條款。

但是，李建華教授卻與眾不同，他親手書寫的同意書可以叫做「自責契約」。他在同意書中提出三點：

第一，如果手術產生任何意外，我——李建華負全部責任，並願意接受對我個人投訴、刑事控告、處分和判決，但不要牽涉我的手術團隊和護理小組任何人。

第二，手術前後所有治療措施由我和本院心研組人員共同制定，外院醫生有不同意見時可提供給本院心研組人員參考，以保障治療措施和緊急應變手段能按計劃嚴格執行。

第三，病者彭偉病情較嚴重，本院會充份調動所需人力物力，悉心照顧，按照本院規章制度辦事。如有特殊需要，一定經由本院心研組人員同意方可批准。

彭軍長很高興看到這樣的同意書，他首先注意到李教授白紙黑字表達出對手術充滿信心和責任感，他也注意到第二條和第三條的要求，明白當年軍人地位崇高，特殊化風氣盛行，動不動要比地方標準高人一等。他為了減輕地方醫護人員思想壓力，盡量發揮他們應有的技能，於是拿起筆來，把「如果手術產生任何意外，李建華負全部責任」一段刪去，補寫成為上「如果手術產生任何意外，我——彭永顯（接受手術者父親）願意負上全部責任」，然後才簽上名字。

　　彭軍長深信兒子在這種有技術、有膽識又有責任感的團隊治療下，他不用擔心了，而他兒子破碎的心也一定能修復回來。

第四十章　真誠的禮物

　　彭偉手術方案經多次討論，確定採用體外循環直視手術，保證有足夠時間清除心內血凝塊，剝離瘤壁粘連，對顯露較困難的後壁小瘤體也能作耗時較長的縫合方法進行修補。

　　手術前，建華三翻四次帶領第一和第二助手拿起手術刀剪，利用橡膠心胸模型練習如何移動心臟，暴露手術視野和各種切除縫合次序，力求技術純熟，配合默契，達至萬無一失。

　　在正式手術那天，一切操作順利，手術按預定計劃一步步進行，最後圓滿完成。彭偉安全送出手術室時，親人都高興圍上前來，彭軍長和夫人一一向醫生、護士熱烈握手致謝。彭偉也睜開眼睛，張開笑臉，好像心裡也在說謝謝。

　　彭偉術後恢復很快，超聲心動圖複查左心腔容積正常，心瓣膜開關完好。他在傷口拆線後，轉入康復病房繼續觀察，也開始一些物理治療和體能練習。

　　一個星期天下午，建華午飯後返回宿舍休息。突然有人敲門，原來是是彭軍長的勤務兵小張到訪。

　　「彭軍長給你打了幾次電話，都沒有人接，所以我前來看你是不是在家。」小張說。

　　「噢！很抱歉！我當時不在家，所以沒有接到電話。是關於彭偉的事嗎？我半小時前到病房看過他，那時他還是挺好

的！」建華說。

「不是彭偉的事。是彭軍長想來探望你。」小張轉身向樓下大院一指，原來彭軍長已站在一部嶄新的軍用越野車旁邊，揚手向建華打招呼。

「啊！太好了！快請首長上來吧！」建華高興去迎接。

建華原本居住學院教授樓，那是一種有一百五十平方米，兩廳四房的高級住宅。他被抄家後，便搬到住院醫生宿舍來，居住面積縮小許多。建華平反後，革委會說要給他調換大房子，但他說一個人住小房已經夠用，而且他喜歡這裡靠近醫院，上下班方便，所以一直沒有搬動。

彭軍長走進建華住處，看到室內只有一張床，一張書桌，也有一張小飯桌，配兩張椅子，最大型的傢俱算是靠牆壁的兩個書架，裡面擺滿書本和雜誌。彭軍長看見一名大學教授生活如此簡樸，不免心生敬意，也覺得有點可憐。

建華不因為居小室而自覺卑微，反而恭敬招呼這位遠道而來的貴賓。他能拿得出最好的款客招待是一壺「碧螺春」茶，那是樊能三從家鄉帶來送他的上等茶葉。

「請你不用客氣。我這次來是向你表達感謝的，我們都忘不了你救我兒子一命，我和身邊所有戰士都稱讚你是一位了不起的醫生。我兒子要送給你一件禮物，所以我先來看看這禮物擺在你家什麼地方才合適。」彭軍長說。

「謝謝你們的好意，那是我應盡的責任，不必送禮。」

「要的！一定要的！這是一件不花錢的禮物，但是很有意義，我想你會喜歡。」彭軍長肯定地說。

「噢！那是什麼？」建華問。

「是一幅油畫。我知道你喜歡圖畫。正好，我兒子彭偉喜歡繪畫。他受傷之前，曾到我們駐地附近的張掖寫生，把那裡的七彩丹霞草描下來，回家後搭起架子正式繪畫起來。這次手術後第二天，他便決定要把這幅油畫送給你。現在整幅圖畫已經寄運過來，昨天到達，這是他的心意，請你接收啊！」

「啊！是油畫，太好了！是彭偉的杰作我更加喜歡。我欣賞一下便可以了，欣賞完了留給彭偉自己收藏吧！先要謝謝彭偉了。」建華說。

「小偉說這圖畫裡有一種心靈呼喚。他繪草圖時，站在山谷之中，兩邊是一排一排五顏六色山脊，像是舉著彩色軍旗浩蕩前進的兵陣。古代時，張掖是同音的『張腋』，張腋就是把臂膀張開的意思，那是當地民眾一直以來對保衛疆土將士的稱讚。小偉在手術後告訴我，在麻醉矇矓時，他看到醫生護士伸過來的一只只手臂，就像圖畫中一排排彩色山脊那樣圍繞著他，保護著他。所以，小偉受傷前原本把油畫送給守衛邊疆部隊，現在改變了主意，一定先要把這畫送給你。」

「啊！太有意義了！也太感動了！我能想像出這圖畫的雄

偉氣勢。」建華雖然沒有去過張掖，但在畫報中看過這種光彩奪目的丹霞地貌。

「是啊！這是一幅很大的畫，有你這房子那般長，也比我高出一個頭。小偉不用花錢買油畫布料，而是到軍區後勤部找到一些破舊軍用帳蓬，一幅一幅剪下來，也斜斜地隨著山脈坡度一幅一幅縫接在一起，針眼的線紋就是山脊的紋理。塗上油畫顏料後一點也看不出有縫線駁口，反而顯得山脊的玲瓏別透。小偉說油畫的畫面要有立體的實質感，這是與其他彩色圖畫和素描不同。」

「小偉很有藝術天份。好！我接受他的杰作。可是我一個人接受這份大禮物過於隆重，可不可以告訴小偉，把這幅畫送給心研組吧！我們會議室牆壁夠大，把這麼大的畫掛上去正好，而且小偉也說過，那些重重疊疊的山脊就是一雙雙醫護人員保護病人的手臂，這對我們心研組全體人員有很大鼓舞。」

「這也好，我告訴小偉按照你的意思辦吧！他一定會高興這樣做。明天我通知郵局把油畫送到醫院心研組去。」

「非常感謝！」建華說。

「不用謝！我還沒有說我自己也要送禮物哩！真的，我也要送一份禮給你！」

「噢！小偉的禮物已經夠豐厚，我幾乎受不起了。請你不必再送！」

「不，一定要的，我的禮物已經想好了，也不是花錢的東西。我看到你蝸居在這裡，為你感到不公平。我和馬軍長是老戰友，我可以向他大聲疾呼為你申訴，要他想辦法給你搬大房子。讓一個大教授住在這種小房子裡豈不是亂套了嗎？不行！我要為你爭取應有待遇！」彭軍長說。

「馬軍長和革委會早已經給我安排搬回教授宿舍去，只是我自己不願意。因為我家只有我一個人，一個人佔住四個寢室的大房子不好。另外，我和年輕醫生住在這種長廊式住所裡，隔壁就是鄰居，我們經常踫面交談天下大事和醫院小事，和他們融和一起自覺年輕多了。而且，食堂就在附近，自己不用生火煮飯，節省許多時間。有一位管理宿舍大嬸定期挨家挨戶上門收集衣服被褥去洗熨，既方便又廉宜，生活也變得輕鬆。所以，我謝謝你的好意，我真的不需要住大房子。」

彭軍長知道建華自己心甘情願住在這裡，並不是受到歧視，再也不勉強他搬遷了，但總想要為他做點什麼事，喚起社會和國家對優秀人才的關心和愛護，於是又提出其他選項來。

「你如果不要房子，我送這部車子給你吧！」彭軍長手指停在院子裡的越野車，那是廣州車廠新產品，率先提供給解放軍試用。現在他決定不把這車子帶回貴州去，轉送給李教授。

李建華當然也是拒絕，但彭軍長卻耐心勸說李教授擁有小車的好處，可以代步，節省更多時間，也可緊急出外會診，甚至帶上麻醉師和一兩個助手醫生，把體外循環機器搬到車上，巡迴各地手術都可以。

可是，建華堅持不要房子，也不要車子。之後，彭軍長連續提出其他幫助建華的建議都被一一謝絕。

「你還有親人嗎？」彭軍長忽然問起。

「我母親還住在香港。」建華首先想到病中的媽媽。

「她老人家還好嗎？」

「她腎功能不好，現在需要洗腎治療。」建華黯然回答。

「唷！真不好意思問到你的傷心事，希望老人家慢慢好起來！你有去探望母親嗎？」

「我很想去探望她的，但是不能隨便去。」

「為什麼？」彭軍長問。

「我最近工作很忙，有特殊情況才去吧！」建華不願向彭軍長提起之前被看作牛鬼蛇神的往事，那種身份要想出境探親是不可能的。

「母親病重也是特殊情況啊！你瞧我，我在軍區工作也十分忙碌，但小偉受傷了，這就是特殊情況，我也要請假陪兒子來做手術。你想去探望母親嗎？」

「當然想的，等以後有機會再說吧！」

「你有沒有申請港澳通行證？」

「還沒有。那是十分麻煩的事。」建華說。

「噢！你就是怕麻煩嘛！好！你不要等以後了，我說送什麼禮物給你都不接受，就讓我幫你辦申請通行證吧！我有幾名老部下在廣東公安廳工作，我托他們給你辦手續！探望病重母親是人之常情啊！」

彭軍長是一個說得出做得到的軍人，他很快通過公安廳簽證部門為建華辦好了一張有效期三個月的來往港澳通行證，然後才飛返甘肅軍區工作。

建華接到通行證後並未立即起程，先把未來三星期工作安排好，也等待彭偉傷癒出院後才動身。

鄺院長知道建華將快赴港探親，吩咐我到長堤銀行去，為建華兌換一些港幣作旅費，並向銀行經理申請，把限定的兌換港幣數額加大，應付教授出外時的必要禮儀和應酬。那時國家外匯儲備有限，一般人往港澳探親只許兌換有限的港幣，只夠路費和餐飲。

三月中的一個星期天，氣溫回暖，廣州的木棉花已盛開，滿樹通紅。我和婉玲一起陪同建華到大沙頭車站，為他赴港探親送行。他上身穿著薄料西裝，隨身行李十分簡單，在小皮箱裡裝有幾本書，少量衣服，還有一套他經常修理手術器械用的小型工具盒。他帶給母親的隨手禮物是兩盒廣東特產桂圓乾，這是他媽服中藥時愛吃的「餸口果」。

臨別時，我對建華說：「祝你一路平安！代我們問候李伯母身體好！」婉玲補充一句，「替我問候彬彬好！」

　　「再見！三星期後見！」建華在檢票入閘後，向我們揮手告別。

第四十一章　石沉大海

李教授放假後，心研組人員繼續按步就班工作，看到新掛牆上巨幅彩色丹霞油畫，備受鼓舞，想像畫中的重疊山脊就是他們齊齊救死扶傷情景，更感自豪。

時間過得飛快，李教授該回來上班日子還未見露面，大家不免掛念起來。

建華從來是守時守信的人，假期已經超過五天，還是沒有他消息，我覺得有必要打電話到香港了解情況。

那時候，我要到長堤郵電局由接線生轉駁香港線路。

接電話是建華的哥哥建中，他說母親情況尚算穩定，建華曾陪她出外遊玩幾次。知道他們各人平安後，我請求與建華說話，建中的回答把我嚇一大跳。

「建華已經返回廣州了！」他說。

「是什麼時候？」

「他在五天前，四月十八那天經羅湖走的。」

「噢！我們從未見到他。你知道他會去什麼地方嗎？」我趕緊問。

「我可不知道啊。他走前兩天，曾到過勞力士香港維修部向師傅請教，說手錶『擒縱器』的軸承精細耐磨，可以應用在人造金屬心臟瓣膜上。他有可能在國內找師傅研究吧。」建中也不怎麼肯定。

「我們有一個大手術正等著他回來做。」我焦急說。

「他會不會在廣州下車後，立即轉往上海？我家之前與上海勞力士余師傅有多年交情，恐怕他是找余師傅研究吧！」建中開始擔心起來，又自動提出，「我有余師傅上海電話號碼，我馬上打電話問去，很快會知道結果。」

建華最近專心研製人造金屬心臟瓣膜，常到廣州五金廠找師傅商量，他往上海請教很有可能，但是，他要去的話，一定會事先告訴我。

稍後，建中告訴我，上海那邊同樣沒有建華消息。

我更加忐忑不安，馬上請接線生轉至香港陳美琪律師電話去。

美琪言之鑿鑿告訴我，建華確實在四月十八日從羅湖出境返回大陸，她選擇那天沒有法庭工作，專程為建華送行。

美琪知道建華失聯感到憂慮，向我細說當日分別情景。

十八日那天早上，風和日麗，她駕駛敞篷小車先到李家，與表姨（建華媽）、建中夫婦和建華一起共進早餐。告別他們

後，她搭載建華穿越新建成的紅磡海底隧道，到達對岸九龍，再駛往新界，好讓建華欣賞沿途杜鵑花開遍地的郊野景色。駛經青山灣時，他們停靠山清水秀的容龍別墅吃午飯，那裡的名菜紅燒乳鴿讓建華吃得津津有味，還罕有地多吃一碟。飯後他們一起拍攝「寶麗萊」即影即有照片，最後才駛至上水火車站。

美琪的敞篷車沒有禁區通行證，不能駛進香港邊境地區，兩人只好在上水站轉乘最後一程火車往羅湖去。到站下車不遠便是香港出境處，他們分手後，美琪目送建華步向邊界羅湖橋。建華登橋時還轉身向美琪揮手致意，美琪即時拍下這一惜別情景，有相為證。

在電話中聽得出美琪是在控制情緒，語音時斷時續。她說建華離港日期與建中所說完全一致，她描述送別情境也讓我深信不疑。

我馬上回到學院，把情況向酈院長報告。

酈院長知道李教授失聯後極度不安，吩咐暫時不要向外公開，先作內部查詢和工作調整。他指示我把李教授預先編排的心臟手術交由合資格醫生替代，維持心研組和醫院工作正常，並立即委派學院保衛科的許科長、科員小董與我一起前往深圳關口，了解李教授回來時的入境情況。他提示李教授有可能攜帶欠稅物品而被深圳海關扣查，要我帶足現金，以備即時之需。

當天午後，我們一行三人抵達深圳，得到出入境管理處高副處長接見。他說目前海關和出入境部門均沒有扣留任何人員

和物資，並對我院一名心臟外科教授失去聯絡表示關心，專門指派邊防檢查員陸翠薇協助調查。

精明幹練的小陸隨即翻開四月十八日的入境記錄名冊，逐頁審視，奇怪的是該日沒有李建華名字。她多找兩名同事一起幫忙，倒過來翻查四月十八日之前七天所有入境記錄，然後順著日子再查四月十八日往後的十九、二十、二十一，一直查至今天，所有記錄都沒有李建華名字。這令我們大為驚訝，為什麼沒有他的回國記錄？

這一發現說明建華並未經羅湖返回大陸，這與建中和美琪所說不符。

有白紙黑字記錄擺在面前，我們寧可相信李教授確實沒有回來。

難道建中和美琪串通一氣對我說假話？

小陸和她的兩位同事忙碌一輪之後下班吃晚飯去，我們三人卻全無餓意，繼續商量。

許科長提出一個假設，如果建中和美琪說話真實，只有一個可能，那是李教授踏上羅湖橋後，不越過羅湖橋中央一條分界線，走回頭路，乘搭回程火車折返香港。

他說，我們需要平心靜氣接受同一事物出現截然不同的判斷，香港親戚說「李教授已經回去」，而我們認為「李教授沒有回來」，兩者互相矛盾，但仍然有邏輯學解釋。

邏輯學中有「雙面真理說」，其中有一著名命題是「張生已經進門」。這例子是說，當張生處在門中央時，可以出現雙重推理，甲說「是」，而乙說「不是」。李教授回來與否，恰恰與此命題相似。

為什麼李教授會在邊境線上折返？

許科長推測這個主意可能出自李老太太。她知道自己病情沉重，非親生兒子建中將會接掌家族生意大權，移交法律文件亦由建中信賴的親表妹美琪辦理，於是李老太太感到對建華不公平，只好讓建華避開建中和美琪耳目，折返香港，另請律師按照自己意願把財產重新分配。

我同意許科長的「雙面真理說」，這與我們常常以瞎子摸象比喻觀察事物不要以偏概全的道理相似。他曾在公安部門當過刑事偵探，職業訓練和工作經驗形成他的警覺性特別敏銳，他如此迅速懷疑李教授是為了爭奪家產而留港，令我一時錯愕起來。

儘管李家目前境況確實具有家族爭產各種元素，但我熟知建中和美琪都是善良之輩，而建華又是一個對金錢沒有興趣的人，擔心許科長從這一方面著手調查將會走進死胡同，或會節外生枝。

小董年青，腦筋靈活，他提出另一猜測，認為李教授折返原因並不是爭產，而是在離家路上思念病母，囓指痛心，忽然想出一個停薪留職理由，以便在香港繼續照料。他主張多等

待幾天，看看學院是否收到李教授申請延長假期或暫停職務信件，然後才作相應處理。

小董來深圳之前做過準備功夫，了解李教授一向愛國，也知道李教授曾有三次停留香港經歷，每次都按期歸來，沒有留戀香港生活，只是這一次與往常不同，李教授不但未能按時回來，也沒有打電話報告原因，對預先安排的大手術亦不作任何交待，這完全不符合李教授做人處事的原則和作風。

小董思前想後，覺得自己推測並不合乎情理，鼓起腮幫，拍打腦袋，無厘頭緒說出一句：「李教授可能連出境也有問題。」

我好奇追問：「為什麼？」

小董說，李教授出發往港是星期天，他正在學院保衛科值班，下午五時左右接到深圳出入境口岸一個電話，查問李建華是不是廣南醫學院員工，是否批准前往香港探親，他當時如實回答，並補充說李建華簽證並不是經市局而是經省廳簽發。對方聽後，謝了一聲便結束通話。小董覺得這種業務查詢經常出現，很快把這小事忘記。現在李教授在邊境出了問題，才勾起這段回憶。

「唔！小董說的情況很重要！」許科長聽後敲響桌面，提醒說：「我們有必要請小陸同志再次幫忙檢查李教授的出境記錄。你們同意嗎？」

很快，小陸替我們找到國內旅客在三月二十九日出境名單，當中記錄了李建華出境時間是下午五時，但是，在這一欄目劃上一條紅槓，蓋有「註銷」圖章在備註上，還加有姓馮的草簽。這記錄表明李建華當日確實到達深圳關口，可是出境無效。原來小董腦袋真有先知先覺的本事。

小陸連忙把負責註銷簽名的出境檢查員馮定強請來與我們見面。

馮回想當天發現李建華通行證編碼與廣州居住地點公安局不符，產生疑問，馬上詢問上級如何處理。當時上級對他指示，應該再找發證單位了解情況。那時已是星期天的晚飯時間，不容易找人，他只好對李建華說，證件要核查，需要一些時間，關閘之前可能來不及了，囑明天再來通關。李建華當時沒說什麼，拿回通行證，回到市區去。馮此後再未遇見李建華，他在當天晚些時候找到了簽發證件的公安廳值班，證實通行證有效，他估計李建華有可能在第二天通過其他檢查崗位往香港去了。

小陸聽到馮定強估計李教授有可能在次日出關，於是繼續翻查次日，即三月三十日的所有出境記錄，仍然沒有李建華名字，再查之後三個星期，統統都沒有。

不久，小陸又告知我們，她已用電話向澳門相鄰的拱北關口查詢，同樣沒有李建華轉往澳門出境的資料。

李教授真的沒有出境，也沒有入境，他到底往哪裡去了？那時，深圳只是一個小鎮，我們走遍深圳的醫院、診所、旅店、小型客棧和附近衛生院都沒有發現李教授留下任何印象或文字記載。

　　如此堂堂大漢連同他的名字一下子變得無影無蹤，恍若石沉大海。我們該從何處尋找他啊？

第四十二章 千帆已過

　　夜深了，深圳往廣州最後一班車已經開出，我們三人無奈回到鎮裡找旅館渡宿。晚飯後，我們在旅館附近禮品店買了深圳特產「雲片糕」，那是一種用糯米白糖製成的滋潤甜食，聊以一天勞累的補償，我也相信甜品可以消除心中鬱悶，大嚼幾口。

　　小董慢條斯理把雲片糕撕開一片片來吃，對空嘆息道：「我老是吃不出它的甜味啊，只像一片又一片疑雲嚥進肚子裡。」

　　一宿無話。次晨我們趕搭最早一班車回到廣南，馬上向院長辦公室報告深圳調查結果。鄺院長聽後雙眉緊鎖，冷靜說道：「李教授肯定到香港去了，這一點你們用不著擔心，我可以證實。」

　　隨後，他把辦公室蘇紹光秘書請來，一起參加研究。

　　原來，蘇秘書在李教授走後三天，收到李教授從香港打來電話，說他到達香港之後，替鄺院長帶上的禮物已交到鄺院長的香港朋友鄧永祥手中，轉告不用掛念。

　　不久，蘇秘書又收到鄧永祥從香港來電，告知鄺院長托李建華醫生送來的上海牌手錶禮物收到，深表謝意。所以，鄺院長才知道李教授確實到了香港。

鄧永祥在香港淪陷時期是東江抗日游擊隊情報員，與派往香港進行地下抗日工作的鄺院長共事多年。當時，鄧在香港上環海味店任職，身穿長衫馬掛，襟上吊掛一只有鏈條的袋錶，常與日本海產商人交易，周旋在日本諜報人員之間。鄺院長提醒他這袋錶顯眼，容易引起敵人注意，鄧回說這袋錶是他做生意的招牌，港人都喜歡找他這名「陀錶佬」做買賣，更重要的是，這袋錶是由廣州十三行幾名鐘錶工匠合作手工打製而成，袋在胸口代表他的中國心，捨不得放棄，還說除非中國有國產手錶之日，才是他換戴國產手錶之時。鄺院長一直把鄧永祥這種愛國情懷銘記在心，這次趁李教授赴香港探母機會，他特意叫蘇秘書到南方大廈買下這只剛上市不久，價值一百元人民幣的上海牌手錶，托帶往港，送給他的老戰友。

　　鄺院長親自證實建華到達香港，消除了我們一部份疑慮，只是，李教授如何前往香港仍然神秘莫測。難道他真有飛天遁地的本領？

　　撇開不切實際的奇思異想不說，有兩個問題令我們十分擔心——李教授還在香港嗎？他是否返回深圳後失蹤？

　　第一個問題牽連最近傳出李教授逃港的小道消息，這令人討厭，也沒法阻攔，我當然對此嗤之以鼻；第二個問題是性命攸關，大家高度擔心李教授在回國途中病倒、受傷或遭受其他意外而身陷險境，極需及早發現和解決。

　　鄺院長指示，目前把李教授按照員工因故放假未回處理，不需張揚，避免引起小道消息亂傳，影響員工情緒和調查進展。

他與葛書記和其他學院領導緊急開會，研究搜尋計劃，安排任務，立即分頭行事。

我立即被派往香港，探望病中的建華媽媽，順便打聽建華目前狀況，也趁機會與陳美琪律師接觸，她是最後見到建華的目擊證人，對她深入了解很有必要；許科長和小董則負責到廣深鐵路沿線的市、縣醫院和旅店搜索，一旦發現李教授就診或留宿線索，馬上跟進；蘇秘書安排每天到省立中山圖書館參考研究部收集資料，那裡有每天即日送到的香港報紙，從中注意有關香港李氏家族紡織企業的任何消息，包括股市價格、產業買賣、法庭訴訟、交通事故、訃告和尋人廣告等，以便發現李教授在香港的蛛絲馬跡。三組人員分別迅速行動。

我安排好麻醉科和心研組工作，打點好家務，趕緊買備兩大箱廚房爐灶用的蜂窩煤餅，糴好米麵，添足油鹽醬醋，免得婉玲和兒子聰聰生活上不便，次晨單人匹馬往香港去。臨行前，鄺院長交給我抗日老戰友鄧永祥的香港地址和電話，遇到一些香港社會常識問題時，可以向他請教。

回想在大學三年級的暑假，那時是抗戰勝利後第二年，我和建華曾到香港一遊，印象仍然鮮明。記得香港人聽懂我們的國語，待人熱情，街道雖然沒有上海那樣寬闊，但有很多茶樓、食肆和服裝鞋帽商店，一片戰後繁榮景象。華麗房子都建在山坡上，愈往半山愈高貴，但山坡之下卻有許多窮人木屋區，顯現貧富懸殊的香港特色。

我這次往港，依照建華規矩，買了兩盒桂圓乾送給李太作隨手禮物。

　　到香港後，我入住中環的文華酒店。李家住在離文華不遠的半山區一幢洋房，名叫惠園，那裡雖然比不上原先上海愉園的規模，但在寸金尺土的香港，當然是富貴人家住所。

　　李太十分高興我前來探望，待我如同久別親人般親切。她接受我的桂圓乾禮物時特別開心，還說建華送的兩盒還捨不得打開來吃！

　　她指著玻璃櫃裡兩盒桂圓，我順眼望去，馬上認出是建華從廣州帶上的手信，進一步證明建華來過香港探母的事實。

　　噓寒問暖，閒話我媽家常之後，她一定要我留下吃晚飯，我答應了，但不會留宿。她在家裡還要進行洗腎（腎血液透析）治療，實在不宜過多打擾。

　　她的睡房旁邊專設一間治療室，裡面放置血液透析機器，有幾名護士輪流照顧她的健康。

　　負責腎透析護士是一名英國女子，她與其他護士向我同聲讚揚建華來港後，立即動手清除母親血管造瘻口上的血栓，技術精湛，讓母親平安渡過危險關頭，之後，還耐心教導她們今後如何更好護理母親手臂上的血管造瘻傷口。從這一側面，又證實建華曾在惠園逗留了一段較長時間。

李家的飯廳很寬敞，四周牆壁掛上許多上海帶來的老照片，一張黃花梨大圓桌擺在飯廳正中央，放置上中式瓷匙碗筷餐具。我注意到她座位對面一幅大照片，相片中的年輕女子是她，正向草地上玩小皮球的我和建華招手，她張開的嘴巴好像在說：「快回來吃飯囉！」相中溫馨情景表現她對我們的關愛，我也感覺在她心目中，我與建華同樣地可親。

進餐時，只有李太和我兩人，兩名身穿白色大襟衫、黑長褲，把頭髮梳鬟一條長辮的女傭站在我們背後，專心侍奉舀湯分菜和添飯。

我預料李太一定會問我一個不可迴避問題，果然，她放下筷子開口了，「建華回廣州後可好嗎？」

我只能說出一句沒有時間限制的老實話：「建華工作十分出色，他一向受到病人和同事讚揚！」

「他還有時間彈奏小提琴嗎？」她又問。

「有，當然有的。他最愛彈您喜歡的《紀念曲》，他彈奏時候常說，德爾德拉在樂曲中紀念前輩舒曼，他在琴聲中想念自己母親。」

李太聽後高興極了。她關心地問我現時住在哪裡？我回說住在附近的文華酒店，方便前來探望。

李太知道我住在文華，滿有興致地說，上兩星期她和建華去那裡吃了一頓上海大廚師炮製的紅燒蹄膀，味道絕佳。她約定我明天晚飯一起去嚐一嚐。

她問起我的文華酒店房間號碼，吩咐我有什麼事可以直接在房間撥號給她。

　　後來，我離開文華結賬時，才發現李太已經給我預繳酒店全數費用，令我十分感激。她一向對我的關懷都是如此無微不至。

　　到港次日，我才探訪美琪。

　　美琪在她的律師辦公室會見我時，顯得特別焦慮和激動。她和李太完全不同，她是一清二楚知道建華失去聯絡，而李太一直蒙在鼓裡，他們都不把建華事情說出來，免得老人家在病中增添擔憂。

　　美琪告訴我，她已經親自做了一次對建華的搜尋，比我行動還要迅速，令我佩服。

　　原來，美琪知道建華失聯消息當天下午，與一名女職員立即起程到廣州去，找到廣南附屬醫院港澳台灣同胞門診部，專找李建華教授看病。結果，她被告知李教授正在放假，由張教授代診。

　　後來，她直接到建華宿舍敲門，沒有人答應，只好在醫生宿舍院子進進出出，遠遠盯住建華房子動靜，直至深夜都未見亮燈，這才讓她無奈回到香港來。

　　現在，她已經僱請香港私家偵探社，前往大陸打聽建華下落。

為了保護建華聲譽，她委託偵探社調查時，僅提供尋找對象是一名前往大陸的姓李中年男子，他的身高、體重和頭髮顏色等一般個人資料，離港時穿淺藍色長袖襯衣，灰色斜紋布長褲和黑皮鞋，手提一個咖啡色中等大小皮箱，內有一只方形「嘉頓餅乾」鐵盒，盒內裝有兩個金屬人造心臟瓣膜，那是帶回大陸治病救人的醫學儀器。美琪沒有給出建華名字、照片或容貌描繪，只是付出三倍偵探費用作酬勞，讓偵探社印象中認為這位失蹤者只是一名帶貨人，所攜帶物品是醫治危重病人的儀器，急切希望探員盡快查出失蹤者下落，以便尋回儀器，救治危急病人。

　　美琪建議偵探人員重點在深圳、樟木頭、石龍、東莞等地醫院、衛生院、診所等去查問。她考慮大陸治安良好，而且建華身體健碩，外表衣著簡樸，不太可能被歹徒截劫，只是憂慮建華那天在龍容別墅的午餐食物過於油膩，令他患上急性胃腸炎而半途下車治療。她的思路與鄺院長搜尋計劃有相同之處。

　　可惜，迄今為止，私家偵探社尚未發現這位姓李男子蹤影，令美琪擔心不已。

　　美琪如此努力尋找建華，肯定不是做樣子給別人看的。之前我以為她與建中表哥合謀對我進行欺騙的想法可以取消，而許科長推測建華折返香港是為爭奪財產也不成立。

　　第三天，我再次約見美琪。這次，她帶我到銅鑼灣海岸邊的香港遊艇會午餐。

我們就座向海單獨房間，房內擺設簡潔優雅，牆上掛著古老船用羅盤，單筒望遠鏡，木質舢舨划槳等航海陳設和照片，寬闊窗框之外是一片波光粼粼的維多利亞港，聽不到岸上傳來車馬聲，也沒有其他客人的喧嘩，適合交談私密事情。

我關心地問美琪：「彬彬最近怎樣？」

彬彬前年暑假回廣州探望爸爸時還在香港讀書，長得高大而結實，普通話、上海話和廣東話都講得十分流利，英語的順暢更不在話下。每年他都回上海拜祭他的英雄母親，看得出他對中國老家和祖國很有感情。他曾向我打聽幼兒時給他吃甜蘆粟的崇明島明霞姐姐，當他知道明霞已是醫科大學工農兵學員時顯得特別高興，還問了她的通信地址。

「彬彬去年考入美國麻省理工學院學習機電工程，快一年了。他除了攻讀很難啃的必修科之外，還選修一門生物學，成績都不錯。」美琪對彬彬在美國學習表示滿意，然而又擔憂說：「他打算今年暑假回香港，也準備往廣州探望爸爸。轉眼之間，暑假快到了，到那時，我真不知道如何解釋他爸爸的事情。」

「不要過於憂慮，吉人自有天相。建華會不會已經到美國探望彬彬去了？」我蓄意詢問，試探她的反應。

「這絕對不可能！二表哥從來沒有這種打算！自他從美國留學回來，便把美國綠卡交給我，我把它放在律師樓保險箱裡。假如他真的想去美國探兒子，一定要拿取綠卡辦理手續，但是他根本沒有想過要這樣做。」美琪回答時神態自若，「他這次

來香港，說自己沒有中國身份證明文件，逼不得已動用他的綠卡兩次，一次是他把表姨給彬彬讀大學的一筆錢存放銀行，銀行戶口用他的綠卡名字，另一次是在律師樓裡簽下一份財務授權書給我。他擔心彬彬年紀輕，容易胡亂花錢，吩咐我每三個月才匯款給彬彬一次，夠伙食、住宿、書費和學費便可以，每年只可以買一、兩次音樂會門票或球票，不能沉迷，也不允許買小汽車或摩托車。」

我又問她：「建華會不會因為某種情形，譬如，被綁匪劫持或其他原因禁錮在香港偏僻村屋或離岸小島，甚至是到台灣去？」

「這些情況都不可能發生。如果因為綁票，我們早應該收到匪徒索取贖金通牒，就算多大的贖金我都願意交出來，但是一直沒有這種信函或電話。至於前往台灣一事，我爸曾到九龍油麻地「中國災胞救濟總會」向台灣朋友打聽，還親自飛往台灣找到幾個部門老相識側面查詢，之後證實均無此事。」美琪說得振振有詞。

這時，俱樂部侍應生進來，仔細擺佈好餐桌刀叉，給我們膝上鋪好餐巾，斟上餐前紅酒，餐單上的頭盤菜法國蝸牛隨即送到。進餐時，她向我敘述在國內文化大革命動盪時期，建華不願離開中國的經歷。

在鋪天蓋地橫掃一切牛鬼蛇神席捲全國時，有一名中國著名音樂家從北京南下廣東，乘搭小船偷渡香港，一九六七農曆年前後的香港報紙把這消息傳得沸沸揚揚。此事撼動了美琪，

她為了讓建華脫離被拳打腳踢、遊街示眾的惡劣環境，找到一名專門運輸順德淡水魚往香港的船東蔡雄商量，幫忙把建華搭載到香港來。

蔡雄拍拍胸口說：「我辦這種事情易過借火。別的人我不會插手，你的事我一定要幫，也一定幫到底！」

蔡雄話說此事容易，是因為他的運漁船每日都有過百噸各種淡水魚類從順德運往香港漁市場銷售，僱請十多名船員操作，頻繁來往中港海陸分界之間。蔡雄是正經生意人，從不參與走私販毒和偷渡人蛇等違法亂紀的活動。

他熱心幫助美琪是因為兩年前，他的船在伶仃洋被一艘巴拿馬貨輪踫撞側翻，船艙入水，漁貨盡失，而那貨輪不顧而去，幸好被尾隨的廈門航運公司雜裝箱貨船發現，及時救起所有遇難落水者。後來，美琪為蔡雄入稟香港律政署，控告涉事船長失職和失德，最後獲得香港高等法院裁判得值，被告認罪道歉和賠償所有損失，因此蔡雄對美琪一直感恩不盡。

蔡雄準備好一套香港船員工作制服和證件交給美琪帶上廣州，囑咐她陪同建華到順德港口，等待他的運漁船到達。到時，建華可以穿著船員制服，帶上證件，與另一名香港入境船員交換身份，便可以順利通過碼頭關卡進入船艙，平平安安離開大陸。

當美琪把這萬無一失的「船員調包」計劃勸說建華離開時，建華卻死不願意，還回答說：「在家中被不懂世事的弟妹打罵一頓，也不至於離家出走啊！」

美琪聽後，明白建華在如此艱難困苦之中，仍然保持赤誠如子，寬厚如洋的愛國心，不禁肅然起敬，不再勸說下去。她失望告別建華後，立即趕往順德，通知蔡雄原先計劃取消。

　　當建華被造反派革除外科主任和教授職務時，再度引起美琪焦慮。這一期間雖然沒有軀體折磨，但精神傷害尤其深重，長期下去，建華終將精神崩潰，甚至憤然自殺。她想出一個拯救建華的另類辦法，不需建華表態同意，待至建華察覺時，已是「生米煮成熟飯」，到達香港了。

　　這次美琪要買通兩個人，一個是英國船長柏克，另一個是廣州外貿局一個英語翻譯凌啟志。

　　按照美琪計劃，柏克船長駕駛貨輪威尼斯號進入廣州黃埔港，停靠後卸貨，空艙返回香港。美琪假稱威尼斯號無需空艙返回，只需多停靠六小時，有一批貨物可裝載入艙，順便運回香港，這樣威尼斯號便可多賺取一筆運輸費，另外，美琪可以趁這六小時空檔，安排建華上船檢查柏克船長的心臟毛病。

　　威尼斯號在黃埔港卸貨時，英語翻譯凌啟志陪同建華前往威尼斯號出診看病。他們到達黃埔港碼頭出入境關口，凌啟志出示自己港口外事工作證件，邊境檢員查找出有威尼斯號船長柏克因心臟疾病申請醫生出診許可書後，便允許凌啟志與李建華醫生一起簽名，放行過關，上船診症。

　　凌啟志知道建華懂英語，不需在旁翻譯，他趁建華給柏克診病時先行離開，到另一貨輪辦理通關傳譯工作。他離開前對

建華說，按威尼斯號規矩，診病之後，船上二副與船上醫護將會陪同建華一起午餐，以示謝意，他大約在午餐之後才回來，看看有什麼藥物需要到港口藥房拿取。取藥之後，他便可以攜同建華一起離船出關。

美琪確定凌啟志已經離開威尼斯號，而建華正在用餐之際，立即告訴柏克船長可以啟航出港，因為原先等待裝載貨物的合約取消，無需多付碼頭延長六小時的停泊費用。於是，柏克船長匆匆通知大副按原定時間，起錨啟航。

大洋船在珠江內河航行無風無浪，十分平穩，建華並不感覺船艙內的機器轟隆聲，繼續在甲板餐廳用餐和討論柏克病情。威尼斯號航行至虎門時，被中國海關快船緊急截停，幾名身穿制服的中國海關人員從舷梯登上甲板，聲稱此船欠繳黃埔港口延長停泊六小時費用，需即時繳清才可放行。

建華聽到人聲嘈雜，也有普通話的言語，即時走出甲板打探，才發現自己身處虎門，趕緊要求海關人員帶他離船，返回廣州。

美琪說這次行動百密一疏，結果是前功盡廢。幸好的是，建華毫不知情，事情敗露之後沒有受到進一步懲罰，那位知情的凌啟志，亦未察覺有失職之處，只是美琪需要付出大筆款項給威尼斯號及柏克船長等人，事件終成泡影。

我只知道威尼斯號事件結尾部份。建華在虎門海關住了一晚，是我把他接回廣南來。那時建華對我說，自己在黃埔

港登上外輪診症，卻片刻之間到了虎門，不知何故。建華和我兩人毫不知曉此事有人在背後胡作非為，若非這次美琪親口說出來，我無論如何也想像不出是她親自導演建華偷渡的離奇情節。

美琪為了把建華接往香港，使出渾身解數，我諒解她是出於對建華深切熱愛與及對國內人才保護的本意，但是，我為她不顧自己律師操守，違背大陸法律界和外貿界同行對她的信賴和敬重，居然做出有損建華本身和國家利益行為而不值。

不過，動盪年代已經過去，她引渡建華畢竟未成事實，現今國內社會已有很大進步，此事無需追究。從另一角度看，她把無人得知的違法事情坦白向我真誠相告，倒讓我認同她多次強調建華不會離開祖國的說話是千真萬確。

這時，海面出現一艘中式木製三桅大帆船，滿帆張開，正朝著遊艇俱樂部碼頭撥浪而來。巨大帆影愈來愈逼近，霎時之間變得遮天蔽日，美琪探頭窗外，讚歎如此壯觀，我也觸景生情，突然浮現詩句：

沉舟側畔千帆過，病樹前頭萬木春。

美琪兩次策劃輪船偷渡，雖未沉舟，但千帆已過。在蒼天之下，誰人無情，誰可無過，我應以豁達心境，寬闊胸懷包容美琪不是之處，何況在建華尚未尋回之時。

第四十三章 填平鴻溝

回到廣南後，聽到搜尋隊伍仍未發現建華任何消息，我心裡更受煎熬。

我向調查組彙報香港情況時，許科長聽到美琪向私家偵探社披露建華攜帶一只咖啡色皮箱上路，內裝有兩個金屬人工瓣膜，立即驚呼起來：「壞了！壞了！這可把事情弄得更加糟糕！」

他說：「這名香港律師好心做了壞事，給李教授埋下殺機。」

「是什麼殺機？」大家都不明白許科長的考慮已經超前兩步。

「我們都知道醫療物品，每一針一線，每一顆藥丸都能救人一命，可是，一些心術不正的人，得知某種藥品或器械價值昂貴，總會不顧一切，設法盜取。陳律師聘用那些香港偵探成員，難保沒有殺人越貨份子混雜其中。」許科長解釋。

他說幾年前，放射治療科發生一宗醫療物品失竊案，連累了許多優秀員工，也差點弄出人命。

那時放射治療科用「鈷炮」給癌症病人治療。所謂「鈷炮」是一部具有類似炮管裝置的放射治療機。操作時，在炮管口上

裝入鈷 -60 放射性顆粒，瞄準癌腫組織部位照射，發出的伽瑪射線可以殺死病人體內的癌細胞。

一天早上，準備施行放射治療的醫生發覺一顆受到嚴密監管和放射線保護的「鈷炮」子彈（鈷 -60 放射性顆粒）不翼而飛，而貯藏室的鐵門並無損壞或撬開痕跡，肯定不是被人破門盜取。掌管這貯藏室鑰匙只有兩位醫生，他們各持一把鑰匙，各自開啟貯藏室上的金鎖和銀鎖，兩鎖齊開時才能把鋼門打開。這兩醫生都說昨日「鈷炮」治療完成後，一起把鈷 -60 顆粒放回原位，也一起上鎖離開，之後再沒有進去。

丟失放射性物質是一重大事故，這兩醫生即時停職寫檢討，其他醫生護士都膽顫心驚分頭搜尋丟失「鈷炮」子彈的下落。他們拿著「蓋革計數器」或「碘化鈉閃爍計數器」（探測游離輻射粒子的探測器），像工兵在陣地上搜尋敵人埋下地雷一樣，步步為營，逐尺前進探查。他們把整個科室翻箱倒罐，每一角落反覆掃描之後，仍然尋覓不到失物。

在證實周圍環境都沒有放射性污染訊號之後，各部門才逐步恢復工作。又過了兩天，一名負責放射治療室清潔的女工請病假休息，即時引起許科長警惕。他立即與一名護士前往女工家裡探望病情，發現這女工確實病況很嚴重，她的右大腿紅腫潰爛一大片，站立不起來，立即呼叫救護車送往醫院外科留醫。

這女工的大腿潰爛深入肌肉層，用大量抗生素不見好轉，情況有逐日惡化趨勢。後來，被一位皮膚科教授診斷出是一種罕見的放射性皮膚肌肉壞死性潰瘍。

這一診斷才讓許科長立即鎖定「鈷炮」子彈失竊的疑犯就是這名女工。

她從實招來，哭訴自己貪婪，聽醫生們說那顆小東西比一粒大鑽石更加值錢，於是心生邪念。在醫生下班之後，她花點時間亂打亂撞撬開一名醫生辦公桌上的號碼鎖，從抽屜裡找到金鑰匙，也把另一醫生的上鎖衣櫃背板用短刀掀開，從櫃後伸手往該醫生懸掛的白大衣袋裡掏出銀鑰匙。她用這兩把鑰匙開啟貯藏室後，把偷到「鈷炮」子彈放在自己右邊褲袋裡，一直不敢拿出來。她的右大腿的皮膚肌肉損害就是隔著褲袋受到鈷-60 輻射所引起。

大家聽完許科長的真實個案更加憂心忡忡，一下子聯想到李教授攜帶的金屬人工心臟瓣膜同樣是價值昂貴，一旦遭受歹徒搶奪，李教授進行反抗時而被毆打致傷或毀屍滅跡的可能。於是，搜尋隊人員立即擴大偵查範圍，甚至對各地衛生局屬下環衛隊、撿屍隊也作詳細詢問，結果也是一無所獲。

有一天，蘇秘書發現香港報紙廣告欄裡有一段尋人啟事，尋找失蹤者是一名香港赴大陸的華裔中年男子，自四月十八日從羅湖出關後失去聯絡，他身高五呎十吋，黑色直髮，健康情況良好，無吸煙酗酒不良嗜好，失蹤時身穿淡藍色長袖襯衫、灰色斜布長褲、黑皮鞋，手提咖啡色中等大小皮箱。知情者可用電話、信件或親身前來本報社尋人組報告，能成功尋回失蹤者可獲三萬元港幣酬勞。蘇秘書注意到該尋人啟事版面比較大，字體色深，尤其是酬金數目用紅色印刷，引人注目。那時，

香港普通工人每月收入是兩千港元左右，該酬金數目極為豐厚。可惜，連續登載幾天，尚未有人前往領取，廣告天天繼續登出。

許科長分析廣告上要尋找的人就是李教授，他慶幸在啟事中沒有提及行李箱內裝有重要醫學儀器，免得惹來更多意外，我也安心這時許科長不再堅持建華牽涉香港爭產事件，有利於集中力量在國內進行偵查。

不久之後，蘇秘書在香港報紙再發現另一重大不幸消息——李家的訃告。有幾家報紙同時報導李邵美蓮夫人在香港嘉諾撒醫院因患急性肺炎病逝，享年七十六歲，喪禮將在香港殯儀館舉行。

鄺院長再次派我赴港參加李家葬禮。他高度評價李氏紡織企業是香港愛國工商界的佼佼者，李太太本人亦多次以無名氏名義向廣南醫學院捐贈圖書、醫學儀器、醫院設備、科研基金和救護車等，是一位值得我們敬重的香港愛國同胞和慈善家。他委托在港的抗日戰友鄧永祥，代他以個人名義向李太太敬送花圈，表示深切悼念。

婉玲為我急忙準備出席葬禮的衣著。她在衣箱裡找到我有一套在留學時穿的黑色西裝，現在仍然合身，正好用得上，只是欠缺一條黑色領帶。她靈機一動，在收藏的碎衣料之中找到一幅黑色綢緞，裁縫成領帶，又拿到醫院洗衣房的熨衣機把它熨壓平整，像名牌產品一樣。她把新做好領帶試行結在我的白襯衣領上，大小長短合適，顯得莊端和敬重。

臨行前，鄺院長和許科長囑咐我，假如李教授仍在香港的話，他一定在母親葬禮上出現。倘若相見時，要好好安慰他，表示對他失去母親的同情，在適當場合告訴他，我們盼望他在喪禮之後回來工作。

　　李太的葬禮十分隆重，由幾位高僧以佛教儀式舉行。有許多我不認識的工商界領袖、李家的親戚朋友和許多崇拜者都來了，個個在靈前虔誠告別。在靈堂上各方人士送來的花圈和輓幛密布如林，我注意到其中有許多是中國銀行、招商局、各中資機構、愛國學校和知名香港愛國人士敬送。

　　美琪替我和建華訂做的花圈和輓聯擺放靈柩兩旁，與建中和兩名姐姐所敬送的排列在一起。建華花圈落款是「孝子建華敬輓」，而我的落款是「孝義子光耀敬輓」。在這悲痛時刻，我才知道自己原來是李家的義子。

　　美琪安排我站立在李氏直系親屬行列當中，向眾多瞻仰李太遺容人士鞠躬致以回禮。在出殯時，我跟在建中哥哥和兩姐姐之後，隨著緩慢行駛的靈車，與身穿白衣，臂套黑袖，手擎白花的送殯者徒步走向墳場。隊伍約有五、六段馬路之長，由香港警察摩托車隊開路和指揮交通。

　　在葬禮中，我一直沒有看見建華出現，我想如果他在的話，親歷這種悲哀場面，一定會哭得十分傷心，如同他失去愛妻佩儀時那樣。

　　葬禮完畢，我還參加李太家中的佛教回靈儀式，美琪代表建華和彬彬在李太靈前跪拜上香。

美琪一直與表姨感情要好，表姨突然逝去令她悲痛異常，這幾天，她的眼睛哭得又紅又腫。

勤勉不懈的美琪情緒好些之後，立即恢復工作，並約我到她的律師事務所見面。

我本以為她會告訴一些尋找建華的新消息，可是，她開始跟我說的是一樁陳年往事。

當我還在兩歲時，我爸駕車搭載建華爸和一名會計師到上海遠郊松江巡視屬下的鈕扣工廠生產業務，途中遇到六名山賊攔途截劫。初時，建華父親吩咐會計師把身上所帶現金盡數交出，化財擋災，但山賊頭目嫌銀兩不足，拔出短刀，緊扯建華父親衣領，扣留作人質。這時，我爸手急眼快，把手上一條開動汽車引擎的曲軸揮出，這一根由他親手特製加長的堅硬鋼棒立即把那頭目撂倒地上，手持的短刀也飛脫出來。另一山賊見勢不妙，從身背後抽出長刀，飛撲過來，卻被我爸用曲軸擋隔，刀光棒影對打起來。我爸一邊招架，一邊叫建華爸和會計師趕快退回車廂之內，他一人可以應付剩下五名匪徒。在劈劈啪啪格鬥中，一名山賊爬上車頂飛躍下來，從背後把我爸雙臂緊緊勒住，卻被我爸一個雙膝深蹲，腰背反弓動作，把緊貼身後的賊人翻上半空，隨即四腳朝天摔至前面地上，動彈不得。那名手持長刀山賊眼看自己刀口已經捲曲和崩裂，同伙倒臥一半，元氣大傷，急忙扶持受傷同伙倉惶撤退。山賊逃走之後，建華爸才發現我爸左臂也中了刀傷，傷口有半尺長，他立即把自己襯衫脫下，撕成布條，為我爸傷口包紮止血，迅速開車至最近醫院緊急治療。

這一賊劫事件，我爸救了建華爸和會計師性命，慶幸之餘，主僕感情變得更加深厚。

那時，建華祖父仍然在世，建華爸向父親請示如何對這一名忠勇僕人獎勵和補償。

李老太爺靜思片刻後回答：「常言有云：『故外親而內疏者說內』，意思是說你與福根的關係在外表上很親近，但內心感情密切不起來，僕人一定刻意與主人保持距離，反過來，你對他也是一樣，主歸主，僕歸僕。這次事件之後，你對福根獎勵和補償，他一定感激，對你更加尊重，但主僕界限依舊分明。這時，你要想辦法把他內心對你的疏離感消除，這就叫『說內』。如果你們之間的界限障礙消除了，兩人命運一致時，這才能算『說內』成功。下一次你遇到同樣賊劫時，他仍然會再次為你捨命相救。」

建華爸再問父親：「如何才能把福根的『說內』做好？」

李老太爺說：「我知道你一定會給他更高薪酬或更好職位，這是方法的一種，但不一定最好。像福根這種習武之人，你給他一筆金錢反而覺得不夠『義氣』，不是像自己哥們似的一條心。你和他最根本的疏離是主僕之間的鴻溝。現在，我們工商界裡有些人把企業股份撥出一部份給工人，讓他們各人擁有一定數量，感到自己也是企業主人，把自己前途與企業興衰連結一起，這是填平鴻溝的一種辦法，你可以參考。依我看，你有另一種更好的『說內』方法。」

「什麼方法更好？」

「你和福根年紀相差不遠，他兒子光耀與你的建華常玩耍在一起，兩孩子的媽媽又是同鄉姐妹，感情融洽。那麼你自己想想看，應該如何是好？」

「你意思是結義？像劉關張一樣，我與福根結義為兄弟？」

「唔！你說的也可以，不過，我認為你不是桃園結義，共同打天下那種，福根不必參與你公司的業務，你可以用另一種方式。」

「願聽其詳？」

「如果你把福根兒子光耀作為你的義子，正式簽下撫養和遺贈協議，這可能更加適合你們兩家人情況。這樣做的話，你與福根之間馬上從主僕變成義親，有了這種肝膽相照關係，兩家人命運休戚與共，令你事業和出行更無後顧之憂，最重要的是，這會對你人生態度有重大改變，帶來莫大好處。」

「恭聽我的重大改變會在哪裡？」

「如果你能把自己當成是僕人，與福根平起平坐，而不是高人一等，你會變得更加謙厚和明白員工的需求，那麼，你才有可能把公司搞得更好，讓事業蒸蒸日上。再長遠一些，你除了在公司之內，尚能顧及公司之外更多人群利益的時候，你或許受到更多人的稱讚，成為社會賢能，給後人做出榜樣。」

「我希望自己能夠如此。」

「你有這樣想法很好，這也是許多人的願望。不過，我先要把壞話說在前頭。譬如，有朝一日，你的公司突然倒閉，家財散盡，自己變得一無所有時，在如此逆境之中，你不會因為從高處突然跌下深淵而身心受挫，因為你早已把自己當成是社會的低層。馬死落地行之後，你仍然能夠依靠自己勞作養活家口，教導子女，盡餘生之力繼續貢獻家庭和社會。即使你已經不是大富大貴，甚至連小康人家也不如，你仍能秉持平庸之心，努力幫助周圍有需要的人，就像開汽車的福根一樣，甘於淡泊，該出手時就出手，把除暴安良、扶貧助弱視為己任，這就是高尚人生。倘若你有如同福根一樣的誠信忠義品格，我老懷亦得以安慰。你同意這個辦法嗎？」

建華爸真心聽從父親諄諄教誨，建華媽知道後也樂見其成，兩家結為義親的事立即決定下來。

光耀與建華是一先一後出生，時間僅隔兩天。建華媽給建華哺乳三個月後，乳量減少至無，於是，乳量充足的光耀媽，立即把建華抱過來一起餵哺，情同「奶媽」。建華媽早有心意與王家結成義親，讓兩個孩子像親兄弟般成長。

不過，李老太爺嚴格提醒，兩家簽約結義事情不可告訴年幼的光耀和建華，對較年長的建中哥哥和兩姐姐也不讓知道，以免釀成爭寵、嫉妒、嫌棄和不思進取的惡習，影響後輩前途。

聽完美琪的故事，我恍然大悟自己成為義子的來龍去脈，唏噓不已。此時，美琪把義母一盒遺物交給我，裡面有一張結義契約，紙質已變灰黃，但墨跡和印章顏色仍然鮮明，另外還

有一套包裝完好的純金飯碗、匙羹和筷子，那是結義時李家的信物，寓意康樂吉祥和衣食無憂。當年，義母遵照李老太爺意旨，這份契約和信物由她代為保管，待我學業結束，事業有成之時才可送出。

李家在上海解放前遷居香港，那時我還沒有大學畢業，於是這盒契約和禮品隨同行李帶到香港來。李太臨終前念念不忘叮囑美琪，要把這契約和信物當著我和建華面前交出來，囑我與建華相親相愛如同親生兄弟一般。

逝者已矣，生者如斯。我聽到父親生前如此不畏強暴和義薄雲天，心懷無限思念和敬仰，又知道李家如此用心良苦，對我賞識和栽培，感激不盡，可惜他們已經先後離世，自己無以為報，怨艾與慚愧思緒交織一起，加上建華下落不明，生死未卜，更令我低頭無語。

這時，美琪從保險箱裡再拿出一份文件，把寫有「給王光耀」一信抽出，說是義母病重時寫給我的信，然後把全信讀給我聽。

信上言詞不多，說我出生在民族內憂外患之日，成長在國難當頭之時，有幸我與建華刻苦勤奮以至學業有成，分別赴蘇美兩國留學，取夷之長，補國人之短，內心有敬，外有所尊，盡忠報國不惶多讓，在醫學事業上各顯成績，矢志不渝對社會和人民努力貢獻，殊為可嘉可讚，此乃是她畢生最大慰籍……，信末之中，每一詞和每一句都是對我的策勵和祝福，讓我聽得感激動容，不知不覺流下淚來。

讀信完畢，美琪又取出一個盒子，把當中一疊李氏紡織企業股票和一張匯豐銀行本票拿出來，擺在我面前，說是義母留給我的遺贈，要我簽名收下。

銀行本票上的收款人寫有我的全名，我不理會上面一連串數目字，也不詢問那些股票價值有多少，立即推回給美琪，連聲說：「不！不！我不能收！」

美琪見我不肯收受，馬上鄭重其事說：「我是由李邵美蓮女士生前指定的遺產分配執行人，我有法律責任把每一份遺產交到每一個合法財產繼承人手上，當中包括你。誠然，今天早上宣讀遺囑和遺產分配時你和二表哥沒有出席，這是表姨生前預先安排好的，她知道你們兩人都在大陸工作，不容易來香港聽取和認領，只授權給我向你和二表哥以個別形式發出。她留給你這份遺產你有權接受，也應該接受。」

「把這一份給大哥、兩姐姐和建華吧，我不要。」

「大表哥建中，表姐淑芬和淑芳聽取遺囑後，都已領取他們應得部份。他們知道有相同數目遺產贈給你和二表哥，都樂意母親如此安排，全無異議。所以，這筆遺產是你的合理所得，你應該全數收下！」美琪說。

「不！我還是不能收！」我堅持。

「這不是黑錢，也不是贓物，而是繳納過香港政府稅收的個人合法財富。你哥哥、兩位姐姐今早接受之後已順利轉移到他們的銀行戶口去。你為什麼不收？」

「我只一個是義子，不是親生的。」

「你們結義的時候曾有協議，剛才你也看過這份協議書，雖然陳舊，但在法律上仍然有效，遺產分贈給義子是理所當然，而且，其他幾位受益人都沒有反對意見，所以你不必擔心。」

「我親生父母都是工人，我是醫生，都屬於無產階級。我在國內有工資，有免費醫療，有學院提供免費住房，將來退休也享有退休工資和福利，所以我不缺錢……」

美琪接著說：「我知道你是共產黨員，我對你十分敬佩。不過，共產黨員與擁有財富不相矛盾。共產主義的理想是人人都擁有財富，人人都過幸福生活。我說這話對嗎？」

「是的，你說得很對。我們一家三口在大陸也擁有財富，雖然不多，去年積蓄下來可以買一部電視機，今年的積蓄可以多買一部自行車，我們計劃明年便可以買一部縫紉機。這些財富都是我們工資收入，是自己勞動所得，家裡日子還是過得挺甜美的。當中國人人都富裕起來時，我們一家也會有更多財富。」

「很羨慕你們的家庭生活，也欣賞你的共產主義理想。我告訴你，有一個著名畫家是一個共產黨員，也是一個大富翁，他一直有崇高共產主義理想。你知道他是誰嗎？」

「我真不知道。」我在這方面是孤陋寡聞。

美琪所說的大畫家是畢加索。法國羅浮宮裡展出四十幅世界名畫中，畢加索一人佔了十幅，他也是僅此一人在有生之年已經成為世界公認的大藝術家。他一幅畫的價值可以買下一個法國南部古堡，因而他收入豐厚，生活富裕，住豪華公寓，擁有名車，有穿制服戴白手套的司機開車，家中有披頭巾的女傭為他服務，但他終身無悔，樂此不疲公開自己是真正共產黨員。他說加入共產黨是因為這個黨比其他政黨更加了解人民大眾，能使人民大眾成為思想清醒者，也使人民大眾生活變得更加幸福。

　　美琪說罷了畢加索，馬上牽連到我，「我知道你有許多理念與畢加索相同，畢加索反對佛朗哥和希特勒法西斯主義，他反對美國出兵朝鮮戰爭，他繪畫的鴿子成為世界和平的象徵，他也榮耀地獲得蘇聯綏予的『列寧和平獎』。二表哥曾告訴我，在朝鮮打仗時，你渴望和平，在美軍砲彈殼上刻出和平鴿圖案。是有這事嗎？」

　　「是的，那是我用野戰醫院手術刀仿照畢加索和平鴿線條刻畫出來。建華常常向我提起畢加索，但我不知道他是大富翁。」

　　美琪說：「我不是共產黨員，但我十分贊成畢加索的思想和為人。我也認識到作為一個共產黨員主要看三件事，第一是看他的理念，第二是看他如何實現這種理念，第三是要看他實實在在為這種理念作出了什麼貢獻，要把這三者結合在一起，而不是因為他擁有財富而對他扣分。你同意嗎？」

「畢加索是靠藝術貢獻人類，他的富裕是他的勞動所得，這與我接受義母的財產不同。」

「我問你，你敬愛義母嗎？」美琪切換了話題。

「當然，我敬愛她！她不只是對我關心愛護，我更敬愛她的大愛和博愛，她對我們國家作過許多捐獻，我也知道她在香港也做過許許多多公益慈善事業。剛才你讀她的遺言時一定知道，她臨終時仍然苦口婆心勉勵我要對社會、國家和人民不斷貢獻知識和力量。」我答。

「是的，我也有與你一樣的同感，她就是一個不斷給國家和香港造福的大慈善家。當你記住義母遺言的時候，也應該把她的遺言和遺產連結起來！她給你這筆財富，如果兌換成一疊疊的一千元面額港幣鈔票，我估計一輛出租車的車廂也裝不下來。你把這筆款項，變成國家可貴的外匯儲備，這本身就是愛國行為，而且，你亦有權合理利用這些財富資助教育發展、醫學研究，或者幫助貧窮學生完成學業等等。你想要做的事情，也不正正就是實現她遺言對你的勉勵嗎？」

這時，美琪已把筆套擰開，把鋼筆和簽收文件恭整擺在我面前說：「請你簽收吧！」

「你能告訴我，義母給建華那一份遺贈，你是如何處理的？」我問。

「他的份額仍然在我這裡保存，實際的款項存在銀行裡繼續生息取利，等待他回來……」美琪說話一時頓挫，眼睛閃出淚光，她茫然不知何時才能找到建華，憔悴地說出後半句：「到時再連同利息發回給他。」

　　我打定鐵石心腸，決不接受這筆遺產，但我明白美琪本身亦有許多煩惱和悲哀，只好對她說：「這筆財產仍然放在你那裡吧，等待建華回來時才一起把結義合約和遺產事情一同處理。如果能這樣做，我能省下心來，集中精力尋找建華下落，這豈不是更好？」

　　美琪沉思一會，拿出手絹擦淨淚花，終於點頭答應。

　　在返回廣州列車上，車輪隆隆催人欲睡，我卻久久不能平靜，混亂思緒一直在心中繚繞。

　　我不得不反躬自問：「我有這樣的義父和義母，自己還算是一個爐火純青的無產階級戰士嗎？」

第四十四章 曙光初現

回到廣州家裡已是萬家燈火，婉玲見到我時，蹦蹦跳跳來迎接，她別的什麼都不說，連忙問我吃晚飯沒有。我放下行李擁抱她，「親愛的，不要擔心，我在火車上吃過蓋澆飯，那飯又好吃，又不用糧票，肚子吃得飽飽的。」

我環顧房子不見兒子聰聰，便問：「狗崽子[註]跑到哪兒去了？」

「哎唷！狗崽子這個詞多難聽，你哪能這樣叫自己兒子啊！聰聰到禮堂看電影《地道戰》去，他已經看了三遍，還要再看，連對話也背出來了。」她慍怒而又憐愛地拿來熱毛巾給我擦去臉上風塵僕僕，還嘗試抹去我眼裡的紅筋，接著說，「前幾年，有些人說聰聰是半拉子的狗崽子，這讓我心裡很痛！你知道後從來都是安撫我，鼓勵我，從未在我面前說過這三個字。」

「我說錯了，讓你傷心，我以後不會說啦！」我撫摸她的面龐，向她道歉，「我只是失魂落魄時，胡裡胡塗說出來的。請你原諒！」

「你在香港這段日子難過嗎？我想一定是的！李教授突然失去聯絡，你去找他也是次次落空，他媽媽又是在這時候去世，一波接著一波苦難突如其來，一定令你失魂落魄，我很明白你心境。說起來，李教授家也是我的親戚，為了他家的事我也獨

自落淚幾場，我不像你當過志願軍那樣堅強啊！」她抬起頭望著我，脹紅的眼睛真的篤篤流出淚水來，她擤了一下鼻子繼續說：「我也很自悲，我爸是資本家，又是地主，你可能一直埋怨我的家庭出身遺害了孩子，你把這股怨氣積壓在心裡從來不對我說，現在遇到失魂落魄時候才突然爆發出來。」

「不是的！不是的！我一直愛你都來不及，我還能埋怨你什麼？你千萬不要這樣想！千萬不要啊！時代不斷在進步，現在再沒有人提這些事了！」我趕緊說，伸手輕輕揩去她臉上淚痕。

「那就好！希望你以後不再這樣叫孩子了，讓我們孩子健康成長吧！好嗎？」

我感謝婉玲的諒解，心裡想，我自己也有資本家的義父義母，自己也不就是半拉子狗崽子嗎？我還能埋怨婉玲什麼！只是，目前我對個人問題已是千頭萬緒，遲一些時候才把這種事情掏心掏肺向婉玲說出來吧。

又過了幾天，我忽然接到美琪直接打電話到醫院找我，有緊急事情商量。

她說有一個不願公開姓名的人知道建華消息，約她明天下午二時到深圳海關大樓右邊一間天香酒樓二樓面談，那人將會穿藍色西裝，白襯衣，不結領帶，選擇坐在臨街的四人小桌，但他只是一個人來，也希望美琪單獨來見面，不想外人知道。

「那人知道建華的名字嗎？」我問。

「他說知道，但在電話中不方便說，他到時會告訴我。」美琪答。

「那人還說了什麼話證明他真正知道建華下落？」

「那人說李先生是一個大好人，曾給他很大幫助，他報案不是為了幾萬元報酬，而是為了報恩。那人還說自己也正在尋找李先生。」美琪說。

我聽後感到這個神秘人不可相信，因為他先是自稱知道建華下落，後來又說自己也在尋找建華，前言不對後語。我不得不向美琪提醒，這人有可疑，可能是騙子。

「你明天會去見他嗎？」我問美琪。

「我一定會去。我們東奔西跑那麼多日子都沒有半點消息，現在難得有這人報案，即使他是騙子，也要見他一面才死心。我希望你也能來，多一個人好商量。我不知道他是否認識你，你來時最好規避一下，免得被他認出來。你能來嗎？」

「我一定來。到時，我會戴上一副黑框平光眼鏡，穿藍色中山裝，坐在天香另一角，你一定可以認得我。我估計那人說話不會太長，你們談話之後，我會在新華書店旁的星光茶餐廳與你面談，到時交換情況。」

美琪聽到我的支持，感到放心，說明天不見不散。

我馬上把這一情形向學院調查組報告。

許科長和保衛科一組人員立即乘坐一輛吉普車風馳電掣駛往深圳，預先做好安全保障工作。他們得到當地寶安公安局協助，成立臨時偵察小組，分配各成員工作崗位和任務。

寶安公安局副局長說，假如舉報者是好人，所提供資料確實，他們會繼續協助尋找李教授，假如他是騙徒，一定不會讓他得逞。

我次日到達深圳，提前十五分鐘走進天香酒樓。那時客人不多，我年輕時有地下工作經驗，選擇合適觀察位置坐下來，看報紙，靜待舉報人出現。

下午二時之前美琪到達，她發現了我，但沒有向我打招呼，徑直走向靠窗的一張小桌。瞬間，一名穿藍色西裝白領的人施施然前來，他身後沒人跟隨，想必他曾在門外等候已久，一旦見到港人打扮的單身女子才隨尾而至。

我遠遠望去，見那男子並不面熟，他頗有禮貌請美琪就坐，有規有矩。因為隔開了三張餐桌，我不易聽到他們說話的聲音，只能觀察他們表情和身體語言，略知事情進展。在他們一來一回對話中，我感覺那人表現誠懇，沒有騙子常有的目光浮遊、誇誇其談或阿諛奉承等舉止。

那人起立告別時，我看見美琪遞給他一個白色信封，我相信裡面裝有鈔票作為酬勞，但他拒絕不要，說有事要先行離開，而美琪望其背後，面露喜色。

在星光茶餐廳裡，美琪急不及待告訴我，那人真的提供了一條重要線索，要我幫忙趕快尋找一個叫區永豪的人，那人就是李建華！

我驚愕地問：「這是怎麼一回事？」

美琪說這個報案人叫區永昌，許多人叫他昌哥，與李教授認識而稔熟，他十分感激李教授把他的暗淡人生點亮起來，走上光明大道。昌哥一邊介紹自己時，一邊把許多照片展示出來給她看，有幾張是他與李教授同框合照，所以美琪相信他說話有憑有據。

區永昌原是國民黨軍隊中一名隨軍攝影記者，撤退往廣西十萬大山方向時被解放軍俘虜，他領取解放軍發給路費回到廣東寶安老家，後來在廣州一家攝影店找到一份夜間沖印相片工作。

多年前，他妻子分娩時大出血，為救妻子和胎兒兩命，他在廣州「方便醫院」捐了幾百毫升血救活了妻子，兒子也順利出生。妻子出院前仍有貧血，他再次捐血給妻子。從此，他知道醫院有捐血和賣血兩類不同人物，捐血者是義務的，而賣血者有酬勞，抽一次也有大約六十元人民幣回報，省吃儉用可應付普通家庭一、兩月開支。

賣血者都是社會底層人物，當中多數是城市失業者或是入不敷出的窮人。區志昌當時家庭經濟十分拮据，上有懦弱多病父母，下有一群嗷嗷待哺兒女，他也需要賣血幫補家計，並且逐漸成為這群賣血者首領。

昌哥自稱當上首領靠的是義務和擔當，加上他有文化。他把同伙的血型、年齡、地址、傳呼電話號碼及每次抽血時間和數量記下，以便聯絡。醫院需要輸血時，他會通知適合賣血者前來醫院抽血，而賣血者收到現金報酬後，也願意拿出一元給他當作手續費。昌哥也沒有白拿，他用印相片剪裁出來的邊角紙料，印出「豬紅粥一碗，牛肉腸粉一碟」字條，給每次賣血者字條一張，憑票在醫院旁的輝記粥店免費吃完才回家。輝記老闆同情賣血者，給他們舀粥時，舀的豬紅特別多，認為那是最好的補血食物。

　　昌哥日常工作是與醫院聯絡，用電話傳呼或騎自行車通知賣血者前來抽血。每次抽血他都親自到場，預先檢查伙伴們身體狀態，鼻子嗅一下有沒有酒精氣味，摸摸前額有沒有發燒，確認健康狀況良好之後才讓他們進入抽血室。忙碌時，醫院每天有二、三十名輸血案例，他需要整天留在醫院張羅那些事情，匆匆吃晚飯後又要趕往攝影店做沖印工作。

　　醫院有了這名能幹的「輸血隊長」，保障血源有穩定供應，對救治病人大有幫助，所以對他從中收取一元酬金，只看作車馬勞頓費用，不視為剝削，任由他們自行管理，不多過問。

　　昌哥並未因為收入增加沾沾自喜，反而因工作不能見光而黯然傷神。他夜間在攝影店沖印工作時，陰暗而孤寂，日間幫助抽血時卻被罵為「販賣人血」，鄙稱為「血頭」，那種被唾棄的苦惱如鯁在喉，越發激勵他追求更有意義的人生。

他知道賣血者們有三件不願說出口的事情，第一是要金錢活命下去，第二是輸血換點錢雖不是壞事，但不見得興香（光彩），也不願曝光，第三是被標榜為不勞而獲，因而抬不起頭來做人。賣血者的生活困難多少反映當時社會現實，人們的同情心有時亦會被扭曲。

他首先要改善自己形象，選擇穿著光鮮衣服，皮鞋也要擦得明亮，他不單要自尊，也要自強，同時也要求隊友們到醫院抽血時要昂起頭來，明白輸血救人是一種美德。當他知道有些隊友緊急用錢，冒著身體不適也要前來賣血時，他會自掏腰包給他們三、五十元應急，讓他們先回家休養好身體。從此，他和隊友們關係更加密切，自卑精神狀態有了改善，賣血人前來抽血時不再躲躲閃閃，有些還主動前往病房詢問護士剛才接受輸血的病人救回來沒有，病情好些沒有。病人轉危為安給他們帶來不少慰籍。

真正讓區永昌振奮起來的是李教授。

有一次李教授為拯救一個腹主動脈瘤破裂大出血病人，施行緊急手術，輸了四千毫升血才挽回生命。這個病人是 AB 血型，這種血型在廣東很少見，十中無一。李教授稱讚說，在緊急情況下能夠找到如此大量 AB 同型血是手術成功的重要關鍵。這時手術室護士長說，有一份功勞應該歸於輸血隊長區永昌。

此後，李教授約見區永昌多次，一起討論醫院供血來源問題。當時附屬醫院建院時間不久，還沒有成立血庫，加上心研組要開展心臟直視手術將會是用血的大戶，所以李教授要與輸

血隊長合作，把目前供血方法改變過來，由個人賣血逐步過渡成為群眾性義務捐血，區永昌也滿心歡喜答應。

李教授一方面建議醫院迅速成立血庫，另一方面盡力安排昌哥手下的無業者參加工作，例如在實驗動物飼養場當臨工，在附屬醫療器械廠當雜工等。學院葛書記知道一些失業賣血者找不到工作，親自到市政府民政部門聯絡，給他們申請職業訓練和輪候工作機會。

上有醫院行政大力支持，下有昌哥輸血隊伍的協助，醫院血庫快速成立，添置多部冰櫃、離心機和血液化驗器械，也購買了流動採血的麵包車，印製宣傳冊子，推行新型捐血制度。

志願捐血者可以在廣南醫院每年免費體格檢查一次，每次捐血數量登記在捐血卡上，每捐一次發卡一個，此卡可以留作自己或家人需要輸血時免費輸血使用，或可轉贈給有需要的親戚朋友，永遠有效，但不能用作金錢買賣。

這種義務捐血模式獲得群眾歡迎，也得到政府公共事業部門支持，公共汽車公司、一些公共游泳池、公園、音樂會和足球比賽提供獎勵月票或優惠門券，商業部門也提供自行車、電視機等熱門產品的優先購物券，對義務捐血者鼓勵和獎賞。從此，賣血者和捐血者比例此消彼長，義務捐血制度逐漸健全起來，區永昌慶幸自己走上保健事業光明大道。

昌哥告訴美琪說，上個月他從廣州回寶安度假，順便為家鄉公社開辦的「沙龍」攝影店修理舊相機。相機修好之後他多

停留幾天，幫助從香港回鄉的志豪弟弟辦理婚事，所以才有機會在深圳遇到李教授。

那時是在三月二十九日傍晚，昌哥走進「沙龍」攝影店旁一家飯店，看見李教授呆呆地坐著角落裡，叫好的飯菜擺在桌上已經放涼，但未見下箸，立即上前詢問發生了什麼事情。

李教授坦白說原本今日前往香港探母，但被邊境檢查員打回頭，不知何故。他在深圳郵電局打電話告訴香港哥哥不能如期前來，方始知道母親腎臟透析的血管瘻口有發炎，又有血塊堵塞，洗腎不能進行，而醫治母親的腎科醫生到夏威夷度假，別的醫生不熟悉這種新型血管技術而不敢接手處理，家裡人急切盼望他趕快前來救救母親。李教授聽到如此不幸消息，急得像熱鍋上螞蟻，不知如何是好。

「哎喲！那該怎麼辦？明天你也未必能過得去！」昌哥聽後十分同情，嘆出一句。

「為什麼？」建華問。

「大概是因為威尼斯號事件，你曾被拘留吧！」昌哥猜測。

「那時，我只是在海關暫住了一夜，並不是拘留。」建華解釋說。

「不過，醫院裡人人都說你偷渡不成被拘留，這消息傳到我也知道。如果你真正與威尼斯號事件無關的話，你或許與

其他事情有牽連，不然的話，出境人員不會無緣無故不讓你出境。」

「現在我該如何是好？」

「如果你不是緊急去香港的話，那麼多等兩三天吧，關口方面與學院雙方都查清楚了，知道你是一個好人，辦的是正常手續，一定會放行的。」昌哥安慰說。

「我媽病情突然變得危險，我急著要去救她一命啊！」

「情況很危急嗎？」

「是的，她的手臂上血管有栓塞，也有塞進肺裡的危險，命懸一線啊！」

「噢！肺栓塞這病我也聽說過，那真是十萬火急啊！」昌哥心中盤算著用什麼方法才能幫助李教授。

「如果真有一輛十萬火急的救火車能直接開往香港，我會不顧一切攀上車，硬衝也要衝過去！」建華焦急回應一句。

「聽你這種說法，可想而知您媽的危急境況！怪不得飯菜擺在面前你也吃不下去。那好！我同情你，我也敬重你一向救人無數，讓我幫你吧！我設法找一張通行證件，讓你明天一早過關去！」昌哥說得很有情義，也似乎很有把握。

「真的嗎？你認識關口上的人？」

「我不認識他們，最好他們也不會認識我，但是我可以幫你！你相信我吧，你明天一定過得去。現在你快吃飯！飯菜都涼了，我叫廚房熱一下。晚飯後，我們一起到隔壁『沙龍』辦一些手續，然後我帶你到我家祖屋去，走十五分鐘便到，我有一間乾淨客房可以讓你休息，明天一早我送你出關。」

「真的嗎？」建華聽後頓時開朗起來，但不知道昌哥葫蘆裡賣的是什麼藥。

建華一向讚揚昌哥在輸血隊裡有領導才幹，尚不知道昌哥在攝影方面還有一門訣竅，那是像變魔術般的「如形換影」印相手法。

區志昌的辦法一定要依靠弟弟志豪答應才成。

志豪是香港一家金鋪的打金師傅，老闆放他三個月有薪假期回鄉辦理婚事，順便委托他在深圳市物色廠房，增設一間打金工場，招收工人，以便開拓大陸首飾生意。

這時，昌哥馬上打電話通知弟弟前來「沙龍」，借用他的香港身份證件（CI）一個月左右，把證件上的相片換成一位醫生相片，讓這醫生緊急出境救人之用。志豪知道哥哥心地善良，此舉是為救人一命，勝造七級浮屠，毫不猶豫答應下來。

飯後，昌哥帶領李教授到隔鄰「沙龍」，先給李教授拍攝一張證件相，這與香港 CI 相片大小一樣，紙質厚薄也相同。昌哥先把志豪證件上的照片表面塗抹一層化學液體，浸透後把照片最外一層非常纖薄的顯影膜輕輕掀起，保存起來，留待證

件復原時使用。下一步驟是把建華剛拍攝好的照片以同樣方法把顯影膜掀起，粘貼在志豪證件上。經過微溫烘乾之後，這本 CI 新貼的李教授照片亦呈現出原有證件上的凹凸鑴印，絲毫瑕疵也看不出來，巧若天工。

李教授也很小心謹慎，他把換了照片的 CI 拿來仔細察看，果然找不出任何破綻。

昌哥對他說：「現在你已經變成香港人，在大陸這邊出關肯定沒有問題，只是你在香港入境時一定要記住自己是區志豪，住在九龍深水埗鴨寮街，職業是打金師傅，專做寶石鑲嵌，工場在荃灣。一般港方的稽查不會查問什麼，蓋一個章便可放行，但是，如果遇上某一英國幫辦或會產生懷疑。你若遭到留難時，不要著急，可以要求打電話給家人，帶備一些現金前來接你，或帶同一名香港太平紳士前來求情，多數可以通融。萬一，在盤問中發現你的資料與證件不符，你有可能被控告違反香港法律的『使用偽造文書罪』。這時，你應立即把我的名字供出來，指證是我犯法偽造，你自己轉作污點證人，這樣他們會暫時釋放你，等候裁決。你趕緊把握這一保釋候審機會去搶救你媽媽吧！」

「你真是捨命陪君子啊！」李教授感激昌哥說。

「我也只能用這種非正式方法讓你明天出境救人。你不要擔心我，隔在深圳河邊界，英國人也奈何不了我。你的國內港澳通行證留在我這裡，由我保存。你回到廣南附屬醫院後，我會來心研組找你，把你手上的 CI 證件取回，我也歸還你的港

澳通行證。總之，你可以逗留香港一兩個月也不成問題。最重要是你趕快到香港去，抓緊時間救你媽一命！」昌哥叮囑建華。

昌哥次晨一早送李教授進入關口後，仍然在禁區門口徘徊等待消息，直至中午都沒看見李教授被打回頭，他才放心離開。

直至五月初，昌哥預料李教授已經假期完畢，前往心研組打聽時方知李教授仍然未回，又聽到有人說李教授可能在香港當上大老闆，不回來了，更讓他感到納悶，不知何時才能取回弟弟的 CI。

此時，昌哥從鄰居口中知道，有一位親戚從香港帶回兩條霉香咸魚，解開用半張香港舊報紙包裹的咸魚時，偶然看見報紙上有一段尋人啟事，獎金有三萬港元之巨。他急忙把那半張報紙拿來一看，日期是前幾天的，啟事中要尋找的人十足就是李教授，於是立即打電話到香港報社去，最後找到了美琪。

註：狗崽子：這是在文化大革命早期，一股極左紅衛兵對「五類份子」（即地主、富農、反革命份子、壞份子和右派份子等五類階級敵人）子女的侮辱性稱呼。

第四十五章 悲喜交加

我立即把美琪說的昌哥故事告訴許科長，他聽後態度審慎，立即與我和小董一起到寶安公安局偵察組交換情報，查明是非。

偵察組人員把拍攝現場錄影播放給我們看，鏡頭出現的那名報案男子就是美琪口中所說的昌哥。我對昌哥不熟悉，但許科長和小董兩人即時認出他就是在廣南附屬醫院血庫工作的區永昌。再逐段聽取區志昌與美琪對話錄音，內容與美琪向我轉述情況大同小異。

為了進一步了解區永昌說話的真實性，我們立刻轉往出入境處小陸那裡求證。

小陸一再幫忙，立即找到一名持香港身份證明書的區永豪在三月三十日上午九時出境記錄，三周後此人在四月十八日下午四時再入境。這一出一入時間記錄，完全符合李教授出境休假和回來上班的時段，說明真有可能是李教授是借用區永豪證件作為出入境通行之用。

小陸又說，這持證人在四月十八日下午四時入境後暫無出境記錄，顯示此人仍然停留在國內。

這時我們都意識到，手持區永豪證件的李教授已經回到國內，大家高興不已，並立即行動，迅速追尋區永豪現時下落！

許科長提醒我們不要過於興奮，目前在國內，有兩個區永豪，一真一假，所以尋找時不要混淆，也不要大肆張揚。

　　幸好有吉普車代步，我們匆匆折回寶安公安局去。局裡的戶籍警察立即在來訪港客戶籍登記中查出一名四月十八日入境的區永豪，現正在深圳僑光醫院住宿。

　　這名區永豪應該就是李教授。大家又疑問起來——李教授為什麼在僑光醫院住宿？他難道得了什麼病？或者他是在為其他病人做手術？他為什麼久久不通知我們？

　　這時，我們不管三七二十一，立即驅車前往僑光醫院，找到院長辦公室說明來意。蘇院長知道這名一直找不到香港家屬的重症患者突然有人探視，感到安慰，親自陪同我們到外科特護病房去。

　　蘇院長告訴我們，這病人情況剛從病危好轉過來，要求我們見面時戴口罩，穿隔離衣，三人不宜同時探視，只可輪流進入，每次每人不宜超過十分鐘。他將會在院長室等待我們探視完畢，告知有關病情和住院收費問題。

　　我們在特護病房外，隔著半截玻璃牆，看見區永豪躺在病床上，伸出左臂接受靜脈點滴治療，眼瞪瞪望著天花，完全不是李教授的樣子。我們三人再靠近一些，站在病房門口張望，並詢問身旁的護士，我們是不是找錯了病房？

　　那位護士說：「沒錯，裡面的病人就是區永豪，他來這裡住院二十多天了，前兩星期我們都要三班輪流守護他，幸好把

他搶救回來。」

聽到護士這樣說，裡面的李教授竟然變成這種樣子，我們無不感到驚訝和沮喪。

許科長首先進入探望，然後是小董，最後才輪到我。

他們兩人先後探望完畢出來告訴我，那人自稱區永豪，從香港回來，剛到深圳時病了。問他是什麼病？他說不知道。問他在香港做什麼工作？他說是打金工人。問他有沒有兒子？他說自己是單身漢。他說很少到廣州，也不知道有一間廣南醫學院。

許科長說，李教授本來雙目炯炯有神，口齒伶俐，但裡面那個人傻呼呼的樣子，一問三不知。小董補充說，李教授自己是醫生，無理由連自己患什麼病都不知道，另外，李教授有一個兒子，但那人說自己尚未成親。

他們都異口同聲說，那人根本不可能是李教授。

輪到我進入探望。我注意到他的面容蒼白和浮腫，上眼瞼脹得有點鼓泡，不像建華原有的雙重眼皮。他的高鼻樑與建華一樣，但鼻尖變圓變鈍，鼻翼顯得闊大，可能是水腫的緣故。惟有他整齊潔白牙齒與建華一模一樣，只是牙齦腫脹呈暗紅色，這不同於建華本來的紅唇白齒。但是，他的耳朵，包括他兩邊的耳輪、耳垂和對耳屏都與我印象中的建華完全一致。除了手足有微腫之外，他的體格基本與建華無異。

至於他的精神狀態方面，基本上與許科長和小董描述那樣，反應緩慢，言語困頓，記憶力明顯減退，連母親名字也忘記，當然也認不出我，但是，他是清醒的，他記得剛才有兩個男子來探望他（許科長和小董），這說明他的近事記憶還可以。記憶力缺失當然會影響他的判斷力和想像力而變得遲鈍愚魯，不過他能準確讀出我手錶時針指向四點三十分，估計他的智力與三歲孩子差不多。問他身體好些嗎？他結巴地說好些了，還說出「謝謝」兩字，表情欣快。我離開病房時，他伸出右手表示再見，我感覺出他對我有親切感。我斷定他就是建華，看見他病成這樣子，自己傷心得眼淚不斷湧出來。

我不得不向許科長和小董說，那人就是我們要尋找的李教授。

「你根據什麼？」許科長和小董都不相信我的話。

我的判斷主要依靠他的牙齒。我作為麻醉醫生，注重病人牙齒是我的職業本份，長年屢月的工作積累，這種本份差不多成為一種本能。我發現他的整齊牙列和光亮琺瑯質正是建華的牙齒特徵，而且，多年之前我給建華做麻醉時曾仔細檢查他的口腔，對他的每一顆門齒和犬齒形狀都有深刻印象。還有，他的耳朵雖然顯得蒼白，但輪廓與建華的耳朵完全相同，這是由於耳朵軟骨硬度較大，不像面部皮膚肌肉因為水腫而變形。另外，我還發現他說話有較多舌齒音，建華在上海長大，這與廣東話的口音完全不同。

許科長和小董斷然拒絕承認他是李教授。他們的堅持我可以理解，任何人對熟悉已久的李教授竟然在短短幾星期之內，從本來的面貌俊朗、舉止優雅和風度翩翩突然變成容顏枯萎、目光呆滯和精神殘缺樣子，一定受到沉重打擊，可能出現拒絕接受的「抵賴」心理反應。

　　儘管承認也好，不承認也好，大家都顯得欲哭無淚。我只好對他們說，「你們可以繼續保留不同意見，待向醫院方面了解有關病人入院狀況、診斷和用藥情形後才作進一步確定吧。」

　　小董眉頭一皺，計上心來，建議說道：「根據香港尋人啟事所說，李教授回深圳路上帶有一只咖啡色皮箱。我們可以向護士詢問一下，這只皮箱有沒有隨病人帶進醫院來。假如有的話，這也可以作為一個證明。」

　　經我們請求，護士站一名年輕護士馬上從保管室裡搬出一只箱子給我們看，皮箱外觀果然是咖啡色，上有封條，貼有屬於區永豪的名字。

　　這時總護士長在電話中知道我們想要打開皮箱，立即前來，當著我們面前解開封條。我們立即發現皮箱內的「嘉頓餅乾」鐵罐。打開罐蓋後，裡面真有原封包裝的金屬人造心臟瓣膜。

　　小董肯定地說：「這是一個重要證據。這病人就是李教授。」

但是，許科長仍然懷疑：「這可不一定。這皮箱會不會被這名病人偷來的？」

許科長這一句話讓總護士長聽得一頭霧水，一下子說這病人是教授，一下子說是小偷，感到十分奇異。她估計這名智力不全病人一定牽連著十分重要秘密，連忙邀請我們隨她一起到總護士長辦公室去，說有三件病人身上物品可以幫助了解病人身份。

總護士長在外科值班護士見證下，打開夾萬保險箱，把一紙盒拿出來，說道，「這是區永豪入院時身上和衣服口袋裡的東西，錢包裡有一疊十張一千元港幣、四張十元和幾張面額較低的人民幣，也有一張下午五時開出尚未剪票的深圳至廣州火車票，另外有一個塑膠證件套，夾有他的 CI 證件和一張彩色照片，還有一只從他手腕解下的手錶。看看這些東西能夠幫助你們證明什麼。」

許科長趕緊把 CI 證件打開來看，真的是區永豪證件，再細看證件上的照片，才發現原來是李教授的樣子。這時，小董也拿起彩色照片來觀看，那是李教授在香港容龍別墅的留影。我也注意到那只手錶就是建華一直使用多年的同款手錶。有了這三件證物，我們三人都一致認定，這名叫區永豪病人其實就是李教授。

總護士長看見我們肯定他就是聞名已久的心臟外科教授，表示敬意，又知我們是李教授同事，立即如釋重負，她苦於尋找這名病人家屬和同事已久，今天終於發現，馬上把錢包、手錶和證件收拾一起，帶領我們到院長辦公室去。

蘇院長知道這名危重病人是李教授後，也表現出驚喜和尊崇，他不敢怠慢，立即招呼我們坐下，通知外科主任、主治醫生、外科護士長、急診室主住和有關護士前來報告病情。

趁這時候，許科長打長途電話到廣州，向鄺院長報告已經找到李教授消息。我和小董一起乘吉普車，把在深圳華僑大廈等候的美琪接到僑光醫院來，聽取建華的病情報告。

美琪見到建華時，簡直是悲喜交加，泣不成聲，默默以淚洗面。

在會議室裡，她坐在我身旁，靜心聽取僑光醫生關於診治建華的經過，聽不懂的醫學名詞低聲向我詢問，並拿出紙筆作記錄，十分專注。

僑光幾位醫生先後講述建華在四月十八日下午四時三十分，由一部摩托三輪車送入僑光醫院急症室。他下車繳付車費後，自行前來登記就診。當時他說話清晰，講述自己突然發作左上腹劇痛。掛號之後，他跟蹌幾步，摔倒在櫃台之前。

急診醫護馬上把他扶起，移上診床，發現他面色蒼白，呼吸急促，意識模糊，左手按在左胸，血壓降低至七十八，脈搏每分鐘一百五十八次，體溫升至攝氏四十二度，馬上給他吸氧，靜脈輸液，注射腎上腺素等緊急搶救措施。

急診醫生見病人來勢如此兇猛，以為是急性心肌梗塞，馬上作心電圖檢查，但是沒有心梗的特徵圖像，直至陸續有血液化驗報告結果出來，顯示血清澱粉酶升至高達驚人的 5000 IU/

L，比正常值高出數十倍，才診斷為爆發性急性胰腺炎，合併有中毒性休克，緊急轉入外科監護病房救治。

外科接手治療後，馬上給他禁食，插胃管持續引流，全身使用廣譜抗生素加上類固醇和阿托品治療，同時向家屬發出病危通知書。

總護士長多次聯絡香港方面的人民入境事務處職員，委託轉達病危通知給香港家屬。後來港方回話找不到區永豪的香港親人，只能把病危通知以緊急郵件形式寄往他的香港住址郵箱，即日可達。

入院三天後，病人情況好轉，神志清醒過來，但表情呆滯，不多說話，常常詞不達意，聯合抗菌素治療持續兩星期，直至體溫降至正常後才逐一撤離。與此同時，利用頸部作中心靜脈插管，對他進行靜脈營養治療，滴注鹽水、葡萄醣、蛋白質、脂肪、維生素和其他礦物質維持身體營養需要。

對於病人出現記憶力和智力減退症狀，僑光神經科醫生曾詳細檢查病人，但未發現任何神經損傷定位症狀，推測精神異常是病人曾受到高熱、毒血症和休克影響，引致腦缺氧之後的迷糊狀態。

蘇院長表示，患者目前腹部感染炎症已經受到控制，他相信李教授精神症狀也將會隨著身體康復而逐步改善。他很有信心說，最危險的生死關頭已經闖過去，李教授一定可以恢復心臟外科教授工作。

第四十六章　講不完的故事

鄺院長和葛書記十分重視李教授的病情，立即指示成立專責治療組，派遣兩部救護車和一批醫護人員把他從深圳接回廣南醫院來。

經過多種輔助診斷檢查和多名內外科醫生會診，大家都認為李教授的急性胰腺炎已經進入恢復期，並無合併腹膜炎、胰臟和肝腎功能障礙等後遺症，於是，大家專注在他的精神異常方面尋找原因和治療方法。

精神病科譚美娟醫生在專題會診中說，李教授的精神障礙主要表現在記憶力嚴重減退。他不知道自己在哪裡出生，也不知道在哪裡讀書，連他的職業是醫生也忘記了，自認是香港打金工人，完全把自己當成另外一個人物。譚醫生解釋病人突然出現「新的自我」是屬於一種離解性（破碎）失憶，通常在遭受戰禍災害，目睹親人車禍喪生，頭部受傷或嚴重疾病之後發生。

譚醫生指出李教授記憶減退還有喪失「命名力」特點，例如，他要求護士為他找一物件，但說不出該東西叫什麼名字，只能在紙上畫出一個手錶圖案來。這時，護士才明白他要找的是手錶，但他說不出手錶這名詞。

她認為李教授腦部的記憶損害應該集中在大腦的顳葉位置，那裡貯藏著許多過往記憶和物品的命名力，並推斷這種損

傷部位在左側顳葉，因為李教授是慣用右手的人，他的命名記憶中樞是在他的左側主腦半球的顳葉裡。

但是，譚醫生不能肯定李教授的腦損害是功能性，還是器質性的（如有腦組織壞死、血液栓塞、腫瘤等）。如果是功能性的話，經過治療會逐漸好轉，以致完全康復，但是，如果有器質損害時，後果較為嚴重，或會變成永久痴呆，甚至影響生命。

放射科樊能三主任緊接發言，他認為應該迅速給李教授施行腦血管造影術，如果發現李教授腦內有實質性病灶存在的話，要盡早處理或手術清除，才可挽回李教授的記憶和工作能力。

當時，國內尚未有 CT（X 光電腦斷層掃描）或 MRI（磁力共振掃描）技術，而普通 X 線和超聲波又不易穿透顱骨，影像不清晰，所以只能靠腦血管造影術去了解血管分佈，推斷顱內病灶存在。

腦血管造影術在一九二七年由葡萄牙醫生莫里茲首先發明，他採用切開頸部皮膚，找到頸內動脈，注射 25% 碘化鈉進行造影，但此法需要外科醫生在頸脖子開刀，暴露頸內動脈才能完成，操作比較繁複。延至一九五三年，瑞典醫生塞爾丁掌握頸部徒手穿刺頸內動脈進行插管的造影法，此法雖然不用外科手術配合，但容易做成頸部穿刺部位損傷，仍然不夠理想。

幸好的是，樊醫生最近進一步改良塞爾丁的插管法，只從股動脈穿刺，穿透股動脈前壁，隨即放入導管注射造影劑。這

方法簡易、安全和有效，樊醫生施行這種插管造影技術十分熟練。

大家同意腦血管造影檢查的必要性，也十分信賴樊醫生的優秀技術。就在會診當天下午，建華接受了這項檢查，過程順利，所得的顯像沒有發現腦血管任何異常表現，頓時令大家放心下來。

專責治療組經過多次討論，一致認為李教授的精神異常可以診斷為「感染性精神病」。這是一種由於急性感染導致腦微循環障礙，炎症產生的毒素進一步損害腦組織而引發的精神損害。

治療方面主要是加強營養，服用多種維生素和礦物質，再配合中藥方劑、心理治療、記憶力恢復訓練和進行適當體育活動等。

中醫科謝應欽醫生每天來看望李教授，他採取活血化瘀、疏肝解毒和清心安神方法去治理，所用藥材有十幾種，每日一劑，其中每劑必有三種藥材：西藏紅花、丹參和千層塔。建華服用數日之後，精神狀況有明顯改善。

後來對中藥的生物化學研究發現，那三種每日必有的藥材均為人體的強力抗氧化劑，分別對神經系統傳導介質有促進新生，加強活性和阻斷分解的作用，從而提高人腦思考、記憶和學習能力。在七十年代時，謝醫生並不可能知道這些藥物有如此奇妙療效的機理，但他對建華的悉心治理，功不可沒。

為了配合對建華的心理治療和記憶力訓練，美琪索性搬到廣州臨時居住。

　　她在西堤大鐘樓附近的美華酒店租下三間套房，一間給廈門輪船公司臨時駐穗職員居住和辦公，一間給香港律師事務所職員處理文件和休息，最小的一間留作自住，這樣她既能照顧建華健康，又可兼顧她的香港業務，如有需要聯絡香港時，則可到鄰近不遠的郵局打電報和接通電話，也可派員速遞，算是一種兩全其美的方法。

　　美琪天天如是到醫院探望。這些日子，建華與美琪朝夕相處，其親密程度遠勝以往任何時期，建華慢慢記起了美琪名字，也記起病不久之前他們在羅湖橋分別的情景。

　　建華對某一段事情的記憶由近至遠，從模糊變清晰，特別對一些有趣人物和深刻事件逐漸可用言語描述出來。

　　美琪捉摸建華恢復記憶的規律，模仿《一千零一夜》裡一名勇敢阿拉伯少女每天向國王講一個故事，最終讓國王恢復良知的方法，她也向建華每天說一段經歷，喚醒他的大腦，盼望終有一天能把過去生活、學習、技能和他所崇尚事業都能回憶起來。

　　漸漸地，建華記起了淺水灣酒店裡自己穿上燕尾服的舞會，還能用鉛筆素描出美琪跳華爾滋時飄蕩起長裙的生動畫面；他的記憶一步一步追索到更遠一些，他記起了在波士頓河畔餐廳那位患阿狄森氏病印第安人女子狼吞虎嚥吃午餐，最後被兩名警察驅逐時還不慌不忙抓走桌上兩塊麵包的可憐情景；然後，

他已能重現解放前上海的印象，回憶起我們一起被捕，鋃鐺入獄，美琪扮作交際花前來探監時的花枝招展。

建中哥哥也經常回來探望，看到建華逐漸好轉，心有安慰，但是他考慮美琪拋棄香港許多業務有很大損失，如若長期倍伴建華下去不是好辦法。他建議把建華帶回香港去，住在家中請醫生護士輪流照顧，這樣可以大大減輕美琪負擔。

美琪感激表哥的關心，卻不願意搬動。她認為建華在廣南有許多熟悉面孔，有他最親密的朋友和同事，也是他致力成就事業的地方，這種環境最有利於他的記憶力恢復。

有一天，建華早上起床，洗漱完畢，突然指著鏡子哈哈大笑說：「你就是李建華！」

他像是舞台上變臉演員一樣，一轉身，從打金工人霎時變回了外科醫生。這時，他的面孔顯得俊朗，談吐也變得優雅和風趣，令我們興奮得拍起掌來！令大家更加感到驚喜的是，他要拉小提琴，竟然不用看樂譜也能彈奏出一段長長的《梁祝小提琴協奏曲》第一樂章。

這時，美琪心花怒放。有一天，她想知道建華能否記得外科醫生的基本操作，特意帶來一束絲線，請求建華教會她如何打外科結。

建華看到美琪手上的線，立即認出那是比較纖細的一號外科絲線，還說初學者最好用四號線練習才不容易折斷。接著，他示範美琪如何打一個外科結，先是慢動作，讓美琪看懂雙手

如何配合，後來是快動作，之後愈來愈快，令美琪看得眼花繚亂，羨慕不已。輪到美琪練習打結時，她不但動作緩慢，而且一繃便斷線，建華忍住笑，自責教導無方。

「讓我看看你的手指為什麼這樣靈敏！」美琪有目的去讓建華伸出右手掌。

美琪指著建華右掌大魚際上一道十字形傷疤，問道：「你還記得這傷疤何時得來的嗎？」

「我當然記得！」建華有信心說。

一九四一年，也是抗日戰爭最艱苦的一年，上海入冬後特別寒冷，建華父親的製衣廠決定捐贈一批禦寒棉衣給外灘上風餐露宿的船家。李、陳兩家的兄弟姐妹全部出動參加義務派發，當時只有八歲的美琪也爭著前來做善事。建華領她走上搭在岸邊的木板棧橋，向停泊的船家逐船派送。

美琪手抱棉衣，一不小心滑出棧橋之外，跌落水中。那時建華見狀危急，立即跳進冰冷江水把下沉的美琪托出水面，船家們紛紛伸出撐船用的竹篙讓這兩個落水孩子攀住，並扔出救生浮木，有兩名健碩船伕隨即跳下水中把他們救回岸上。幸運脫險後，建華才發現右手掌心被船家竹篙頂端鐵鉤割傷，仍在淌血，馬上送到醫院縫合了十針，從此留下了傷疤。

這段生死攸關經歷長留美琪心中，不會磨滅。當她聽到建華同樣記得住，還能敘述出他們泡在冰凍江水時冷得口唇發紫，牙齒顫抖，兩人緊緊抱團求生情景而感到格外興奮。她

估計建華記憶力恢復又進展了一大步，已經遠至他十四歲的時候。

兩天後，美琪探病時帶來兩個新鮮生梨和一把小刀，請建華削生梨皮。她要看看建華拿刀的功夫有沒有忘記，那是每一個外科醫生必備的看家本領。

美琪從小對建華的削生梨技術十分著迷。那年她才三歲，跟隨媽媽探訪李家。她獨自溜到後花園找建華表哥玩耍時，剛剛遇上建華與七、八個猶太孩子上完一堂家庭德語課後一窩蜂跑出來。那些孩子都是李家收留逃離納粹迫害的四個猶太家庭子女。

其中一個男孩見到美琪穿著小白裙，頭頂結著花蝴蝶髮夾，大讚美麗。他說德語美麗的（schon）一詞發音如同上海話的「凶」，結果這「凶」的一聲把小小的美琪嚇得噘起嘴巴，掉頭就跑，幾乎哭起來。建華立即追上前去，呵護美琪不要難過，不要誤會別人讚美的好意，說時帶她回到屋裡，削生梨給她吃。

建華左手拿生梨，右手拿小刀，用右手兩只手指夾著小刀往下刨削，不消片刻，便把梨皮一片一片削下來，山梨的蒂梗連著散開的梨皮像一束花瓣，旋轉起來如同風車，這一美妙情景逗得美琪破涕為笑。

建華不但記得削生梨逗笑的故事，還記得把美琪「弄凶」的男孩名叫卡列夫。他在二戰勝利後移居美國，之後他把美國《生活》雜誌每月按期寄給建華，兩人變成親密筆友。

建華從卡列夫寄來雜誌中，看見一幅美軍士兵在硫磺島戰鬥中遍體鱗傷，鮮血淋漓，互相扶持逃離炮火的油畫。他寫信給卡列夫，說自己看到受傷士兵圖畫感到十分難過，狠不得自己能在當時為他們即時救助。卡列夫在下次來信中說，他受到建華的慈愛思想感染，毅然決定從斯坦福大學化學系轉學到約翰霍金斯讀醫科去。

　　美琪在聆聽卡列夫故事當中，建華已把兩只山梨削得乾乾淨淨。她親眼見證建華削梨刀法如此利落，肯定他將來做手術時一定不會生疏。此時，美琪也認定建華的記憶力已經追索到九歲時候光景。

　　建華精神康復天天加快。美琪儘管還有比一千零一夜更多的故事，覺得再也不需多說，反而她更愛聽建華講述自己的醫學真人真事。

　　不久，建華康復出院，恢復工作。他很快重新執掌心研組的領導，並與心外科人員一起在動物身上移植一個廣州製造的金屬心臟瓣膜，並獲得圓滿成功。此時美琪亦放心返回香港，她每個周末依然前來廣州與建華相聚一、兩天。

　　七月暑假時，我、婉玲和聰聰一家三口陪同建華、美琪與及剛從美國回來的彬彬一起到上海拜祭佩儀逝世的周年紀念，然後齊齊到崇明島去，參加村民們對明霞醫科畢業的慶祝。

〈全書完〉

情義兩難忘

作者：桑蒂
設計：4res
編輯：NaNcy

出版：紅投資有限公司（紅出版）
地址：香港灣仔道一三三號卓凌中心十一樓
出版計劃查詢電話：(852) 2540 7517
電郵：editor@red-publish.com
網址：http://www.red-publish.com

香港總經銷：香港聯合書刊物流有限公司
　　　　　　香港新界大埔汀麗路 36 號中華商務印刷大廈三字樓
台灣總經銷：貿騰發賣股份有限公司
　　　　　　新北市中和區中正路 880 號 14 樓
　　　　　　(886) 2-8227-5988
　　　　　　http://www.namode.com

出版日期：二零二二年七月
圖書分類：歷史小說
國際標準書號（ISBN）：978-988-8556-07-6
定價：港幣八十元正／新台幣三百二十圓正